U0044986

康熙

徐毅振 ——著

台北

湖

謹以此部小說，
獻給親愛的孩子Purple。

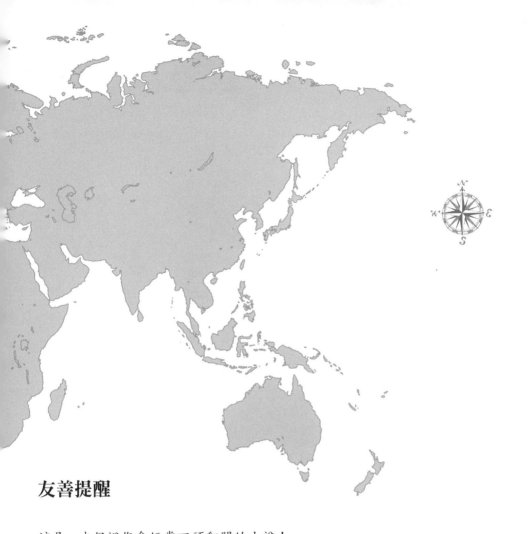

友善提醒

這是一本保證您會經常回頭翻閱的小說！
雖然原因可能不是您想像的那種……
地圖在任何時代都是最好用的工具，
也會是閱讀這部小說最獨門的祕密！
拿起鉛筆，不須顧慮的寫上去、畫下去～～～
留白就是為了留給您描繪出專屬個人的獨家詮釋！
（如果您在書店真的拿筆畫了下去，就……請您帶回家繼續畫唄……）
（如果您從圖書館借出後畫了下去，就……請順便欣賞前人畫作……）

導讀

傳說中，現在的台北盆地，曾經是個大湖。

遠古時代？已不可考。

（地科系教授：誰說不可考？麻煩把作者的學士學位註銷好嗎？）

清朝時期？時而出現，時而不見。十分神祕。

（八卦鄉民：不管啦～古代公務員道聽塗說、地圖隨便亂畫啦～）

近代已經不會發生這種事了吧？

（1963年住在台北盆地的長輩：……）

（2001年變成滯洪池的捷運板南線：……）

容我悄悄告訴您一個神祕的謎團：

清朝康熙皇帝時期，曾有個官員到訪北台灣，文字描述看到大湖。

但同一個年代的《臺灣府志》北台灣地圖中，臺北盆地並無大湖；

而清朝第一份最權威的台灣地圖《康熙臺灣輿圖》，也未見大湖。

年代較晚的《諸羅縣志》、《雍正臺灣輿圖》，卻赫然出現大湖！

最後在時代更晚的《乾隆臺灣輿圖》中，大湖又不見了。

這一切謎團，起始於康熙皇帝時期、仍然相當神祕的北台灣……

究竟是採硫官員亂寫？還是調查山川地理的公務員打混摸魚？

而身處迷霧中心的人們，除了當個伐伐伐伐伐木工、或是糧糧糧糧糧草徵收員之外，還做了什麼驚天動地的大事？

這個堪稱17世紀七大謎團（我亂掰的）之首的～薛丁格的湖，

現代稱之為──

康熙台北湖。

作者序

　　2017年6月，一位大台北地區的文史老師，帶領社區大學的學生們參訪地震走廊。

　　而老是不愛用制式PPT介紹地震中心業務的作者，總是盡量依參訪團體的特性、準備獨特的介紹內容，和輕鬆詼諧的互動。這次作者便決定引用歷史地震學者鄭世楠教授的研究，以作者的詮釋方式，介紹康熙台北湖的故事。

　　賓主盡歡。

　　這就是作者近年來苦悶工作、傷心生活之餘的小小樂趣。

　　2018年10月底，作者在人生跌落谷底之時，內心唯一的企求只剩下爭取跟孩子見面的機會，期盼未來每次見面就講一段作者自己創作、獨特的小故事跟孩子分享。於是作者開始收集更多資料、像是連載一樣逐話撰寫……最後完成這部帶著獨特世界觀的架空小說《康熙台北湖》。

　　這是一部可以輕鬆閱讀的小說，泡個泡麵都能看個幾話，簡短無負擔─反正本來就蓋在泡麵碗上面嘛（欸）。

　　如果眼尖或敏銳一點，也可能不小心掉入非典型懸疑推理的氛圍，因為除了康熙台北湖之謎，大量的暗喻、雙關和隱匿各處的線索都是作者喜歡到處撒的彩蛋。

　　但作者可不樂見讀者看了這部作品後憂心忡忡，急著打電話到某個常被民眾罵預報不準的機關，然後接電話的不巧正是作者本人……太尷尬惹，真的。

　　瞎子摸象的樂趣，在於從各種角度去摸，逐漸摸出真象。

序曲
末日降臨

康熙臺灣輿圖（國家重要古物‧國立臺灣博物館提供）

村社的廣場上，一群人慌慌張張地聚集著。

「這……現在是什麼情況？從來沒出現過連續幾個月頻繁打雷、暴雨的天氣，就算是偶而發生會導致淹水幾天的大風雨，也不該出現在播種後沒多久的季節啊！現在又突然發生從沒遇過的大地震！難道……Ghacho的預言成真了？」一個年輕人不安地說著。

「家屋倒了！快來救人阿！」倒塌的家屋外，一位老婦呼救著。

「啊阿阿──地上怎麼變軟了？腳陷下去啦！」廣場上的另一位中年婦女尖叫著。

「是祖靈！觸怒祖靈了！看到那五道光芒了嗎？雷公神降臨了！」長老指著天上的閃電，嚴肅的說著。

「長老……我們做了什麼觸怒祖靈的事嗎？」年輕人害怕地問。

「一定是我們祭典越來越只顧著吃喝玩樂，祖靈生氣了！還有族裡一些年輕人對祖靈越來越不尊敬，像是那個Ghacho，所以祖靈生氣了！」長老越說越生氣。

「那……那我們該怎麼辦？」中年婦女不安地問著。

「今年的祭典，我們要恢復虔誠的儀式，祈求祖靈的原諒和平靜！接下來幾天，巫女會先舉辦祈禱儀式，每一戶都要派人來參加！」長老語氣堅定地宣布。

村社的廣場上，仍持續的下著劇烈的雷雨。

幾天前的大地震過後，仍持續有比較小的搖晃，震得人心惶惶。

而更讓在場村民不安的是，已經有大概一半左右的村民，聽信Ghacho的預言，倉促的跟著往北方山區避難了……。

「長老……」一位年輕人勉強開口提醒。

「那些跟著上山的人，當他們發現沒有遮風避雨的家屋，沒有豐

收的農田，沒有祖靈的庇佑，最後還是會回來的。」長老信心十足的說著：「這場大雨和大地震，是祖靈給我們的警告，也是祖靈帶給子孫肥沃土壤的好意！」

「我們留在這裡就是願意相信長老。可是……」年輕人還想繼續說。

「那就別打斷巫女的祈禱。」長老略顯不耐煩。

「可是……那邊……」年輕人絕望了，只能用發抖的手指向村社南方。

還留在村社的族人，慢慢的，不約而同的，紛紛面朝向低沉吼聲的來源方向。這是在場每個人有生以來看過最壯觀、也是最後的畫面：跟家屋差不多高的滾滾巨浪，夾帶著雜亂的巨木、家屋殘骸、動物屍體，正從村社的南方，氣勢驚人地湧向他們的面前——

Basay的分布

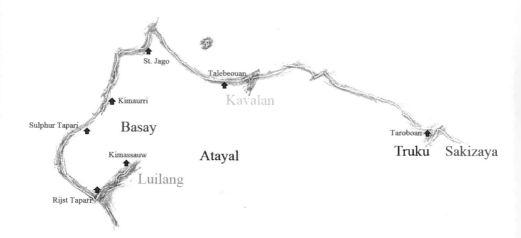

第一樂章
巴賽尋祕

康熙臺灣輿圖（國家重要古物・國立臺灣博物館提供）

第1話　Ghacho

陽光照耀下的河面，平靜的閃閃發亮。

「Ghacho阿，再不起床，阿舅就要把船開走囉！」媽媽叫喊著。

「阿！不可以！今天是我的第一次外出打工，阿舅等我啊——」Ghacho連滾帶爬的衝出家屋，刺眼的陽光讓剛起床的Ghacho一下子睜不開眼。等到習慣光線後，看到陽光照耀下遠方湛藍的天、起伏的山，平地茂密的森林邊緣還有幾隻鹿跑進跑出，村社的好多間家屋散落在剛收割完的田地間，眼前則是多數時候平靜、但偶而大風雨過後淹沒村社好幾天的大河。這，就是Ghacho從小到大生長的世界，看似平凡，卻充滿自然的規律——Ghacho是這麼想的。

在每年兩個最盛大的祭典，長老和巫女總是祈求祖靈庇佑風調雨順物產豐收，然後大伙盡情的跳舞、喝酒、吹口簧琴。小Ghacho開始懂事後總覺得很奇怪，雖然淹水造成許多損失，但淹水後才會帶來肥沃的土壤，風調雨順跟物產豐收不能同時達成吧？每次小Ghacho問tina^{（註1）}，tina總會說：「那就去看tama^{（註2）}的書吧～」久而久之，小Ghacho逐漸習慣在有問題時就回到家屋、爬梯子到梁柱上的小平台看tama的書——噢那當然是為了避免書被水淹壞——一邊用tina教的字詞拼拼湊湊，一邊看著圖畫眼神閃閃發亮。漸漸的，村社的人都知道了小Ghacho的怪異行為，加上Ghacho天生的部分紅髮，村社的人紛紛開玩笑的叫他「沉默的小紅毛」。

然而，有一天，一群小孩在溪邊玩水，小Ghacho突然叫他們趕快上岸，幾個小孩愣頭愣腦的上岸、幾個小孩不理他繼續玩水。沒多久，溪水猛然高漲，還在玩水的小孩紛紛驚慌的想游上岸，但最後仍然有幾個

小孩回不來。此時有個小孩問他怎麼知道，小Ghacho說：「tama的書上有寫，黑色的雲在河流上游那邊下大雨，下游就會河水暴漲。」

　　經過那件事之後，Ghacho更加努力的想讀懂tama的書，也更常不時就上山下水，但不是打獵、也不是捕魚、更不愛耕田，就只顧著到處觀察，有時還會指著村社的高腳家屋說「總有一天發生大地震，這樣蓋會倒塌」的話。村社許多人覺得Ghacho遊手好閒、不事生產，長老和巫女也覺得Ghacho常說出不尊重祖靈的話……確實，Ghacho曾經公開說：「傳說中我們的祖先是從Sanasai來的，可是每次問長老Sanasai在哪裡，長老總說Sanasai是個遙遠到沒有任何族人還記得怎麼回去的故鄉，與其想那麼多，還不如好好學習種田打獵捕魚。但我就是想知道Sanasai在哪裡！」

　　有一次，長年在外的阿舅剛好回村社，聽聞了Ghacho的奇聞軼事，於是阿舅笑著對Ghacho說：「等你成年後，阿舅帶你去找Sanasai諾。」

註
1 巴賽族對媽媽的稱呼。
2 巴賽族對爸爸的稱呼。

第2話　啟程

Ghacho回過神，發現阿舅才剛開始把行李搬到船上。

「tina又騙我……」

「不這樣說你怎麼會起床呢？你啊……以後出門在外就沒人叫你起床囉，吃的也要自己準備，照顧好自己的身體阿……好啦，快去幫阿舅搬東西吧。」

「哇！稻米、硫磺、鹿皮、鹿肉……好多啊！bangka^{（註1）}不會沉嗎？」

「嘿嘿……Ghacho，我們這趟旅程可長的很，沿途要交易許多貨物，才能到達Talebeouan^{（註2）}和Taroboan^{（註3）}諾！雖然你這小子看書學了不少皮毛，但實際見聞過才知道這世界有多大諾。」阿舅露出招牌陽光笑容。

「……別小看我，我知道Ritsouquie^{（註4）}水面每天兩次上升、兩次下降，下降時往出海的方向航行會比較快！」

「既然知道還不快搬～」媽媽竟然吐嘈。

「等等……還有問題……我知道稻米和鹿皮是我們村社的，但硫磺不是Kipataw^{（註5）}才有的嗎？」Ghacho仍然一貫動腦優於動手。

「Kipataw那邊很需要鹽和漢人的鐵器，交易很容易諾～」

「我們這邊也很需要啊……」媽媽說著：「Ghacho，這一趟給你們帶去交易的貨物很多，不是村社豐收。相反的，雨水越來越少，帶來肥沃土壤的大風雨也越來越不常出現，收成越來越差，大家越來越吃不飽。但是，我們更需要交易到其他貨物，生活才能過下去。所以你這趟出去要跟阿舅好好學習如何交易，知道嗎？」

「知道了，tina。」

「tina，我走囉！」Ghacho揮揮手，bangka緩緩地啟動，朝著下游方向前進。

「tama⋯⋯」Ghacho瞇著眼睛，望著眼前的Kantaw^{（註6）}，兩旁山勢夾著大河，夕陽倒映在河面上閃閃發光，不由得開始想像，自己從未見過面的tama，會不會就在其他村社？還是在一望無際的大海、某艘載滿貨物和大砲的大船上？

註
1 艋舺，巴賽族對小船的稱呼。
2 哆囉美遠社，位於遙遠東部大平原海岸一帶的巴賽族村社。
3 哆囉滿社，比哆囉美遠社更南方、有黃金傳說的巴賽族村社。
4 里族河，通往里族社的大河，後來也有人稱為雞籠河。
5 內北投社，位於Ghacho居住村社北方，盛產硫磺與旱稻的巴賽族村社。
6 甘答門／甘豆門，之後也有人稱為關渡。

第3話　淡水社

「Ghacho阿，再不起床，阿舅就要把船開走囉！」

「tina別再叫了……嗯……咦？欸？這是阿舅的聲音？」Ghacho這才清醒過來，發現自己在搖晃的bangka上，大概是昨天搬運貨物很累，迷迷糊糊就睡著了——Ghacho仍然不願承認是自己體力不夠好。

Ghacho放眼望去，首先映入眼簾的是山坡上聳立的紅毛城，雖然早已在tama的書上看過，但親眼看到還是張大嘴巴說不出話，完全無法想像這樣的房子是如何蓋成的，只是看起來好像荒廢有段時間了。紅毛城下附近，依山勢高低起伏、密集的家屋，可以肯定這裡居住的人比家鄉多得多。但是這麼多人、卻沒什麼田地，怎麼吃得飽呢？這樣看來，阿舅要在這邊交易稻米囉？於是Ghacho轉身準備搬運米袋，這才嚇到——

「哇！後面有大船！還好幾艘！附近還有更多的bangka！但是這些船的形狀、船上的裝飾看起來跟tama書上的大船長得不太一樣耶……而且這些大船好像也沒什麼大砲……這到底是什麼船阿？上面的人穿的衣服也跟我們很不一樣……」

「Ghacho阿，那是漢人的船諾……阿等等……你搬米袋做什麼？在這邊交易的是硫磺跟鹿皮喔～」

「咦？這邊的人不吃米嗎？」

「這裡是產米的Tapari[註1]，雖然街上看起來沒什麼人種田，但外圍的一些村社還是有產米，在這裡交易米換不到好東西，我們的米要留著跟後面其他需要米的村社交易諾。」

「喔……阿舅都已經想好了啊……真厲害……那硫磺跟鹿皮要交易給誰？可以交易到什麼東西呢？」

「先說好鹿皮已經搬好了，只要搬鹿肉和一半硫磺諾！」阿舅領教到Ghacho的熱心過頭了，「你知道硫磺和鹿皮的用途嗎？」

「我知道喔，tama的書上有寫，硫磺是用來製作火藥的，鹿皮是給士兵穿的……不過我沒有看過真正的火藥……也不知道士兵是什麼樣的人……」

「你可以想像火藥是威力更強的弓箭、士兵是異族的戰士，他們也要打仗，所以需要交易我們的硫磺跟鹿皮諾。以前漢人要我們拿白銀才能交易他們的鹽、鐵器、布料，可是我們跟他們交易硫磺和鹿肉時，他們卻給我們圓形的銅片諾……搞得我們還要想辦法用銅片換白銀……弄到現在這邊已經很難找到白銀，就只能直接交易貨物諾。不過阿舅我認識一個漢人好友，會直接給白銀……再用白銀跟其他漢人交易可以換到更多東西諾！阿諾～那個漢人的小弟走過來了，Ghacho跟我一起來吧！」

「@#$^%*……」Ghacho完全陷入頭昏腦脹中……

註
1 淡水社，位於里族河出海口北岸、交易熱絡的巴賽族村社，漢人也很多。

第4話　矮小漢人

「哎呀呀……Kimassauw^{（註1）}的諾桑，好久不見……」

眼前走來一個親切笑容的矮小漢人，看起來跟Ghacho差不多年紀，但岸邊眾多人潮中穿好衣服的幾乎都是跟阿舅差不多、或更老的人，年輕人都在當苦力或挑夫，這個矮小漢人在人群中顯得很特別。而且，他還講著頗為流利的巴賽語，讓Ghacho頗為驚訝。此外……矮小漢人叫阿舅「諾桑」？Ghacho從來沒聽人這樣稱呼阿舅過……晚點再好好問阿舅吧……

「嘿……小兄弟的巴賽語越說越好了諾！頭家^{（註2）}教得不錯喔！我來跟你介紹一下諾，這是我姊姊的兒子，叫做Ghacho，第一次離開Kimassauw，跟著我來打工諾～」阿舅熱情的介紹著。

「你、好……你、好……」Ghacho生硬模仿著阿舅教的漢語。

「Kimassauw的Ghacho你好！」矮小漢人仍是用巴賽語回應，讓Ghacho印象不錯，至少不會像他聽過刻意講漢語、用漢字讓族人聽不懂、看不懂的奸詐漢人。

「諾桑自己家的人怎麼還打工呢？好歹當個小少爺吧～」

「這你們漢人就不懂了，四處打工、享受生活，才是個真正的Basay^{（註3）}諾！雖然Kimassauw的Basay忙著種田，但農閒時還是會外出打工的諾，更別說這個隨時都很閒Ghacho……」

在場的大家都笑成一團，讓Ghacho很無言。

「諾桑說的是，」矮小漢人眼光投向貨物「那這次帶來的……？」

「是Kipataw品質優良的硫磺，和我們族人努力獵捕到的上等鹿皮諾！現在獵鹿越來越不容易……5張鹿皮換1兩白銀差不多諾……」

「諾桑阿……我聽頭家說過，去年你在Kimaurri^{（註4）}賣給日本商人是7張鹿皮換1兩白銀唷……而且阿，諾桑你也知道漢人更想要鹿脯，一起賣算便宜一些吧？」矮小漢人略為壓低音量的說著。

「阿諾～明明最近Basay都是5張鹿皮換1兩白銀……不過既然你知道了我的祕密就沒辦法……哈哈……哈哈哈……但是諾，鹿肉大部分留給我們族人了，能拿出來換的實在不多……好啦6張鹿皮換1兩白銀，全部鹿肉換1兩白銀，硫磺就跟上次一樣，不換我就去找其他漢人諾？」

「諾桑是頭家的好夥伴……當然成交囉……」

「哈哈……那我去找你們頭家聊聊囉，小兄弟你帶這個沒見過世面的Ghacho上街走走諾～」

註
1 麻少翁社，Ghacho居住的巴賽族村社，以種稻、漁獵維生。
2 漢人對老闆的稱呼。
3 巴賽族對外人的自稱。
4 大雞籠社，位於雞籠港灣一帶、交易熱絡的巴賽族村社，較多日本商人。

第5話　紅色的白銀

　　推著載滿貨物的推車，走在街道上，Ghacho才發現許多家屋裡面竟然是異族人，屋內的擺設也幾乎都沒見過……喔不，有些藏在比較隱蔽位置的東西似乎在tama的書中出現過，像是那個什麼……十字架？有十字架圖案的書？槍？

　　「Ghacho～倉庫到囉，你推過頭了。」

　　「欸？」Ghacho仍然不知道自己的狀況外其實很顯眼。

　　「雖然諾桑要我帶你在街上走走，但待會我還要到岸邊跟另一批商人交易，所以還是沿路走回去、我邊走邊介紹喔～」Ghacho點點頭。

　　「倉庫旁邊這間就是頭家的店頭，我這位頭家做的生意可不小，你剛剛看到的貨物交易只是一部份。你看旁邊連續好幾間家屋，那是給人客住宿的房間喔。雖然大部分來住的是漢人，但偶爾也會有西洋番、日本人，費用當然不便宜，頭家才住得起，苦力或挑夫還是睡船上啦。」

　　Ghacho下意識摸摸自己的背袋……呃嗯當然是什麼值錢的都沒有。

　　「住宿的人客早上跟晚上還可以到張大的客棧吃飯——對，就是煮各種食物的那間——你第一次看過吧？」

　　「真的……村社內都是回家吃……從沒看過這種家屋……」

　　「這裡的人都忙著交易，還有許多外地人，當然要靠賺來的錢幣餵飽肚子囉。」

　　Ghacho忍不住又去摸摸背袋……忽然第一次體會到何謂心酸的感覺……

　　「頭家，兩粒飯丸，銅板放這邊喔～」

　　「欸？看不出來你這矮小漢人，竟然要吃2個……哎唷！」Ghacho

被巴頭——「誰說我要吃2個？看在你第一次來這裡，另一個請你啦！」

Ghacho愣了一下，才慢慢開口用生硬的漢語說：「謝、謝、你～」與其說遲鈍，不如說Ghacho總是把注意力放在觀察上，例如矮小漢人敏銳的觀察力，好客？以及語氣的轉換。

「我們頭家透過交易也收集到各式各樣的寶物飾品，像你剛剛一直盯著看的是十字架，那是西洋番信的神喔。有些人甚至說，拿著十字架、唸著聖經的文字，就能招喚強大的力量……聽起來，跟拿佛珠、念佛經的和尚很像嘛……對了，我聽說很多Basay村社也是信十字教的，難怪你看起來不怎麼驚訝。」Ghacho邊聽邊想著，矮小漢人好像刻意迴避了一件事……

「不……Kimassauw仍然是信奉祖靈的……傳說中我們的祖先是從Sanasai來的，所以，我這次跟阿舅外出打工，其實是想尋找Sanasai——」

「碰碰碰碰！碰—碰—碰—碰！」接著——「碰！」

「欸？」Ghacho還不清楚發生了什麼事，只感覺到矮小漢人一把抓起他的手，一邊匆忙的脫掉身上的罩袍，一邊拼命往岸邊的bangka衝過去！匆忙間，Ghacho注意到，矮小漢人的背袋中，掉出一顆紅色的白銀……

第6話　逃亡

「剛才發生什麼事了？」Ghacho當然感覺到情況似乎很危險，好歹曾經跟族人一起到森林打獵過——雖然那次原本只準備獵鹿，卻因為Ghacho脫隊觀察小山貓（註1）的活動，不小心引來了大野豬……。Ghacho從沒遇過村社被襲擊，只聽長老講過Luilang（註2）村社太靠近山區打獵會被Atayal（註3）戰士襲擊，但產米的Tapari這邊不是Atayal的領域吧？

「雖然我不知道襲擊的人是誰，但不會太意外……自從頭家改用白銀跟Basay交易後，生意越來越好，其他漢人遲早會想除掉頭家的……」矮小漢人低聲的說，但聽得出來呼吸好像有點急促，「Ghacho你會划船吧？趁現在街上一片混亂，偷偷離開吧……」

「欸？你沒親眼看到頭家的死活，就要走了嗎？而且阿舅也在那邊……」

「唉……頭家其實也知道要自保，雇了幾個會用槍的高手做護衛，進店頭的人也都要卸下武器，呐……你想，為什麼店頭內還會有槍聲？接著又對我射擊？唔！好痛！」這時Ghacho才驚訝的看到矮小漢人舉起滿是血跡的左手，原來他腰部中彈了……

「不礙事，還好有背袋擋著，只是破皮。不過背袋破了，剛才想用手蓋住破洞避免錢幣掉出來，但最後還是掉光了……」

「那阿舅不就……」Ghacho雖然理解了現況，仍對於突然失去阿舅感到不知所措，心想是不是應該先回Kimassauw……

「……Ghacho！你是第一次外出打工吧！這樣就回去算什麼呢？是個Basay就勇敢一點，我代替諾桑帶你去尋找Sanasai！你來划船，我們先到Kimaurri，那邊有頭家和諾桑認識的人，我們還可以用船上的貨物交

易其他貨物和生活用品。不要退縮，勇敢前進吧！」

「欸？」不知為何，雖然才認識沒多久，Ghacho卻感覺這個矮小漢人似乎真的有一種讓人鎮定下來、並產生跟著他一起前進的微妙動力⋯⋯這是為什麼呢？Ghacho不太明白，但他此刻決定一邊跟著矮小漢人、一邊觀察他，一邊尋找Sanasai、一邊尋找tama⋯⋯

遠離了產米的Tapari，體力不好的Ghacho累了，睡了很久的矮小漢人也醒了。「欸，你知道划到Kimaurri還要多久嗎？」Ghacho忍不住問。

「不知道。」

「欸⋯⋯？你⋯⋯你以前都在船上睡覺嗎？」

「不，」矮小漢人說：「我根本沒去過。」

註
1 村社附近偶而現身的小動物，亦稱為石虎。
2 雷朗族，巴賽族對居住在里族河西方及南方的居民的稱呼。
3 泰雅族，巴賽族從雷朗族那邊得知、居住在更南邊山區的高山族。

第7話　漂流

「微弱的西南風……這樣慢慢漂，怕還沒漂到Kimaurri，船上食物跟水就用完了……」Ghacho擔心著。

「咦？聽起來你其實知道Kimaurri在哪裡，剛才何必問我呢？」

「我是知道Kimaurri大概在哪裡，但我也是第一次在海上航行……海流或風向不順利的話，不知道幾天才會到達……我以為你有去過才問你阿……」

「抱歉……其實我一直都待在頭家那邊沒離開過……但是，只要到達能交易的地方，就換你看我的厲害！相信我吧！」

「也只能相信你了。對了，還沒問你的名字……」

「我叫……」矮小漢人停頓了一下，「賴科。」

「哈啾！」Ghacho突然被冷醒，「變西北風了……好涼阿……欸賴……」

發現四周一片漆黑，想想還是別吵醒賴科，畢竟受傷需要多休息，而且賴科剛才看起來也抖了一下？於是Ghacho隨手把一件鹿皮披到他身上。沒有月亮的夜晚，Ghacho抬頭仰望漆黑夜空高掛的銀河，以及最亮的那三顆星——真是，美麗。

「Ghacho阿，再不起床……」

「唉呦……不是tina的聲音，也不是阿舅的聲音，為什麼一天到晚

都有人叫我起床……」

「你看，那邊很明顯有個很多家屋的村社對吧，那裡是不是Kimaurri？」

「我也不確定……但是我確定的是，船上的食物昨天吃完了，水也差不多喝完了……而現在風向是東南風，無法再前進了……」

「看來只能先靠岸了……我來想想船上的貨物要怎麼交易……啊咧這艘怎麼不是載稻米的……哎……看來只能把硫磺跟鹿皮賣給日本商人了……」

「但我怎麼覺得這裡硫磺味很重……」

「哎呀呀……你們好啊，我們這裡有品質優良的硫磺和上等的鹿皮唷，有沒有人想交易這批好貨呀？」賴科熱情地跟岸上的人打招呼。

「我們這裡就生產硫磺和鹿皮，你們要跟誰交易呢？」

「請問這裡有日本商人嗎？」

「沒有。」

「咦？請問……這裡不是Kimaurri嗎？」

「……這裡是產硫的Tapari[註1]……」

註
1 金包里社，位於北海岸一帶，盛產硫磺的巴賽族村社。

第8話　金包里社

「……Ghacho，你是個Basay吧！打工應該難不倒你吧？你擅長什麼？耕種？捕魚？打獵？採礦？伐木？」

「都不擅長……」

「那……你總會一些手工藝吧？製作武器？整修家屋？造船或推車？」

「也都做不好……」

「你真的是個Basay嗎……？你到底會做什麼啊？」

「我會……算了，你大概也會覺得沒什麼用處……總之我是跟著阿舅出來打工、學交易的……」

「那也要有這邊的人想交易的貨物才行啊……哎……看我的。」賴科沉思了一下，轉身說道：「你們好！如你們所見，我們本來要去Kimaurri交易貨物，但食物跟水用完了，剛好來到這裡，需要請大家提供我們一點補給、讓我們繼續前進，之後我們保證可以給你們更豐厚的回報喔！」

Ghacho看了看，金包里社家屋雖多，但多數是老人和小孩，而且看起來普遍面露飢相……別說意願了，只怕他們連給我們補給的餘力都沒有吧。圍繞的高山的谷地，卻幾乎沒有田地，會不會跟紅色的土壤有關？年輕人呢？是在山裡面採硫？還是在其他村社打工？看起來我能做的大概只有搬運貨物吧……

「這位矮小漢人，別說大話了，我年輕時可是幫紅毛族做事的，你身旁就只有一位瘦弱的Basay，也沒有士兵，我看不出來你能給產硫的Tapari帶來什麼樣的回報。」一位看起來歷盡風霜的老者說話了。

「產硫的Tapari有像您這樣眼光銳利又充滿智慧的長老，真是太好了～」賴科充滿自信的微笑著：「既然您如此閱歷豐富，相信您一定知道現在當家的既不是紅毛番、也不是東寧王，而是大清的滿人與漢人吧？那麼，您知道現在大清皇帝已經下令以後全靠漢人通事來向你們徵收賦稅嗎？」

　　「哼～」老者面露不屑：「好歹紅毛族、東寧王的士兵都曾經親自到產硫的Tapari交涉，你說的那位大清皇帝派來的卻只有你這矮小漢人，難道說大清皇帝手下的士兵都跟你一樣瘦小嗎？只怕賦稅根本就收不到！」

　　「那麼～被瘦小漢人士兵趕跑的紅毛番和東寧王士兵，豈不是更弱小嗎？」賴科仍保持著微笑。

　　「……」老者一時無法反駁。

　　「睿智的長老啊！新的當家，意味著新的合作機會降臨，請您再一次運用您的銳利眼光，好好衡量我是否能為產硫的Tapari帶來回報吧！」

　　「賴科，你剛剛說的是真的嗎？徵收賦稅的漢人通事？」
　　「……是真的，」賴科壓低音量：「從現在開始。」

第9話　社寮對

「……好吧，雖然我見過許多騙子，但你這位矮小漢人看起來也許值得合作，先來社寮^(註1)坐下來談吧。」老者一邊帶路、一邊跟身旁的年輕人說：「把長老和巫女都找來社寮。」

Ghacho沿路四處張望，發現這裡的公廨^(註2)和貓鄰^(註3)都聚集在社寮旁邊，周圍則用密集的竹林圍起來──挺隱密的呢。社寮後方則有熱氣不斷冒出，是正在煮飯嗎？但怎麼有硫磺味呢？

「首先……你們都看到了，這個村社又老又窮，大清士兵若真的硬要來徵稅，我們除了反抗，也沒什麼好損失的了。而且別以為只有產硫的Tapari，Kimaurri和St. Jago^(註4)都會聯合起來反抗，所以你們再想想吧。」老者喝了杯水，繼續說道：「以前紅毛族至少會先跟我們交易、或讓我們帶路到Talebeouan和Taroboan交易後才會徵稅，而且還能從紅毛族那邊交易到大海另一端的稀有寶物，pila^(註5)也能跟漢人換好東西，那時可比現在好多了。後來東寧王的士兵只是偶而來晃晃，把紅毛族趕走後至少不會干預我們的生活。現在呢？大清皇帝趕走了東寧王，卻要用漢人通事來徵稅？」

「是的，這是沒辦法的事。」賴科也喝了一杯水，緩緩開口道：「顯然漢人通事還沒開始到你們這邊開始徵稅，但除了我之外，其他通事很快就會來了。到時就算你們反抗，其他通事身邊可不像我身邊只有一個瘦弱Basay喔──」

「……」Ghacho很無奈。

「雙方打起來難免死傷，不過漢人別的沒有、就是人特別多，產硫的Tapari是否有把整個村社拿來對抗的決心呢？」賴科又從竹葉上抓

起一條鹹魚咬了一口——等等——有這麼餓嗎？「或是，讓我成為向產硫的Tapari徵稅的唯一漢人通事呢？睿智的長老，相信您看得出我的本事，我承諾我會跟紅毛番一樣找來大海另一端的稀有寶物和白銀，再次讓你們過上好生活，之後才跟你們徵稅。為了表示我的誠意，我們那艘bangka上品質優良的貨物都給你們，足夠交易到不少米糧了。相對的，你們要讓我們在產硫的Tapari吃飽喝足、待到風向順利時再離開。」

「……好吧，這次就先成交。」

註
1 部分村社的議事場所。
2 巴賽族適齡未婚男性的住所，也有些村社直接作為議事場所。
3 巴賽族適齡未婚女性的住所。
4 三貂社，位於東北角一帶的巴賽族村社。
5 巴賽族對西班牙銀幣的稱呼。

第10話　大雞籠社

　　「賴科，那時你也可以直接把船上的貨物跟他們交易食物跟水吧！為什麼還要加上那些承諾呢？」Ghacho不解：「而且那些承諾你真的做得到嗎……？」

　　「欸……說真的，你真的是我見過最不像Basay的Basay……你大概不知道缺乏米糧的Basay村社會打劫船上的貨物吧……你看那時只有我們兩人，如果不說那些承諾，我們現在能不能活著都不知道咧～」

　　「呃……好吧……你真的很了不起，明明只是個一直待在產米的Tapari的漢人小弟，你從哪裡學到這麼多事情的啊？」

　　「我從頭家那邊聽到的事情可多囉……欸，別說了，那邊小山頭背後又有一個家屋很多、船隻很多的村社，這次總該是Kimaurri了吧？」

　　「這次一定是了，因為我看到了tama書上有畫的……哇……比紅毛城還要巨大的城堡(註1)……」bangka慢慢滑行到仍不失高聳雄偉、但也顯然年久失修的城堡附近。

　　「說到這紅毛番蓋的城堡……欸～Ghacho，從你的髮色和鼻子看起來，該不會你的tama是個紅毛番吧？但我聽說紅毛番早在20幾年前就被趕走了吧……先不說Tapari或Kimaurri，Kimassauw根本不可能有紅毛番吧……」

　　「是啊！我也懷疑過，以前就問過tina，但tina從來都不說，所以我這趟出來，其實也是想找到tama喔！」

　　「那麼～我幫你一起尋找吧！」

　　「謝、謝、你～」Ghacho雖然有查覺到賴科別有心思，仍真心感謝。

Kimaurri是個沒什麼平地的村社，在這裡連田地都看不到了，沿著地勢高高低低錯雜分布的家屋，看起來甚至比產米的Tapari更為熱鬧。阿舅另一艘載滿稻米的bangka，原本應該是想運到這邊交易的吧？那硫磺和鹿皮呢？是賴科說的日本商人嗎？無論如何，現在身邊什麼貨物都沒有了，雖然tama的書上有寫，從Kimaurri往山上走到Perranouan^{（註2）}，再沿著大河往下游就能回到Kimassauw。但兩手空空回到村社，tina應該會生氣吧？看來還是要想辦法交易到貨物，等度過冬天後再返航吧……

　　「嘿～賴科，記得你說過Kimaurri有阿舅和頭家認識的人對吧？」

　　「是啊，在你剛才愣頭愣腦的時候，我已經跟好幾個人打聽消息了，在那邊——」賴科手指著一間屋頂上立著大型十字架的建築。

　　「那是……教堂？」

　　「你果然知道。諸桑和頭家認識的人，聽說常在那邊出現喔。」

註
1 原為西班牙人的聖薩爾瓦多城，後荷蘭人改建為北荷蘭城。
2 八暖暖社，位於大雞籠社南方山區河谷內的巴賽族村社。

第11話　教堂

「兩位好——」開門的是一位金色長髮、身材修長、氣質出眾的年輕女性，看起來跟Ghacho、賴科差不多年紀，說出的巴賽語卻是道地的Basay口音。Ghacho不得不承認，這是他第一眼就為之心動的女性。

「請問妳認識Tapari的頭家和Kimassauw的諾桑嗎？」賴科問。

「不好意思，不認識唷。」

「呃……那麼……請問有沒有一位會做貿易的日本商人常在這邊出入呢？」

「我想想……喔～印象中確實有一位從事貿易的日本女性，當她來Kimaurri時會到這裡來禱告，有時會帶著一名漢人和一名Basay，可能你們要找的人。不過，前陣子她回日本了，可能要過陣子才會再來囉。」

「頭家白銀的來源可能就是這位日本商人……但這些線索還不夠充分……」賴科低聲喃喃自語著——

「那個！啊……呃……我們能不能在這邊借住幾天呢？因……因為我們的食物和水已經剩下不多了，不……不要誤會，我們不會白吃白住，我們會工作的！而……而且在這裡待著也比較不會錯過那位日本女性……賴……賴科你說對吧？」Ghacho說完，才發現賴科瞇瞇眼的瞪著他。

「難得你這麼早就主動加入對話啊……之前從沒見過你這樣呢……」賴科轉身朝向門外，繼續說：「這樣吧，我出去繼續打聽消息，晚上再回來。Ghacho你在這邊做兩人份的工作吧～謝啦～」

「耶……不好意思……我還只是在見習中……可能不方便直接答應你們的要求……等我跟神父請示一下好嗎？」見習修女鞠躬的說著，等

說完抬頭，才發現兩個人都不見了。

「阿諾……對於傳教不易的教會而言，有兩位外地來的年輕人主動找上門，不是很好的宣教機會嗎？也有助於妳打聽消息不是嗎？」見習修女背後傳來一位中年女性的聲音。

「不……還是要尊重每個人的意願。」見習修女微笑的淡淡回應。

「阿諾……怪不得這間教堂沒什麼人來作禮拜了──」中年女性開玩笑的說著：「妳的個性真是溫和的讓人吃驚呢。」

「謝謝妳。」

「我才要謝謝妳幫我撒點小謊呢。抱歉了涅，最近我外出有點危險，只有這裡能讓我放心。」中年女性慵懶的趴在禮拜堂的椅背上。

「神應許幫助祂的子民。」

Kimaurri難得的陽光從窗外灑落，空曠靜謐的教堂內，見習修女的金色長髮飄逸地閃閃發亮。中年女性微笑的看著這一幕，沉浸在溫暖的平靜中。

第12話　夜刻魔

傍晚時分，急促的敲門聲。

「兩位好——咦?!」

「抱歉！我這位夥伴突然發高燒倒下，幾天前曾經受到槍傷，妳知道Kimaurri哪裡能進行醫治嗎？」Ghacho扶著賴科，著急地說著。

「Ghacho我不是說過我沒事嗎……？讓我回船上休息就好了……哎……」賴科還在嘴硬，但身體明顯軟綿綿。

「……」見習修女似乎猶豫了一下——「進來吧，我會做一些簡單的傷口處理。」

Ghacho和見習修女把賴科攙扶到一個小房間的床上，昏暗燭光中，Ghacho看到壁櫃上有一些藥品和器械，稍微放心了點。

「這個會發光的是什麼東西呢？」Ghacho手指著蠟燭——「我可以多拿幾個過來嗎？這樣會比較亮——」

「那個叫做蠟燭——」見習修女一邊說，一邊開始動手解開賴科身上的衣物。

「啊……別這樣……我有很醜的胎記不想被別人看到……」賴科還在軟綿綿的掙扎。

「咦？」見習修女突然停下動作，轉頭對Ghacho說：「嗯……可以麻煩你到街上幫忙買一瓶酒嗎？消毒用的，我忽然想到快用完了。這裡有1兩白銀，請你走到靠岸邊有一間掛著日本酒瓶的小酒館，拜託你囉！」

「好！」Ghacho二話不說馬上離開。

「我回來了！很抱歉！去了有點久──」Ghacho匆忙的闖進門，沒注意到見習修女就站在門後，一不小心整個人撲了上去！

　　「啊……抱歉……」Ghacho慶幸還好有用手撐著──雖然也是離的夠近了──啊不對，為什麼要用手撐著呢……Ghacho內心暗自懊惱著……

　　「噓──」見習修女還倒在地上，微笑的說著：「你的夥伴剛剛已經治療好，今晚請讓他好好休息吧。」Ghacho也不好意思一直維持著這樣尷尬的姿勢，趕緊起身。

　　見習修女隨後也起身說道：「今天你一定也很累了，我帶你到房間休息吧。」隨後提起蠟燭向前走，Ghacho則趕緊跟上。

　　「咦？賴科不在嗎？」Ghacho疑惑著。

　　「是的，你的夥伴在醫療間睡著了，我不方便移動他，所以請你今晚在此休息吧。」見習修女仍然保持著微笑。然而，在昏暗的燭光照映下，不知為何，讓Ghacho想起tama書中描述過的天使與魔鬼……想到這裡，剛才彷彿豔遇般的心動整個一掃而空……

第13話　Isabel

「Ghacho阿，再不起床……」

「唉呦……大家都用一樣的話叫我起床……不是tina的聲音，不是阿舅的聲音，也不是賴科的聲音……咦！！！」Ghacho整個嚇到跳起來！慌亂中只記得把被單裹在身上，滾到牆角只露出臉——「欸？」

「早安——」見習修女微笑的說著：「賴科建議我這樣叫你起床，保證你會嚇到，果然如他所料呢！」

「我說啊～你的反應還是跟在Tapari那時一樣慢呢！」靠在房間門口的賴科，也加入調侃的行列。

「好啦～我就是最不像個Basay的Basay嘛！」Ghacho很囧的自嘲，卻發現賴科和見習修女都笑了。

「是說……賴科你身體好了嗎？」Ghacho問著。

「差不多了，要謝謝Isabel呢～」

「咦？你說謝謝誰？」Ghacho還在狀況外。

「哎呀……我忘了自我介紹，Ghacho你好，我的名字是Isabel。」見習修女微微鞠躬。

「妳好……欸……有好多問題……一時不知道要怎麼問……」Ghacho摸摸自己的肚子——呃，應該沒少了什麼東西吧？「咕～嚕～」

「Ghacho想必是肚子餓了，我們到外面邊吃邊繼續聊吧。」

「I—sa—be—o—」Ghacho滿嘴食物的問：「妳怎麼知道我跟賴科的名字？」

「是Isabel啦～沒想到我這個漢人的發音比你還標準⋯⋯當你還在大白天睡覺的時候，我跟她已經聊了一個早上囉～」賴科忍不住繼續調侃。

　　「那⋯⋯昨天晚上的情況是⋯⋯？」Ghacho仍心有餘悸。

　　「抱歉嚇到你了～」Isabel幽幽的說著：「因為我的外表的關係，我必須要有自我保護的方式。」接著又轉為微笑：「如何？很有效吧？」

　　「是⋯⋯」Ghacho鬆了一口氣，接著繼續問：「妳的名字和外表都不像是Basay呢⋯⋯但妳的巴賽語卻很標準⋯⋯」

　　「我是在Kivanowan（註1）長大的Basay喔～現在可是連許多Basay都不知道St. Jago原本叫做Kivanowan呢～」Isabel娓娓道來：「更明確的說，我的tina和binay（註2）是Basay，我的baki（註3）是金毛人，聽說我的外表跟baki那邊的女性很像，所以binay為我取名為Isabel。」

註
1 為三貂社原本的稱呼，在西班牙人統治後改名為St. Jago。
2 巴賽族對祖母的稱呼。
3 巴賽族對祖父的稱呼。

第14話　無本生意

「那……妳怎麼會來到Kimaurri呢？而且在教堂當修女……」

「喂喂喂……越問越停不下來囉……」賴科決定讓Ghacho冷卻一下：「女生可不會喜歡剛認識就一直線問到底的阿宅喔～」

「呃……」Ghacho無法反駁。

「再說，你若真的有意的話，應該去門口外面吹口簧琴才對呀～」賴科繼續開玩笑。

「……」什麼嘛，還不是賴科先跟Isabel聊了一整個早上……不過這個賴科看起來好像真的很會撩妹的樣子……Ghacho只能自嘆不如。

「今天還有一件更重要的事要辦，」賴科恢復正經地說：「Ghacho你沒忘記我們來到這裡的目的吧？」

「呃……找Sanasai？找tama？唉呦！」Ghacho又被賴科用力巴頭——

「算了，沒時間多解釋了。Isabel接到通知，日本商人的貨船大概今天下午會到達Kimaurri，我們要到岸邊去『交易』貨物。否則別說你要找Sanasai、找tama，你大概只能在Kimaurri打工一輩子了。」

「欸……好啦……但我們早就沒有貨物了，要拿什麼交易？難道說……」

「哼、哼，Ghacho你至少還不笨，待會就照我的話做……」

Ghacho一邊聽著賴科的計畫，一邊發現Isabel早已不見人影……

「Takayama桑您好！初次見面，我叫賴科，是個漢人。之前曾經在

淡水社頭家那邊做事，跟諾桑也熟識。現在則是代表麻少翁社、金包里社和三貂社的漢人通事，」Ghacho頭冒冷汗的聽賴科繼續說：「相信您一定明白Basay各社的鹿皮是貴國所需要的，Kimassauw和Tapari的硫磺對貴國的重要性更不用說，而十字教在St. Jago的發展相信也是您所關心的事。在這些基礎之上，希望未來大家一起合作，共謀利益。」

「阿諾……初次見面，賴君你好～」Takayama女士趨前與賴科握手：「能跟有關係的人合作當然是再好不過的事。不過，雖然我能聽懂、也能說漢語，但賴君剛才說的有點太快囉～」

「阿……不好意思……」

「沒關係的，第一次難免會這樣。」Takayama女士笑咪咪的說：「阿諾……能夠請賴君出示代表三社的證明嗎？」

「左邊這位是來自Kimassauw的Ghacho，諾桑是他的阿舅。右邊這位是來自St. Jago的Isabel，是Domingo Aguilar[註1]的孫女。」接著賴科掏了掏背袋，拿出一個盒子：「這是Tapari長老給予的信物。」

Ghacho擦了擦冷汗，還是得故作鎮定……那只是個空盒子吧！

「賴君果然是值得信賴的人。說吧，賴君需要什麼呢？」

「請提供我白銀，由我替你們收購數量和品質都有保障的貨物。」賴科信心滿滿的說著。

註
1 西班牙人，荷蘭人趕走西班牙軍隊後，仍與巴賽族妻子為荷蘭人做事。

第15話　日本商人

　　Takayama女士在岸邊交代手下工作後，一行人便走進教堂。Isabel帶著Takayama女士禱告完畢後，才繼續交談。

　　「前幾天我才聽到淡水社那邊有襲擊事件，沒想到遇害的就是諾醬跟扣醬……」Takayama女士面露淡淡哀傷，繼續說道：「這樣看來，在這邊遇到Ghacho君和賴君，說不定也是上天的旨意呢。我就把我作為旁觀者所知道的一些消息，告訴你們吧。」

　　「阿諾……我是來自日本長崎的Takayama氏族後代。一百多年前，我的祖先成為日本第一批受洗的天主教徒，雖然為歷代主君效力立下功勞，但仍因為伴天連追放令^(註1)而被流放到南蠻人^(註2)的馬尼拉。後代子孫雖然得以返回日本，又因為禁教令^(註3)而遭到迫害，因此許多信徒決定到海外從事貿易，現在定居Kimaurri的日本人大部分是這樣來的。而扣醬的白銀則是從日本的石見銀山開採出來、再透過長崎那邊走私貿易取得的。」

　　「日本的主君為何這麼做呢？」Isabel難得流露出一點氣憤的神情。

　　「阿諾……從我們的角度來看，憤怒是人之常情。但無論是豐臣家或是德川家，統治者在乎的是穩固的統治。早期我們傳教時，難免太過積極造成不同信仰間的衝突；當我們越堅定信仰、越團結一致，統治者就越會認為民間叛亂是我們引起的。雙方無法互相理解，終究導致現在的結果。」

　　「那麼……Takayama桑是如何認識頭家和諾桑的呢？」賴科問道。

　　「呵呵……那可是一段有趣的冒險故事了……簡單來說，我們三人曾經一起經歷一段難忘的旅程，之後才決定一起合作貿易事業，諾醬往

來巴賽各村社收集物產，扣醬在淡水社建立各種貨物的交易中心，我這邊則用白銀換取日本所需的硫磺跟鹿皮，並持續扶持天主教在日本的地下傳教。沒想到，現在卻發生了這樣的事⋯⋯嗚嗚⋯⋯」Takayama女士忍不住哽咽，Isabel則在一旁溫柔地安撫她。

　　一段時間後，Takayama女士稍微平靜下來，繼續說道：「不過賴君，我想給你個忠告。漢人通事的這個職位，對現在的你而言還太早了。到更多地方見聞，逐步且扎實的建立基礎，才足以成為最優秀的漢人通事。」

　　「Isabel呀，妳在這裡耕耘得夠久了，也該是出去走走的時候了⋯⋯」

　　「至於Ghacho君，我剛才聽說你想要尋找Sanasai對吧？我曾經聽諾醬說過，一個真正的Basay，不是為了四處打工交易而遊走，而是為了追尋心中的Sanasai而四處遊走、體驗生活──這句話，就由我代替諾醬留給你了。」

註
1 豐臣秀吉時期，頒布驅逐天主教商人及傳教士的法令。
2 17世紀時日本人對西班牙、葡萄牙人的稱呼。
3 德川家康時期，頒布驅逐天主教徒或強迫更改信仰的法令。

第16話　各自的準備

「Ghacho，試航的情況如何？」賴科問著。

「沒問題。東北風來的時間跟往年差不多，明天減弱後就可以啟航。不過，在迎風面跟在Kimassauw的感受很不一樣……真是又濕又冷阿……」

「貨物都搬上船了嗎？」

「都搬好了，不過賴科你還真會交易阿……我原以為Takayama桑給的那些白銀只夠準備我們的食物跟水而已……沒想到除了鹽、布料和鐵器，連槍都能交易到……該不會你又用那一套話術……」

「才沒有咧！誰叫你這一個月來都不跟我一起行動，當然不知道我多努力在交易。而且阿，同一套話術不可能一直使用都有效的，Ghacho你要學的還多著呢……」

「欸，是你嫌我的bangka不夠大，叫我去跟這邊的Basay學造船的耶。結果還在大風雨的天氣被抓去Perranouan撈大木頭，差點回不來……回來之後又每天敲打造船、腰酸背痛，哪有時間陪你啊？」

「喂……你別忘了那時是你先說風向還不適合，我才叫你有空去學點打工的技術，順便交易來一艘大一點、舒適一點的船，誰知道你直接從頭開始造船咧？你還不如製作牛車，早就可以出發了，還不用看風向呢～」

「牛車又不能到達Sanasai……我可沒見過會在海上游泳的牛……不過，賴科……準備槍的用意是什麼呢？跟Takayama桑提到的神祕組織有關？」Ghacho擔憂地問。

「當然了，之後的旅程可能還會遇到危險，至少要能自保。」

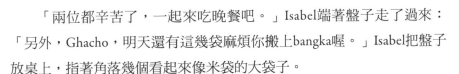

　　「兩位都辛苦了，一起來吃晚餐吧。」Isabel端著盤子走了過來：「另外，Ghacho，明天還有這幾袋麻煩你搬上bangka喔。」Isabel把盤子放桌上，指著角落幾個看起來像米袋的大袋子。

　　「稻米嗎？不過我記得聽妳說過，St. Jago不太缺米了吧？」

　　「這是麵粉喔～有看到桌上的麵包嗎？」

　　「不……我第一次見過……」Ghacho直接抓起一個麵包咬一口：「哇！真好吃！真是太神奇了……這粉末竟然能做成好吃的麵包……」

　　「不只呢～」賴科插進話題：「這麵粉有不同筋性的，有的適合做成麵包，有的適合做成包子、餃子、饅頭，有的甚至能做成糕點呢！」

　　「賴科真是厲害，我只會做簡單的麵包而已，下次請你教我做其他食物吧！」Isabel高興地說著。

　　「呃……不……其實我是南方漢人，平常也是以米食為主，那些麵食是北方漢人擅長的，嗯……我會幫妳打聽的……」

　　「那……我會幫妳打聽tama的！」Ghacho不甘示弱。

　　Isabel先是嚇了一跳，隨後恢復微笑：「謝謝你們唷！」

第17話 三貂社

「哇……沿岸好長一段距離都是巨大的岩石呢……真是壯觀……」
賴科讚嘆著。

「是的,所以這段路無法通行牛車唷～」Isabel笑著說。

忙著操舟的Ghacho實在很想說Isabel幹的好,但畢竟海流強勁,必須
專心控制bangka的航向,於是Ghacho突然操作bangka左右搖擺,讓舷外
浮木忽左忽右的激起大量水花!賴科還搞不清楚怎麼回事,Isabel卻笑得
更為開懷──這可是只有Basay才懂的操舟炫技呢!

當繞過壯觀的岩石海岬後,Ghacho調整bangka轉往南方穩定航行,
此時才說:「之前離開產硫的Tapari、經過一個長條型的海岬時,看到
好幾百個像人頭一樣的岩石排列在岸上,那時就覺得頗為特別呢。沒想
到現在看到的更是壯觀……」

「欸……海邊沙丘上有家屋?」Ghacho看到遠方有熟悉的建築。

「是的,Kivanowan──也就是我的家鄉──到了唷。」

「家屋蓋在這邊不會有危險嗎?」

「是的,所以我們實際上的居住的家屋在翻過沙丘的另一側唷。
順便告訴Ghacho,傳說中我們Basay的祖先離開Sanasai之後,第一個定
居的地方就是Kivanowan喔!之後Basay越來越多了,才分別往Kimaurri、
Tapari、Talebeouan和Taroboan遷移。所以,可別小看沙丘上這些祖先留
下來的家屋呢。」

「哇!照方向看來,Kipataw和Kimassauw的Basay村社大概更晚才建

立起來了……那，妳知道Sanasai在哪裡囉？」

「抱歉呢，我不知道。我曾經問過長老，但大概是因為海流的關係，再也沒有人回過Sanasai，所以，現在已經沒人記得Sanasai在哪裡了……」

「歡迎妳回來～Isabel！」Ghacho還在卸貨的同時，突然有許多人扶老攜幼的從沙丘上冒出來，想必是Isabel的家人吧。

「我很想念妳～Catherine～」Isabel跟第一個衝過來的年輕女性緊緊擁抱著，「大家～這兩位是我的夥伴，一位是來自Tapari的漢人、另一位是來自Kimassauw的Basay喔。」

「哇……你們帶來好多好東西呢……可是，我們現在已經沒有多餘的貨物可以交易了……」一位蓄鬍的男性說道。

「別忘了我們Basay還有手藝呀！」後方一位頗有一家之主氣勢的中年婦女說道：「Isabel的夥伴就是我們的朋友，我們要好好招待！」

此時Ghacho注意到，Isabel的家人或多或少都有一點混血的外貌……

第18話　天主教家族

　　越過沙丘和濱海樹林，村社就在眼前的下坡處，其中有一間教堂，還有一條河流橫在前方。跟Kimaurri一樣丘陵起伏，沒什麼田地，不過既然Isabel沒準備米袋，米糧大概是從Talebeouan交易來的吧。從Kimassauw出發至今，待過了幾個村社，都沒打聽到tama的消息，倒是得知了以現在的操舟技術也無法到達Sanasai的訊息……在這一個安靜的小村社，還有什麼能打聽的呢……？

　　「Kimassauw的Ghacho！」中年婦女喊著。

　　「阿……是……怎麼了嗎？」Ghacho這才回神過來。

　　「你真的是來自Kimassauw嗎？你的外表有點不一樣……」

　　「從我有記憶以來，我一直待在Kimassauw——當然，我知道我的外表不一樣，但我的tina從未回答我。所以，我想外出打聽tama的消息……」Ghacho停頓了一下，猶豫是否該順勢發問……最後總算鼓起勇氣開口：「我發現Isabel的外表……也很不像Basay，請問……」

　　「那是因為我的tama是個金髮外族人的關係。」

　　避重就輕的回答呢，Ghacho心知肚明，不方便再問下去了。

　　「欸……這裡也是在教堂用餐？」Ghacho吃驚地問。

　　「我們整個家族都是天主教徒喔……」Isabel微笑地說：「況且家裡空間不夠大，這個聚會也不是祭典、不能在社寮前舉辦，就只能來教堂囉～」

　　「兩位吃完聖餐就順便受洗囉～」

「Catherine不可以這樣勉強別人啦……」Isabel面有難色的說。

「開玩笑的啦～」Catherine熱情的說：「那我換個話題好了……賴科小哥和Ghacho小哥，你們誰跟Isabel姐姐比較『要好』呢？還是說兩人都……？」現場年輕人紛紛開始吹口哨、鼓譟起來。

「Catherine小妹很會炒熱氣氛喔～」賴科先微笑的回應：「我只能說Isabel對我有必須回報的救命之恩。」現場響起一陣更熱烈的歡呼聲。

「那……Ghacho小哥要怎麼表示呢？」Catherine只見Ghacho很囧的抓抓自己的腦袋——「哎呀！Ghacho小哥直接用紅毛展現自己的優勢啦！」現場年輕人都已經笑到美叮美噹了。

吃飽喝足之後，大伙還在熱烈的聊天，中年婦女把Ghacho和賴科找到角落談話：「……我們這個信奉天主教的家族源自Domingo Aguilar——也就是我的tama。雖然他們大多在各村社活動，但Basay是女性傳承家業，所以我們家族還是回到St. Jago生活，只是固定會派人去Kimaurri的教堂維持運作。我只想告訴你們，追尋Isabel的身分背景可能會帶來危險，但我知道這一天總會到來，因此……希望你們能保護Isabel平安歸來……」

第19話　Ghacho的疑惑

「這是我們製作的弓箭，雖然你們有槍，但火藥有限，希望這些弓箭能給你們更多保護。」蓄鬍的男性把弓箭交給Ghacho。

「這是我們St. Jago最受外界喜愛的頭飾和耳飾，相信這些飾物可以讓你們跟其他村社交易更加順利。」Catherine把飾物交給賴科。

「這是我們的瑪瑙串珠，也是我們能獻上最好的禮物。祝福你們，一路平安。」中年婦女把兩副串珠分別掛在Ghacho和賴科身上。

「還要再來唷～～～」Catherine看著逐漸離岸的bangka，大聲地揮手道別。

往東一段距離後，繞過岬角就要轉往南方了。東北風過境後的乾冷天氣視野良好，三人很快地就看到眼前一座孤懸外海的島嶼。

「哇……那座島嶼好像烏龜阿……」賴科驚嘆著。

「我聽族人說過，一不注意、這隻烏龜還會轉頭喔～」Isabel說著。

「Isabel沒去過南方嗎？」賴科問著。

「我們Basay的傳統都是成年後才會到其他村社活動，但我成年後就到Kimaurri的教堂了，南方村社真的沒去過呢。」

Ghacho此時不是不願意說話，而是要更加費心於操舟了，因為轉往南方之後，稍微外海一點的海流幾乎都是強勁的流向北方，要往南只能張開三角帆、靠著不太穩定的東北風緩慢推進；另外還要盡量靠岸划行，但又要避免撞上沿岸或海底岩石。自從離開產米的Tapari後，Ghacho的操舟技術固然越來越好，但心中的謎團也越來越大。

在產米的Tapari遭遇襲擊，在產硫的Tapari靠賴科的話術才逃過一劫，在Kimaurri時Takayama女士認為神祕組織還有可能再次動手，而Isabel的tina也說追尋Isabel的身分背景可能會帶來危險……敵人是誰？是同一批人、還是不同人？目的是什麼？更讓Ghacho想不通的是，總是有人明明知道更多消息，卻刻意避重就輕，但看起來卻似乎出於善意，為什麼？

西側有高山，天色暗得比往常更早，持續保持專注的Ghacho累了。「必須在這邊靠岸過夜了……」Ghacho把bangka划進一條小溪流內，趕緊把繩索固定在岸邊的大石頭上。

「為什麼不是像從產米的Tapari離開那時一樣在海上漂就好？靠岸感覺可能會被襲擊或打劫。」賴科不解。

「那時風向和海流都適合。這邊的外海，卻會帶著我們飄向北方。」

「嗯……還好還有麵包，不用生火。天黑後分三個時段輪流守夜，Isabel第一段，Ghacho第二段，我顧第三個時段。」賴科明快的下達指令。

第20話　凜冬將至

「Ghacho，再不起床，Isabel就要被我拐走囉～」

「欸……？是賴科的聲音？而且竟然換台詞了……」Ghacho睡眼惺忪地起身：「在我之前守夜的不是Isabel嗎？」

「是阿，不過Isabel太心軟了，還想多守夜一段時間，只好由我把你挖起來——」賴科湊近低聲地說：「樹林中一直有眼睛看向這邊，不知道是動物還是人，總之，越晚越危險，提高警覺吧！」

「……我還是覺得Ghacho白天操舟很辛勞，晚上應該多休息才對。我跟賴科白天在bangka上還可以繼續睡……」

「沒關係的，Isabel，我也無法整個晚上都睡著。而且，之後會遇到什麼狀況都難以預料，大家都要保持好充足的睡眠和體力。所以，我認為賴科的安排是正確的。」

「那不然……之後白天也讓我操舟一段時間吧，好歹我也是個Basay，我會操作bangka的喔～」

「呃……」Ghacho跟賴科竟然異口同聲地說：「Isabel妳該休息了……」

月圓之夜，夜晚顯得特別明亮。東北風忽然間又強勁了起來，冷風吹拂下，竟然有點刺骨。冬天要到了？也許，今年會是個比往常都還要更冷的冬季。Ghacho走到船艙中間，為賴科和Isabel分別披上鹿皮。

「阿—阿—阿—啪啪啪……」

突然竄出的烏鴉，深夜中確實會嚇到人。

「悉悉簌簌、悉悉簌簌⋯⋯」

樹林裡有動靜⋯⋯

Ghacho知道許多動物在深夜時分進行覓食甚至獵殺是稀鬆平常的事，但還是小心翼翼的伸手拿起弓箭，拉弓上弦先行預備瞄準——雖然Ghacho對於自己的射箭技術始終沒信心，但深夜直接開槍只會製造更大動靜、反而成為目標，獵人始終要保持自己位於暗處，所以⋯⋯Ghacho靜靜的瞄準了一段時間，額頭上開始滲出汗滴⋯⋯

樹林裡的鳥類彷彿有所感應似的，紛紛竄出、四散而去。

Ghacho注意到小溪流的水突然急速地減少，一下了下游的水全部流光！Ghacho倒抽一口氣，慢慢轉頭往後方海面看去——只見到月光下，比家屋還高的大浪，已經湧上了岸⋯⋯

Ghacho連想開口叫起賴科和Isabel都沒辦法，只記得反射性地閉上眼睛，卻彷彿看到從小到大的回憶快速閃過眼前⋯⋯

第21話　哆囉美遠社

東北風再起，今日的南向航行順利多了。

「昨晚……只能說運氣好……那個大浪要是直接打到bangka……不敢想像……還好上岸後就垮了……只有水花灑到bangka上……」Ghacho還心有餘悸。

「呼阿～Ghacho別一直囉嗦……我要睡覺……」賴科抱怨著。

「Ghacho休息吧……昨晚你辛苦了……讓我繼續代替你操作bangka吧……」Isabel在船頭說著。

就是Isabel操舟才會睡不著阿──Ghacho心想，又不好意思說出口。

突然一陣劇烈搖晃！

「觸礁?!」根本就沒睡著的Ghacho迅速起身──「欸？」

「Talebeouan到了唷……」Isabel不好意思地吐舌頭。

「哇……跟Isabel說的一樣，像烏龜的島真的轉頭了！」賴科驚訝著。

「因為烏龜頭在東邊、身體在西邊，我們在牠的西邊由北往南前進，就只是這樣而已嘛……」Ghacho覺得這沒什麼好大驚小怪的。

「欸──？」賴科和Isabel同時表達不解。

原來這兩人都沒什麼方向感──Ghacho不禁頭冒三條線。

Talebeouan的沙灘是黑色的，還帶有一些植物腐敗的味道，可能比較有養分，濱海樹林長得比St. Jago更為茂盛。濱海樹林中有幾個瞭望台，這讓Ghacho提升了警戒──巴賽村社通常不會興建超過一個瞭望

台，更別說蓋在不太穩固的沙地上，有什麼非得這麼做的原因嗎？

「嘿——我們是從St. Jago來交易的，我們帶來的是漢人的鹽、布料和鐵器，想跟你們交易稻米——」賴科對著瞭望台上的Basay喊著。

「悉悉簌簌……」突然間！濱海樹林中冒出5個弓箭手、一下子就圍住離瞭望台不遠的賴科！Ghacho還在岸邊卸貨，Isabel則在bangka內緊張的拿起手槍瞄準那些弓箭手——

「沒事，他們只是要確認我們沒有危險。」賴科從包圍中走出來，弓箭手一邊跟著、一邊警戒四周。

「這裡發生什麼事了？」賴科問著看起來帶頭的那位弓箭手。

「你們知道Kavalan嗎？」看三人都搖頭，那位弓箭手嘆了一口氣繼續說：「你們看到了這個四周被高山和大海圍繞的廣大平原了嗎？在這裡除了Talebeouan是Basay之外，其他村社都是Kavalan。而Kavalan有出草的習俗，特別是現在農作收成後，Kavalan的男人就更常出草了。」

「不好意思，請問『出草』是什麼意思？」賴科繼續追問。

「就是——」弓箭手用手刀往賴科脖子上做了砍頭的示意動作。

第22話　生存之道

「我聽過Atayal也有出草的習俗。」Ghacho說著。

「你們看到遠方的高山嗎？」帶頭的弓箭手說著：「Atayal就是住那邊的。」

「為什麼這會成為習俗呢？」Isabel面露愁容地問。

「打獵的人會想要更大的獵場，耕田的人會想要更多的田地。另外，獵到越多人頭的人，在族裡的地位就越高。我甚至聽說，出草是他們祭慰祖靈的方式，重大祭典前要出草、天災後或收成不好也要出草……」帶頭的弓箭手無奈地說。

「田地不夠，跟其他村社、外族人交易就可以解決問題了吧？」賴科停頓了一下又說：「不過，若是跟祖靈信仰有關就……」

「我們的確曾經跟一些來交易稻米、關係還不錯的Kavalan談過停止出草，但他們表示無法理解。」弓箭手又嘆了一口氣。

「咦？你們會跟Kavalan交易？不是被出草嗎？」賴科驚訝的問。

「你們不就是要交易給我們鹽、布料和鐵器嗎？Kavalan也需要那些貨物，所以他們用稻米跟我們交易。所以Talebeouan提供其他Basay村社的大量稻米，其實是Kavalan種的喔。」這時帶頭的弓箭手倒是笑著說：「不過你們可別直接找Kavalan交易稻米喔，我們能跟他們交易，是因為我們懂他們說的話。你們跟他們語言不通，他們生氣起來就──」弓箭手又對賴科的脖子做一次砍頭的示意動作。

越過濱海樹林，廣大的平原展開眼前。然而已開墾的田地僅是一塊一塊的散布在平原中，大概就是各村社的位置吧？樹林還是占了半數以上的面積。而在沙丘坡腳下的Talebeouan，村社不大、家屋不多，中間

有個小廣場，錯雜的竹林把整個村社圍繞起來，田地則在竹林之外。

「因為已經有幾次Kavalan趁Basay在岸邊交易時出草，所以現在Talebeouan的交易改成在社寮前面的廣場進行。而且我們是全村社的所有貨物集中交易，大家再平均分配。受到出草的影響，Talebeouan的人數一直多不起來，又有很多男人必須輪流做守衛的工作，沒有多餘人手了。」帶頭的弓箭手繼續邊走邊說：「雖然無法像其他Basay村社一樣自由交易，但這是Talebeouan的生存之道。」

一行人終於走到廣場，社寮中走出來幾位長老和巫女。

「天要黑了，明天再來清點交易貨物吧。不介意的話，這附近的公廨和貓鄰都還有空位，」帶頭的長老轉頭對著旁邊的一對年輕男女說：「你們兩個幫忙分別帶過去吧。」

「呃……請問……方便借個可以煮食的地方嗎？」Isabel意外地開口。

第23話　祖靈的震怒

「原來Isabel是要做麵包阿……哇喔……原來這些麵粉加水揉一揉就變成軟軟的麵團，真有趣……」賴科邊說邊用手指戳一戳。

「不只喔，這麵團還要加上漢人的鹽、動物的油、當地的香料和食材，以及最重要的──Takayama桑特別提供的酵母粉──才能發酵成麵包喔。」Isabel解說著。

「欸……為什麼只有我在做烤箱阿？賴科你明明也很閒……」Ghacho不太高興地抱怨著。

「喔～我可是在研究著如何做出北方漢人的麵食呢……這樣我們之後可以吃的食物就更豐富了，你要感謝我才對吧～」賴科賊賊的回應。

「Ghacho這是只有你才能完成的工作，做好的話，麵包就是我們一起完成的唷～」Isabel微笑的說著。

「阿……好……」Ghacho立刻停止抱怨，開始認真敲打。

「嗯……Ghacho和賴科，你們應該都知道Basay未婚女子把未婚男子帶進貓鄰過夜的習俗吧？」Isabel突然有點結巴的說著：「不過，我仍然是一個見習修女，所以……你們能明白嗎？」

「當然。」賴科居然一瞬間就回應了，Ghacho略為感到失落，不過仍然點頭示意。

「謝謝……你們是最好的夥伴……」Isabel高興地說著。

清晨，一陣天搖地動。

「Ghacho快起來！」Ghacho迷迷糊糊被搖醒，才發現賴科和Isabel正

一邊搖醒他、一邊準備衝到家屋外面。

「欸？都沒人衝出來？」三人在家屋外面，淋著雨。

「嘿……你們幹嘛一大早在外面淋雨？」正好路過一位早班巡邏、穿著蓑衣的弓箭手，不解地問著。

「呃……你們不覺得這個搖晃很大嗎？難道……不怕家屋倒塌嗎？」賴科問著。

此時Ghacho看著村社內的家屋，開始注意到似乎長得有點不一樣……再仔細觀察，原來是支撐家屋的高腳柱數量比Kimassauw的家屋密集了許多。大概是是因為這樣，Talebeouan的Basay才沒人衝出家屋吧。不過，這樣蓋肯定需要使用更多材料、也要蓋更久……

「這樣的搖晃，我們早就習以為常囉～」弓箭手先是輕鬆地說著，隨後又轉為憂慮：「不過……看來幾天後Kavalan又要來出草了……」

「為什麼？」賴科追問著。

「大地搖動，可能某個村社受損嚴重，加上這陣子異常頻繁下雨，看來要淹水了……Kavalan大概又要視為天災，準備出草讓祖靈息怒了……」

第24話　息怒之戰

「這是第一次……我們三人同時做了一樣的決定呢！」賴科打趣的說。

「嗯……不過Ghacho要平安回來啊……」Isabel仍難掩擔憂。

「沒問題。雖然不知道為什麼，但我感覺很有信心。」Ghacho說著：「好了，看來那些Kavalan已經聚集了，我該下去了。」說完，Ghacho從瞭望台爬梯子下去。

一如往常，巡邏小隊在村社外圍巡邏著。

走到樹林邊緣時，弓箭手停了下來，跟樹林保持一段距離，仔細注意著樹林中的動靜。跟平常不一樣的是，他們的警戒動作並非拉弓上弦，卻是把幾乎高達肩膀的藤編盾牌護住正面，雖然那些盾牌看起來粗製濫造，似乎愧對Basay該有的好手藝。

時間一點一滴的流逝過去，樹林中好像有動靜？又好像什麼都沒有。巡邏小隊準備移動到下一個巡邏地點，拿起盾牌、居然像是背龜殼一樣把盾牌背在身後，當他們轉身離開時——

「哇啊啊啊！！！」背後傳來衝鋒的叫囂，Kavalan終於按耐不住出擊了！

一瞬間，大批Kavalan戰士從樹林中衝出來，也有一些箭從樹林中射出，但因為相隔一段距離、又有盾牌保護，巡邏小隊仍能往村社的方向繼續奔跑——

跑啊、跑啊，揹著盾牌的巡邏小隊速度逐漸變慢，Kavalan戰士心裡

大概想著，傻瓜才揹著笨重的盾牌逃跑呢！眼看就要追到了，Kavalan戰士們紛紛拔出隨身的腰刀——

突然間！5名弓箭手幾乎同時卸下背上的大盾牌、插在土裡，接下來令在場全部Kavalan戰士都意想不到的是——「碰！」

Kavalan戰士反應敏捷的紛紛就地找掩蔽，而後慢慢起身……煙硝味逐漸散去，身邊沒有任何一個戰士倒下，於是Kavalan戰士準備繼續追擊，這才發現眼前擺滿了削尖的竹竿，但卻一動也不動。

「咻！咻！咻！咻！咻！」

從密集的削尖竹竿中，飛箭強勁的射向Kavalan戰士們，被射中的戰士紛紛倒下，此時，Ghacho才大喊：「前進——」

由密集削尖竹竿組成的、當地人從未見過的巨大方陣，一步一步、緩慢卻踏實的向前邁進，飛箭持續的射向奔逃的Kavalan戰士，直到視線範圍內再也看不到任何一位Kavalan戰士。

「撤退吧。把受傷的人都帶回去給Isabel治療。」Ghacho說著。

夕陽西下，Isabel還忙碌著治療傷者，Ghacho還被弓箭手們圍著討論戰事，而賴科則站在瞭望台上，沒有人看見他意味深遠的微笑。

第25話　歲時祭儀

「Ghacho，你怎麼想得到這種打法阿？」賴科終於逮到時間發問。

「那不是我想出來的，是tama的書上介紹的……可能是tama那邊的戰士打仗的方法吧。不過以前在Kimassauw從沒遇過外族人襲擊，所以我也沒把握能一次就成功。而且這邊沒有長矛，還好這裡竹子多、前端削尖很快就能用；火槍只有我們有，所以還是以弓箭手當主力；至於那個急造的盾牌……只是讓誘敵小隊安心的東西啦，沒想到效果比想像中更好……」Ghacho繼續說著：「不過，既然你事先沒想到我會這麼做，怎麼還主動跟Talebeouan全社的人說我們可以幫忙阿？」

「呃……我是想說我們有槍嘛……以為光靠槍就可以把Kavalan嚇跑了……而且Isabel也說要留下來治療受傷的人啊……誰知道你都用槍了、還是一個人都沒射中……」賴科仍不免調侃一下Ghacho。

「賴科這次冒的險太大囉。」Isabel難得唸了一下賴科。

「我們本來就是在冒險呀……」賴科攤手：「好啦～差不多該去參加聚會囉——專為這次勝利舉辦的唷——」

「感謝祖靈為我們帶來三位英雄、幫助Talebeouan度過劫難……」巫女正在祈禱著。現場安靜肅穆，幾乎全村社的人都聚集到廣場。營火熊熊燃燒，儀式最後，巫女跪拜大喊著：「祖靈阿！願您保佑所有Sanasai的子民交易順利！過著好生活！」

獻祭儀式結束後，在場所有人開始狂歡、飲酒、奏樂、跳舞、高歌。

「請問……我治療的那些俘虜呢？」Isabel不安地問著。

「放心吧，明天一早就會放他們回去了。」一位長老說著：「另外，雖然我們能給的不多，還是希望三位能在這裡待到Palilin^{（註1）}過後。」

「嘿！三位年輕的英雄們，你們好！我是從Taroboan來交易的Basay，今天才聽到你們的英勇事蹟，真是太棒了！」另一位頗為英姿煥發的中年Basay特地前來打招呼：「能否請你們也來拯救Taroboan呢？」

「長老有特別交代，今天早上千萬別到處亂跑。」賴科提醒著。

「為什麼阿？」Ghacho不懂。

「今天早上是Talebeouan的Palilin，外人不可以闖入，不然會被認為帶來厄運的。你不會希望我們在這裡的好評毀於一旦吧？」賴科說著：「等Palilin結束後，今天就有難得的雞肉大餐可以吃囉！」

「我們在這裡其實也安穩地度過好一段時間了呢……」Isabel說著。

「是阿……」Ghacho揚起自信的微笑說著：「該前往Taroboan了。」

註
1 歲時祭儀，為Basay的過年，相當於漢人的農曆新年前。

第26話　清水斷崖

「這次終於可以好好看風景囉！」Ghacho開心的說著。

「你還真敢說，竟然要求Talebeouan出動11個人一起去Taroboan，這樣Talebeouan的安全沒問題嗎？」賴科跟Ghacho抱怨著。

「放心，歲時祭儀過後，大家都開始耕種了，Kavalan比較不會來襲擊了。而且經過Ghacho大哥這陣子的操練後，留在Talebeouan守護村社的人數綽綽有餘啦。」操舟的年輕小夥子Tavayo爽朗的說著：「而且能組成船隊，拉風的咧～」

「哈……說得太誇張啦，前面是Taroboan來帶路的bangka，後面是你們的bangka，其實也才三艘而已。」Ghacho不好意思地說：「是麻煩你們來幫我讓Taroboan的Basay更快學會這套打仗的方法啦。」

「沒想到還沒多久前、話都還不太會說的Ghacho，現在已經有支持者啦～」賴科仍忍不住虧一下。

「Ghacho大哥真的很厲害呢，之前下雨後淹水，他駕著小bangka四處觀察，一下子就把Talebeouan附近的地形都摸熟了。打仗那天，他其實還有另外攔截溪流的水，要是我們打輸了還可以撤退到溪流，他再放信號叫上游放水咧——」Tavayo繼續說著。

「哇喔……看不出來Ghacho準備這麼周到阿……」賴科終於佩服了。

「沒有啦，其實我在Talebeouan也跟大家學了很多東西，像是雨停後還持續淹水不退的原因跟排水不良有關，還有地震其實是同一個來源、遠近不同的搖晃程度和震動方向都有差異，以及更為耐震的家屋蓋法……這些都是我的新體驗阿。」Ghacho也越說越起勁了。

「不過我覺得Isabel姐姐也很厲害喔，帶來了好多從沒見過的藥材，也教了我們新的治療方法，幫助很大呢！」坐在Isabel身旁的年輕女孩Ravayaka也加入話題。

　　「能幫上大家的忙真是太好了。」Isabel招牌的微笑著。

　　「哎……看來只有我沒人氣……」賴科假裝鬧彆扭。

　　「蛤？」Ghacho不可置信的說：「賴科……你這樣太假了……Talebeouan的長老跟巫女都──」

　　「唉──大家看看前面──」Tavayo大喊，引起了大家的注意。

　　「哇……」望著眼前臨著海、高聳入雲、連綿不絕的高山和懸崖，垂直陡峭的岩壁，Ghacho忍不住讚嘆著：「這真是太……太壯觀了……巴賽語已經無法形容這樣的景色了……」

　　「這裡溪流的水也好清澈呢……以漢人的習慣，這條溪流可以叫『清水』了。」賴科也讚嘆著。

　　「那麼，我們就把這裡叫做『清水斷崖』吧。」Isabel微笑的命名著。

第27話　哆囉滿社

雄偉山腳下，出現了Basay風格的家屋，毫無疑問，Taroboan到了。然而船隊並未在岸邊登陸，而是繼續向前直到抵達一個出海口非常寬廣、但水量不多的河流，船隊才依序轉進，溯上一小段距離後才陸續登陸。大概是為了避免海邊突如其來的大浪吧——Ghacho對於之前的恐怖經歷還印象深刻，小命差點就沒了阿。

「三位英雄！還有Talebeouan遠道而來的戰士們！歡迎各位來到黃金之地——Taroboan——」村社的長老率領眾人在岸邊迎接，看起來稍有地位的人身上或多或少都有一些沙金或寶石裝飾，確實無愧黃金之名。

「請問這條大河和對面的村社是？」Ghacho第一個開口發問。

「這條大河就是生產黃金的Tkilis（註1），對岸那邊是Sakizaya（註2）的村社。」領頭的長老回答著。

「不過看起來Sakizaya沒有bangka……所以說……會襲擊Taroboan的，是來自山上的外族？」Ghacho繼續說明他的觀察。

「聽族人提過紅毛的Basay英雄觀察力驚人，傳聞果然是真的……」長老稱讚道：「確實，Sakizaya不像我們Basay駕著bangka到處交易，所以兩邊沒什麼衝突。但是，山上的外族人——原本聽說他們是跟Atayal有親戚關係的Seediq（註3），但他們來襲擊時又自稱是Truku（註4）——已經越來越常對我們發動攻擊。這裡的情況跟Talebeouan不一樣，Truku不跟我們交易，雖然也有出草的行為，但他們的行動似乎更像是要占領Taroboan這塊土地……不只是我們，Sakizaya也一樣受到Truku的攻擊，但Sakizaya人數眾多、他們有能力對抗，不想跟Basay合作。這樣下去，

Taroboan的Basay遲早會被趕走，或是抵抗到被消滅……」

「瞭解了。我們就是來這裡保衛Taroboan的。」賴科站出來說話。

「聽族人提過矮小的漢人很有解決問題的辦法，金髮的Basay修女帶來巫女都比不上的高明醫術。你們的到來，是Taroboan最後的希望阿！」上了年紀的長老似乎有些過於激動，講到身體都站不太穩，旁人趕緊上前攙扶。

Ghacho理解到，Taroboan的情況比Talebeouan更為險峻。此外，之前到Talebeouan求援的那位中年Basay說過Truku是非常勇敢好戰的山林戰士，比Kavalan更厲害許多。面對強大的威脅，Ghacho並非被捧為英雄後就熱血沸騰的勇士，反而陷入沉思中——都怪賴科隨便亂答應啊啊啊！！

註
1 發源自高山峽谷、為哆囉滿社帶來黃金和各種寶石的大河。
2 薩奇萊雅族，哆囉滿人對居住在大河南岸的外族人的稱呼。
3 賽德克族，與泰雅族有共同祖先、深居山中、英勇善戰的一族。
4 太魯閣族，原為賽德克族的分支，後自我認同為太魯閣族。

第28話　花式地震

「賴科……你有沒有打算找對岸的Sakizaya談合作阿？」Ghacho踏上家屋的階梯，一副疲憊不堪的樣子：「雖然說不是同族，語言可能也有點不通，但都有Truku這個共同的敵人，加上你很會說服別人……」

「Ghacho你才幾天就不行啦？」賴科免不了還是先虧一頓。

「邊吃晚餐邊聊吧。」Isabel端著盤子現身：「這可是Taroboan才有麻糬喔。」

賴科快手拿起一顆麻糬塞進嘴巴，接著才低聲說：「Ghacho你有想過為何Talebeouan的弓箭手勸阻我們跟Kavalan交易、Taroboan的長老也勸阻我們跟Sakizaya交流嗎？」

「因為語言不通吧。」Ghacho也吃了一顆麻糬。

「語言不通？那Basay如何跟漢人、跟日本人交易？以前還會幫紅毛番做事呢！」賴科持續壓低音量說著：「我認為真正的原因是，各村社要維持在各自領域的獨占交易。如果今天有個厲害的傢伙跟各族人都能交易，各村社的Basay就會變成只能替那傢伙打工的小弟了。」

「但是……若Taroboan被Truku占領了，就更不可能獨占這裡的交易了吧？即使如此還是不能向Sakizaya尋求援助嗎？」Isabel問著。

「在想到其他更好的方法之前，我認為維持現有體制還是比較好。另外，若跟Sakizaya求援，久而久之Taroboan大概會變成Sakizaya的附屬村社，我想Basay應該不會接受這種事。」賴科分析著：「所以，Ghacho還是要靠你了。不過看你的樣子，有困難嗎？」

「嗯……我認為家屋太靠近山腳，Truku的襲擊一下子就到了，沒有太多時間反應，也沒有讓方陣展開和移動的足夠空間。當然啦，家屋

蓋海邊大概就會被大浪打壞了，山腳下確實是僅存的空間了。」Ghacho解釋著：「所以，除了製作武器之外，我還沒想好該怎麼防守……」

「碰！……隆隆隆……」

「窩……地牛又翻身囉……」賴科第一時間的動作是——護住盤子內的食物！

扶住門邊的Isabel看到賴科的動作，忍不住笑了出來：「保命比較重要，麻糬再做就有了啦～」

「這種先垂直跳一下、很快的又水平搖晃的地震，只有在Taroboan出現呢……」Ghacho思索著：「這是不是代表這個地震很近？」

「欸……你們看那邊……」Isabel手指著Sakizaya的方向：「現在明明是晚上，但那邊好亮阿……」

「是耶……那裡怎麼了？營火也不可能燒成那麼大……」賴科說著。

Ghacho緩緩說著：「雖然只是我的猜想，但大家還是先抓好——」

話還沒說完，眼前的大地宛如海浪般起伏著，伴隨著怒吼聲……Ghacho還想確認是否自己眼花看錯，才發現自己身體浮在半空中——

第29話　風颱草

「大家都沒事吧？」Tavayo急忙跑來，Ravayaka也在身邊。

「還好……只是被拋到空中再摔下來一下……」Ghacho灰頭土臉的說：「其他地方呢？」

「大家都嚇到跑出來，不過我們一路跑過來只看到一間家屋倒塌，有個長老說這麼大的搖晃幾十年沒見過了……」Tavayo回答著。

「這麼大的搖晃幾十年就會有一次阿……真是佩服在這裡居住的人……」Ghacho說著：「而在這麼大的搖晃下只倒塌一間家屋，更是厲害了。」

「Ghacho現在不是佩服的時候吧……」賴科說著：「Truku應該會準備來襲擊了吧？」

「不……這次應該不會……」Taroboan年紀最大的長老走了過來：「Truku在山上應該看得出來，這次是Sakizaya那邊比較嚴重，所以Truku應該會先去Sakizaya那邊出草。」

「所以是逃過一劫了……嗎？」

「還真的逃過一劫呢……」賴科在村社最南端的瞭望台上說著：「這幾個月來，Sakizaya跟Truku互相打打殺殺，連Taroboan這邊都看得一清二楚……Ghahco你那邊準備好了嗎？」

「嗯……差不多了。」一旁的Ghacho一邊觀察遠方、一邊說著：「不過這一兩天突然變得沒有風，但海上的浪還是一波一波湧上來，跟之前我們遇過的大浪有點像，這是什麼原因呢？」

「阿……」Tavayo說：「這是預兆喔，幾天後大風雨就要來了。」

「你們看——」Ravayaka手上拿著幾片草葉展示，說著：「葉片上有2條橫線，代表今年會有2次大風雨喔。」

「喔……我大概懂Basay說的大風雨是什麼意思了……要不要換個簡短一點的說法呢？漢人叫做『風颱』。」賴科提議。

「聽起來簡單好記呢……那麼這個可以當預兆的草，就叫『風颱草』好了。」Isabel的命名癖又發作了，跟賴科簡直一搭一唱阿。

狂風呼嘯，暴雨不停，已經整整兩天了。

「好驚人阿……在Kimassauw遇到的『風颱』跟這個完全不能比阿……」窩在家屋內的Ghacho，小心翼翼的打開窗戶，看到戶外各種雜物滿天飛、雨水橫著飄，深刻體會到「風颱」直撲而來的真正威力。

「Ghacho！風灌進來了啦！」兩面盾牌後方，賴科在角落抗議著。

「賴科要感謝Ghacho把地板開洞，才能在屋內安心的『解放』呀……不然這種天氣窩在屋內憋著、或硬著頭皮外出才是兩難阿。」Isabel笑著說。

「以後要是我來寫這段冒險故事，絕對不會寫這一段的。哼！」

第30話　戰鬥的時機

「這下可糟糕了……」Ghacho看著被落石砸毀的南端瞭望台和山腳護欄，幾個月來辛苦搭建的防禦設施毀了大半。

「村社的Basay都在忙著修復家屋、整理家園，但是我擔心Truku可能趁機來襲……」賴科難得也露出愁眉苦臉。

「是阿……怎麼能錯過好機會呢……」Ghacho感嘆著。

炎熱夏日，清晨時分稍涼，巡邏小隊在村社西南方巡邏著。

走到山腳下時，弓箭手停了下來，跟山腳下的樹林保持一段距離，仔細注意著樹林中的動靜。跟之前一樣，他們把幾乎高達肩膀的藤編盾牌護住正面。稍微有點不一樣的是，他們還戴了藤帽。

時間一點一滴的流逝過去，樹林中好像有動靜？又好像什麼都沒有。巡邏小隊準備移動到下一個巡邏地點，拿起盾牌、居然像是背龜殼一樣把盾牌背在身後，當他們轉身離開時——

「Mtkrang（註1）——」背後傳來出草的呼嘯聲，Truku終於出擊了！

一瞬間，大批Truku戰士從山腳樹林中衝出來，也有一些箭從樹林中射出，但因為相隔一段距離、又有盾牌保護，巡邏小隊仍能往村社的方向繼續奔跑。然而不得不說Truku戰士弓術驚人，有幾箭直接擦過頭頸部！若沒有戴藤帽早就死定了！

跑啊、跑啊，揹著盾牌的巡邏小隊速度逐漸變慢，Truku戰士眼看就要追到了，戰士們紛紛拔出隨身的腰刀——

突然間！5名弓箭手同時卸下背上的大盾牌、插在土裡——

「碰！」

　　Truku戰士同樣反應敏捷的紛紛就地找掩蔽，而後並未起身……Truku戰士知道眼前擺滿了削尖的竹竿，但仍然潛伏在半身高草叢中，令弓箭手不知該射向何處……

　　「發射阿！」Ghacho大喊，弓箭手們才反應過來——「咻！咻！咻！」從密集的削尖竹竿中，飛箭射向草叢中不知位於何處Truku戰士們。

　　「咻！咻！咻！」多支飛箭也從草叢中曲射而來，雖然有藤盾和藤帽保護而未受到致命傷，但仍有多名弓箭手肩膀、手臂紛紛中箭。Basay弓箭手嘗試對著曲射飛箭來襲的方向曲射反擊，此時藏匿在草叢中的Truku戰士神出鬼沒，一下子跳出來手持腰刀用力把竹竿砍短、一下子又躲回草叢。幾次來回，竹竿已經越來越短……

　　「後退！」Ghacho大喊。Truku戰士第一次見過的巨大方陣，一步一步、緩慢踏實的向Tkilis停泊bangka的方向撤退。此時Truku戰士兵分二路，一路繼續追擊Basay方陣，另一路大喊著「Mtkrang！」往村社前進……

註
1 太魯閣語，出草之意。

第31話　戰場的選擇

「Truku戰士都跑掉了？」賴科從bangka探頭出來問。

「呼……這裡是沙地沒有遮蔽，他們有可能停在草叢中埋伏。」Ghacho喘口氣後說著：「受傷的人快到Isabel那邊接受治療吧！」

「我有很奇怪的感覺……Truku戰士好像早已知道這種打法一樣，曲射弓箭手、砍短竹竿，完全剋制了方陣的攻擊和防守。但明明Truku戰士應該是第一次遇到我們才對吧……」Ghacho一邊喝水、一邊不解。

「我聽說上次在Talebeouan打敗Kavalan的消息早已傳遍Basay各村社了……會不會Truku也從Kavalan那邊打聽到消息？」賴科說著：「不過……Ghacho，之前Tavayo不是才說你設想週到嗎？這次咧？」

「……叫村社所有人把所有家當、食物都帶到bangka這邊，讓Truku一無所獲，就是打不贏的備案阿。」Ghacho有點不耐煩地說。

「……但是一直窩在這邊，無法奪回村社，最後Taroboan的Basay也會對我們失去信賴的！我就算口才再好，也不可能永遠說服他們的阿——」賴科突然意識到這樣下去只會越吵越烈，於是停頓下來，沉默。

一段時間後，賴科才說：「好吧，Ghacho，在你想到辦法之前，我無論如何都會幫你頂住這邊的壓力。」說完右手握拳捶向心臟，再把拳頭伸到Ghacho面前。

坐在地上歇息、有點垂頭喪氣的Ghacho看到這一幕，先是愣了一下，接著微笑，然後同樣右手握拳捶向心臟、再跟賴科輕碰拳頭。

人員替換補齊，削尖長竹竿和箭矢都補充完畢，方陣重新排好陣勢，在Ghacho的指揮下——「前進！」緩慢踏實地往村社方向前進。

方陣前進到離草叢約弓箭射程的距離，Ghacho大喊：「停！」接著

再下口令：「弓箭手取箭——點火——發射！」

　　「風颱」過後的豔陽天讓雜草變得乾燥，伴隨著南風，火勢很快就燒了起來，潛伏在草叢中的Truku戰士被逼現身、向後脫離火場。但Ghacho不讓弓箭手射向Truku戰士，只是繼續命令方陣往西北方前進，每前進幾步就繼續向方陣北側的草叢或樹林射擊一次火箭。最後方陣抵達一側高山、一側河床的狹窄通道，先對山坡上的樹林射擊最後一次火箭，才讓方陣就地停駐，盾牌插地，削尖竹竿水平前伸，弓箭手彎弓搭箭預備射擊。

　　火勢繼續向北延燒，煙霧也越來越大。一段時間後，開始聽到吵雜的人聲，接著就看到Truku戰士們從刻意保留的通道、迅速且勇猛的衝了過來！同時大喊著：「Mtkrang！」

　　Ghacho大喊：「射擊！」Truku戰士這回沒有草叢掩蔽，只能瘋狂的向前突擊，直到——被直射而來的飛箭射倒在地。後方的Truku戰士雖想以曲射弓箭反擊，卻被逆風和煙霧影響。最後，戰場成了一面倒的屠殺……

第32話　現實與夢想

「Ghacho？你怎麼在這裡？」Isabel驚訝地看著待在墓葬區的
Ghacho，似乎已經坐了一整個上午。

「……」Ghacho抿著嘴，不發一語。

Isabel祈禱完後，便靜靜的坐在Ghacho身旁。

「我還記得跟族人一起去打獵、遇到大野豬的時候，面對牠巨大
的獠牙，我嚇到跌坐地上，手腳跟腦袋都動彈不得。」Ghacho仍然看著
遠方，緩慢地說起一段往事：「沒想到，突然之間，全部族人都不顧藏
身、猛用弓箭射向大野豬，然後紛紛拔起腰間的短刀、從四面八方跳到
大野豬身上拼命攻擊。大野豬當然也拼命的掙扎，族人們紛紛受傷……
最後大野豬力氣用盡，才在我面前倒下。」

「我聽說Basay獵人通常不會主動攻擊大野豬……」Isabel略為驚訝。

「是阿，因為很危險。」Ghacho繼續說著：「後來在附近搜索，發
現了一窩小野豬。」

「那是……」Isabel不忍心再說下去。

「是的。」Ghacho沉靜地說著：「我們把大小野豬都帶回村社。」

「……謝謝你……我明白了……」Isabel難掩情緒低落。

「呼……」Ghacho說完後平舒坦了些：「不過，賴科曾經說過，他
會努力想出減少衝突、讓每個人過著跟Basay一樣交易、打工的生活方
式。雖然我認為很難，但我仍想待在他身邊，看他怎麼做。」

「很難的原因是？」Isabel問道。

「妳想阿，當每個人都平安生活，每個村社的人越來越多，就需
要越來越多的田地、獵物、漁獲，蓋越來越多的家屋，造越來越多的

bangka……但是平原再大總是有限、還能到哪裡開墾田地？鹿群都補光、以後還有鹿肉可以吃嗎？樹木竹林都砍光、以後還有材料蓋家屋和製造bangka嗎？」Ghacho說明著：「而且，天災一來，生活就會大受影響。」

「天災後好像也就是衝突爆發的時機……」Isabel若有所思的說。

「嗯嗯……」Ghacho說著：「但我們在Talebeouan和Taroboan所做的事，也確實讓現況產生一些變化。所以，努力嘗試新的想法和做法，總有一天有機會突破現在無解的困境……」

「哇！這一整箱的砂金和寶石是怎麼回事？」Ghacho嚇到。

「哼哼……Ghacho你以為那天只有你在打仗、Isabel治療傷患在忙嗎？我跟其他人都努力在河口捕撈砂金和寶石呢！這次風颱雖然特別大，帶來的收獲也特別多呢！」賴科得意的說。

「不過……我想這麼多應該還是賴科交涉的成果吧？」Isabel笑著說。

「那當然囉！」賴科手插腰的說：「這就是我們夢想的起點了！」

第33話　巴賽傭兵團

「Ghacho大哥……跟你討論一下。雖然我們在Talebeouan和Taroboan都打贏了，但他們以後應該還會再來，可是我們應該不太可能長期保持這麼多人備戰吧？村社還有其他工作要做……」Tavayo突然跑來問問題。

「你說的沒錯，不過，Basay基本上只擅長弓箭，近身肉搏不行，方陣是能保護弓箭手、也能在短時間內訓練起來的打法，所以才用方陣。而且，原本我看到的方陣打法其實是更複雜的，之前教大家的是簡化過的。」Ghacho解釋著：「所以，我也有在想如何用更少人來應付襲擊的打法。」

「我就知道Ghacho大哥有辦法！哈哈……哎呀，因為收成的季節快到了，我有點擔心Talebeouan的狀況……」Tavayo不好意思地說著。

「有話直說就好。」Ghacho微笑著回應：「不過，我聽說賴科有重要的工作要交給你和Ravayaka喔。正好時間差不多，跟我一起去岸邊吧。」

「咦？這兩艘bangka看起來不像是來交易的……」Tavayo疑惑著。

「嗯嗯，這些Basay是來防守村社的喔。」賴科得意的說著。

「咦？Talebeouan應該沒有多餘人手了吧？」Ravayaka也疑惑。

「這些Basay是來自產硫的Tapari唷……」Ghacho微笑地說著：「沒想到賴科那時說的大話，竟然用這種方式實現承諾，難以想像阿……」

「之後還有更多事讓你們吃驚呢。」賴科相當得意。

「我們都很期待喔。」Isabel陽光的微笑著。

夏末的艷陽仍然炙熱，照射在Tkilis水面上閃閃發亮。

「大家好……不好意思我來晚了……」一個年輕人匆忙地跑來。

「阿……你不就是那個射箭很準的小夥子嗎？」Tavayo認出這位戰友。

「是的，我叫Limwan，是Ghacho大哥叫我過來的。」

社寮前廣場，用當地建材臨時搭建起來的架高平台上，賴科站在最前端，Ghacho、Tavayo、Limwan等人全副裝備站在後排，約50名曾經一起作戰的夥伴和50名剛抵達的生力軍在廣場中央列隊，Isabel、Ravayaka和村社其他人則圍繞在廣場周圍觀看。

「在各位baki的時代，Basay曾經出動過1000名弓箭手，幫助紅毛番打敗據守Kimaurri城堡的佛郎機人。」賴科大聲的對在場所有人演說，Isabel聽到這段話，雖然仍保持微笑，但也不免有點囧。

「現在，Basay的村社仍然受到威脅。不過，我們勇敢的弓箭手們已經打敗他們兩次了！」賴科繼續情緒激昂地說著。

「Basay愛好交易、打工，並不好戰。但是，我們的敵人還會再來。所以，我在此宣布成立一支專門對抗來襲敵人的隊伍，這是一種打工，保證加入隊伍的Basay都能吃飽喝足！這支隊伍就叫做——巴賽傭兵團！」

第34話　事業的起點

「聽Taroboan的長老說，若天氣好，在這裡面向南方能看到Sanasai呢……」Ghacho在村社南邊的海灘上，眺望著遠方。

「那麼……又到了該前進的時候了？」Isabel在一旁微笑的問著。

「……仔細想想，阿舅說的沒錯呢，在追尋Sanasai的過程中，認識了好夥伴，走過許多地方，經歷了好多事情……」Ghacho感性的說著：「現在，該是回程的時候了。」

「那……有tama的消息嗎？」Isabel小聲地問著。

「抱歉，目前還沒打聽到。但是……」Ghacho繼續說：「記得前幾天晚上聊天時、賴科提到的事嗎？他打算運用我們現在的物資，在回程途中每個村社各待一段時間，陸續建立起漢人通事徵收賦稅的固定據點，也是廣泛收集情報的據點，還可以讓傭兵團交接、駐守，也可以進行村社醫療、教育和傳教。這樣就可以收集更多消息，對Basay也有幫助，所以我打算協助賴科。」

「我記得……但你真的要幫賴科向Basay徵稅？」Isabel微皺眉頭。

「原本我也不想。但最近有幾個從其他村社來交易的Basay說，已經開始有一些漢人通事帶著大清士兵強迫徵收村社的貨物，在許多村社都引起衝突……與其讓那些漢人通事繼續這樣亂來，讓賴科作為Basay的漢人通事才比較好吧。別忘了，我們現在的聲望是一起努力達成的，因此，賴科至少還會受我們的影響。如果賴科做了對Basay不好的事，我可以讓巴賽傭兵團拒絕賴科的命令，妳也可以中斷醫療支援。」Ghacho分析著。

「Ghacho……說話跟賴科越來越像了呢……」Isabel無奈地微笑著。

Taroboan南端靠近bangka停泊處，一棟占地廣大、跟瞭望台共構的建築全新落成。為了給予神祕的期待感、也象徵一個嶄新事業的序幕，建築的門口掛著一條長布條，等待著Basay專屬的漢人通事前來揭幕啟用。建築前廣場上，擺滿著各式各樣的食物和飲料，村社幾乎所有人都到場參加這個盛會。

　　「各位Basay，很高興能跟大家共同建立起這間通事屋，也等於建立起漢人通事和Basay之間良好關係的橋樑。我——賴科——跟其他靠著大清士兵強徵賦稅的漢人通事不一樣，我會引進外族人的貨物和寶物讓大家交易，我建立巴賽傭兵團保護村社的安全、也讓許多年輕Basay吃飽喝足，這裡還提供更好的醫療！賴科站在Basay這邊，跟所有Basay承諾，繳交給我的賦稅雖然不少，但保證都會用在每一位Basay身上！」

　　「窩喔喔喔！！！」在眾人的歡呼聲中，賴科準備揭開布條時，突然一隻小狗先一步衝向門口、直接碰掉布條。所有人見狀，也紛紛跟著進入建築一睹風采。賴科先是愣了一下，繼而回頭對著Ghacho和Isabel微笑。

第35話　返航

「Ghacho大哥……我的族人今天駕bangka回Talebeouan了，為什麼只有我和Ravayaka被留在這邊阿？」Tavayo不解地問，Ghacho則是無奈的兩手一攤。

「這是因為賴科要教大家讀書寫字啦。」Isabel微笑地說著：「不過Ghacho應該識字吧？你不是常常說很多事物是從tama的書上學來的？」

「呃……」Ghacho靠近Isabel耳邊小聲說：「我只看得懂一些……主要還是看圖自學的……更別說要拿筆寫字了……」

「咳……就是不會才要學阿！」賴科拿著藤條敲了Ghacho一下，隨後Limwan在每個人的桌上發放紙筆，賴科接著說：「現在開始，各位就是未來在各村社的聯絡人，以後大家都要改用寫在粗紙上的文字傳遞消息！」

「唉呦喂呀……」除了Isabel之外，其他人一片哀嚎聲。

「從今天起，Limwan正式成為Taroboan通事屋的頭家。」賴科說道：「來，現在開始，從頭到尾把該做的事做一遍！」

「呃……好……先到櫃台把沒看過的文書看一遍……」Limwan仍不免手忙腳亂：「然後確認巡邏小隊有沒有按時輪班，收集巡邏情報，清點並供應武器裝備和飲食……然後請傳教士到醫療間巡視病患、到禮拜室帶領信徒、教小孩子讀書寫字……每天都要寫工作日誌……呃……還有什麼咧……阿，每天派兩人駕bangka傳送情報文書和村民委託寄送的物品到Talebeouan，每個月圓之日收集並計算徵收貨物、派一個小隊駕

bangka護送徵收物資和各類報告到Talebeouan……吁……還有嗎？」

「還有，敵人來襲時要迅速組織隊伍，保護村社。還記得這段時間來的訓練吧？」Ghacho說。

「還有，平常村民有任何需要，運用通事屋的人力和物資盡量協助。記得嗎？」Isabel叮嚀著。

「還有……每年Palilin過後見面討論年度檢討和未來工作事項……也是聚會啦！時間地點再用文書通知，先寫好年度報告阿！」賴科交代著。

「唉呦喂呀……」Limwan、Tavayo和Ravayaka同時發出哀嚎聲。

「那麼，我們走囉。」在Ghacho打造的大型bangka上，5個人揮手向岸上的人道別。後面還有5艘bangka，載運著25名Tapari弓箭手。

「還要再來喔——」岸上的村民扶老攜幼，也紛紛向離去的人們揮手。

「越來越龐大的船隊阿……好拉風哈哈……」操舟的Tavayo得意著。

「Tavayo，移動到外海，讓黑色海流帶著我們到烏龜島逛一圈吧！」Ghacho說著。

「沒問題，老大！」曬黑的Tavayo，露出潔白的牙齒，開心的笑著。

第36話　大雞籠社通事

「開始用文書聯絡後，感覺滿有趣的呢，特別是留在Talebeouan當頭家的Tavayo和Ravayaka，每天都寫好多內容阿……虧他們之前學習讀寫時整天哀嚎呢……」Isabel微笑地閱讀著文書。

「第三個通事屋也建立好了呢……雖然很順利，但轉眼間又到了播種季節，好快阿……」Ghacho一邊操舟、一邊笑對著Isabel說著：「感覺St. Jago的通事屋差不多等於是Isabel的家族聚會場所了吧？」

「是的……真是不好意思……我的家人太活潑了。」Isabel害羞的笑了。

「確實要感謝Isabel的家族幫忙，才能擋住其他漢人通事在St. Jago徵收賦稅。」賴科說著：「但接下來就困難了。根據現在收到的最新情報，包括我們正要前往的Kimaurri，比較大的Basay村社都有漢人通事在徵稅了……雖然那些村社都有反抗……其中產硫的Tapari特別希望我們過去……」

「所以你多帶10名弓箭手，是想直接打敗他們嗎？」Ghacho問道。

「不……那只能說是下下策，我還是希望用談的。」賴科沉思著：「但至少還是要展現我們的武力，才能讓對方願意坐下來談。」

「Takayama桑能幫得上忙嗎？」Isabel提議。

「不……」賴科堅定地說：「我們要獨占跟日本的交易市場，所以不能讓日本人擔任仲裁的腳色，我們一定要親自解決！」

「哎呀呀……潘哥您好……」賴科熱情地趨前握手致意。

「小兄弟你好、你好！哇……真是英雄出少年阿！這麼年輕就在當通事啦！」對面較為年長的漢人通事潘冬也滿面笑容的回應：「來！坐坐坐！」

雙方背後分別站了十幾個人，全副武裝，氣氛劍拔弩張。

「聽說潘哥在幾個村社收稅不太順利？」賴科貌似關心的問著。

「阿哈哈……這點小事不勞小兄弟費心啦……」潘冬盯了一下賴科身後的巴賽弓箭手，說著：「不過，如果小兄弟能幫忙安撫這些番仔，要分多少當然是可以談的啦～」接著點起一根煙說道：「校年郎，有野心是好事，但還是先去附近小村社開始磨練，照步來，甲緊ㄟ弄破碗，災謀？」

「厚啦，謀阿內，對岸小島沒幾戶人家，小弟我先去那邊小本經營。潘哥多照顧啦！」賴科笑著說：「打仗傷身體，還是合作賺大錢卡實在。」

一行人到對岸小島下船，正好位於巨大的城堡下方。

「賴科，你不是說要幫助Basay嗎？怎麼退讓了呢？」Ghacho不解。

「通事屋蓋在這裡吧。」賴科輕描淡寫地說：「之前待在Kimaurri時聽長老說過，在佛郎機人建立這座城堡之前，這裡才是Basay原本居住的地方呢……Ghacho阿，相信我，我會讓Basay回到這裡的，我也才能成為名符其實的──大雞籠社通事──」

第37話　歸鄉

又過了一個冬天，天氣開始回暖。微微吹拂的東南風，正適合返航。

「終於可以回家了……感覺離開好久了……」Ghacho感慨著。

「嗯……很期待看看Ghacho家鄉喔。」Isabel溫暖的微笑著。

「欸……賴科別再整天愁眉苦臉啦……」Ghacho對著賴科喊話。

「唉……讓產硫的Tapari那個長老的孫子Kilas掌管通事屋，還是讓我不太放心……而Kimaurri那邊還需要多做一些事才能吸引Basay遷居過來……Ghacho都是你一直說要回Kimassauw，前幾天來聚會的其他人也跟著起鬨……我現在就是沒那麼多時間四處遊山玩水阿……」賴科持續碎碎唸。

「看你這麼緊繃，才想把你拉出來呀。」Isabel溫和的安撫著。

「不過賴科你真的沒打算在產米的Tapari設立通事屋？好歹你在那邊待過好幾年不是嗎？而且那邊跟漢人交易是最方便的吧。」Ghacho問道。

「Ghacho你忘了我們就是被追殺才逃離產米的Tapari的嗎？我回去那邊豈不是馬上被認出來……」賴科整個白眼：「就算不論那件事，當我還在頭家那邊當小弟的時候，產米的Tapari早就有好幾個漢人通事了。」

「好啦……放鬆放鬆……」Isabel出來打圓場了：「看看風景吧，你們看——前面河道夾在兩條山脈中間，好像開門一樣迎接我們呢～」

「喔……那裡是Kantaw啦……」Ghacho介紹著：「過了Kantaw後就有一個很很多村社的～大～平～原喔，Kimassauw就是其中一個村社。」

bangka跟著漲潮順暢的滑行，突然間！廣闊的平原展現於眼前——

「咦？」賴科突然停止碎唸，倉促的爬到船頭，前後左右四處觀望。

一段時間後，賴科才說：「Ghacho你剛剛說這裡是哪裡？」

「Kantaw。怎麼了嗎？」Ghacho不解。

賴科手指向北側山脈尾端說：「這個地方不錯……」接著又問：「Ghacho你對這個大平原的村社了解多少？」

「嗯……我只知道北邊有盛產硫磺和稻米的Kipataw，中間還有一個小村社Kirananna^{（註1）}。沿著Ritsouquie再往上游是以Lisiouck^{（註2）}為首的好幾個村社，聽說他們比較少到外面交易，村社的人都不熟。另一邊沿著Pinnonouan^{（註3）}往上游也有好幾個村社，我們把他們當作Luilang，因為他們只會到Kipataw或產米的Tapari交易稻米，也一樣不熟……」

「我想我問錯人了……」賴科無言，Isabel則笑了。

說著說著，一個遍地稻田、家屋眾多的大村社出現在眼前。bangka還沒靠岸，Ghacho就開心地對岸上的人大喊：「tina～我回來了！」

註
1 奇哩岸社，介於內北投社和麻少翁社之間的小村社。
2 里族社，大平原東邊勢力強大的村社，同時掌管附近數個村社。
3 武溜灣河，為通往武溜灣社的大河，與里族河在甘豆門匯聚。

第38話 天有異相

　　Ghacho的家屋中，四人聚在一起邊聊天、邊吃著豐盛的晚餐。

　　「Ghacho這孩子啊，從小就很少帶朋友回來……很高興他終於交到了好朋友……」Ghacho的媽媽欣慰的說著：「你們做的事也很了不起，幫助其他Basay村社、建立通事屋的事，村社的大家早就打聽到消息囉。」

　　「那麼……不好意思，請問是否有漢人通事到Kimassauw徵稅了？」賴科詢問著。

　　「確實有漢人通事來，但因為聽到你們的事，所以我們盡量拖延。不過聽說那個漢人通事有點沒耐心了，今年收成季節可能會帶士兵來徵收……」Ghacho的媽媽略為憂心地說：「聽說你們原本想嘗試走Lisiouck、Kipanas^{（註1）}那條路回Kimaurri？以前可以，但聽說這幾年Lisiouck有個也很強硬的頭目帶領附近許多村社武力反抗漢人徵收，最好避免走這條路。」

　　「非常謝謝！我們知道了。」賴科很有禮貌的致謝。

　　大雞籠社的通事屋內──

　　「我先去休息囉。賴科別忙到太晚，早點睡。」Isabel關心著。

　　「好──」賴科稍微應聲，隨即繼續閱讀擺滿桌上的大量情報文書。

　　「這可真是怪了……為什麼各地的巡邏報告很多份都有提到紅毛番？雖然都只是遠遠看到，但確認無誤，而且偶而還會看到好幾個一起

出現？如果按照目擊的時間順序排列呢……」

排列完畢後，賴科深深的倒抽一口氣──

「Ghacho阿，你怎麼沒跟好朋友一起去Kimaurri呢？」媽媽問著。

「就是阿……怎麼可以讓賴科跟Isabel單獨相處呢？呃……」突然發覺自己說溜嘴的Ghacho趕緊澄清：「不是啦，我是說我也很想一起去啦……」

媽媽笑了出來：「不用澄清啦，tina當然看得出來你喜歡Isabel呀～不過阿，到了適婚年齡的Basay，每個人都可以自由交往，有意思的話要再更積極一點吸引對方才行喔！」

「tina……」Ghacho感到有點囧，隨即看著窗外說：「之前為了建立Kimaurri的通事屋，把物資都用光了，人手也不足，所以其實是賴科要我先留在Kimassauw收集附近村社的情報啦。嗯……tina……問一下喔，之前這裡有感覺到大地震嗎？」

「你說三年前嗎？有喔～很有感覺，搖晃得有點久……。那時村社還有人說，Ghacho的預言成真了……結果被長老罵……」媽媽回想著。

「那……再問一件事。前幾年這裡有下這麼多雨嗎？」

註
1 峰仔峙社，比里族社更上游、里族河北岸的村社，可通往大雞籠社。

第39話　Ghacho的發現

「Ghacho你在做什麼呢？」Isabel親切的問候。

「阿……你們來的正好。」說完Ghacho把3片小木板放在最近因為頻繁下雨而形成的小水池內，然後再把一個內裝著少許黑色火藥和石頭的小木盒放到水池中間，接著請大家退後，拿出一根細長竹竿、尖端點火後說著：「待會會有小爆炸，注意看水波和小木板的搖晃喔。」

Ghacho小心翼翼的把火源伸向小木盒，接著突然——「碰！」

在場的人都清楚的看到，爆炸引起的水波先是快速的傳到水池周圍、讓3片小木板輕微搖晃，接著石頭沉下去後引起的水波也讓3片小木板隨著水波起伏。

Ghacho開始解釋：「還記得之前在Talebeouan和Taroboan遇到的地震嗎？經歷很多次後，我慢慢發現每次都會先來一個小的搖晃、再來才是大的搖晃，而且離搖晃最劇烈的地方越遠，大小搖晃的到達時間就相距越來越久。這3片小木板，就像是不同村社的家屋。」看大家都說不出話，Ghacho又說：「嘿——我可是練習好多次才成功呢，給我點意見吧。」

「咳……」賴科說話了：「我說……Ghacho，你用掉了多少火藥呢？」

「呃……」Ghacho不敢再多嘴了。

「附近村社的情報打聽得如何了呢？我就是看你報告都沒寫，才專程來這一趟，原來你在忙這件事啊……」賴科的眼睛越瞇越小。

「霹……轟隆隆隆隆……」

「……嘩啦啦啦……」

「又下雷雨了……阿哈哈……大家先進家屋吧……別被雷打到了……」Ghacho心裡還在想著，要怎麼讓賴科理解他的新發現。

　　「碰！……隆隆隆隆隆……喀啦喀啦喀啦……」

　　突如其來的一陣上下跳動，繼而更大的水平搖晃，在場的人紛紛重心不穩、狼狽地趴在地上，然而看過剛才Ghacho「表演」之後每個人都很快地意識到：這是非常近的地震！

　　同時，有幾間家屋經不起持續晃動，開始一間又一間的在眾人眼前歪斜或倒塌。雷聲，雨聲，雞鳴，狗叫……各種不協調的聲音交錯傳到耳膜，讓Ghacho腦袋空白，一瞬間以為自己在作夢。

　　等搖晃稍微停止後，Ghacho才回過神來：「欸，其實這個搖晃也還好嘛，我們在Talebeouan遇到的才更大呢～是這裡的人沒遇過的關係吧。」

　　「真的嗎？可是有幾間家屋倒了耶！」一位年輕Basay驚恐的說著。

　　「你們看——那些我有增加高腳柱的家屋一間都沒倒喔！那可是我從Talebeouan和Taroboan學來的呢～」Ghacho稍微得意了一下。

　　「不過……各位，我很認真的提出建議，我們應該盡快到北邊山下斜坡那邊避難一段時間……」Ghacho仰望雷雨交加的天空，神情嚴肅地說。

最終話　天啟

雷聲大作，雨不停歇。跟隨Ghacho前往北方山下斜坡避難的泥濘路上，不時發生搖晃，令村民擔心是否還會發生更大的地震。

「不用太擔心，以之前在Talebeouan和Taroboan的經驗，大地震後總會有比較小的地震，一般來說會逐漸越來越少。我擔心的是，整個大平原只有Kantaw那邊的狹窄出水口，大雨這樣一直下，淹起來的大水短時間不會消退，大家可能要有在這邊避難一段時間的準備……」Ghacho憂心地說著：「所以說Isabel、賴科你們怎麼還留在這裡呢？你們明明可以先搭船離開的……」

「看到受難的人，我怎麼可能會離開呢？」Isabel說著。

「是阿……Ghacho我不是早就說過，我會幫助Basay。」賴科也說了。

「唉……希望還來的及啊……」Ghacho大喊：「請大家再努力往上拉！」

Ghacho小時候玩水的小溪，已經因為接連大雨、水位上漲許多，正好能夠把大河邊的幾艘bangka沿著小溪往上游拉，但逆流而上，步履緩慢。bangka內盡量塞滿了避難村民的各種物資，Ghacho盤算著，不只要靠這些物資度過一段時日，這幾艘bangka也可以當作沒有家屋時勉強遮風避雨的空間，日後還可以出航交易貨物、傳遞訊息……

「大洪水來啦！！！」隊伍後方的年輕人突然大喊著。

所有人紛紛回頭，看到跟家屋差不多高的大浪──不，浪頭後面根本都是一樣高的水位──瞬間吞沒村社！眾人紛紛驚慌尖叫，倉皇向前奔逃！

「拉繩的人趕快就近爬到樹上！繩子綁樹上！快！」Ghacho大喊。

Ghacho一手拉著繩子，另外一手依序把Isabel和賴科拉到樹上，然後才把繩子綁好。所有人此刻只能眼睜睜的看著浪頭逐漸逼近，越來越高⋯⋯越來越高⋯⋯最後Ghacho讓Isabel和賴科緊抓著樹幹，他則在後方雙臂護住兩人的肩膀，閉上眼睛，平靜的說：

「這一生，很高興能認識你們。」

「瀑！！！嘩啦！！！」

雨停了，天晴了。

久違的陽光，灑落在水面上，波光粼粼，彷彿平靜一如往昔。

站立樹梢上的鳥叫聲清脆響亮，但已經沒有人在此占卜吉凶。

平靜水面上露出幾根木頭，那曾經是家屋的梁柱。

參差不齊的漂流木、家屋殘骸、動物屍體⋯⋯雜亂的堵塞在Kantaw。

曾經在大平原中廣布的稻田呢？曾經在大河中繁忙往來的bangka呢？曾經在各村社中絮絮叨叨的巴賽語呢？

如今，只剩下一望無際、平靜的大湖了。

Kimassauw附近的Basay村社

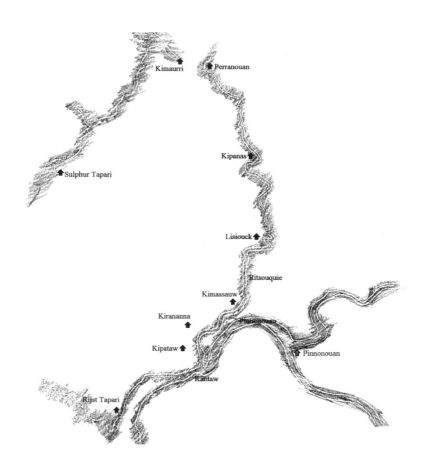

第二樂章
通事首席

第1話　巴賽傭兵團的危機

　　清晨薄霧中，Taroboan南端的瞭望台上，連續打出三次火光。

　　通事屋瞭望台上的弓箭手看到訊號，馬上打回火光，接著快速爬下樓梯：「報告！南端瞭望台通知有Truku戰士集結！人數很多！」

　　「果然來了……」Limwan立刻下令：「4個小隊、搭2台車出動！」

　　沒多久，兩台看起來活像刺蝟的大型四輪推車，在仍未散去的大霧中快速推進。在以藤盾周密包圍、四周削肩刺竹密集的防護下，每台推車都可容納最多8人在下層同時推進，其餘2、3人則可在上層指揮方向或前進後退。推車內部充分利用空間，除了堆放弓箭、火把，還有簡易醫療用品、飲用滅火兩用的水。一旦推車定點停下，車內十幾人都能站到上層、在充足的掩護下從槍眼射出飛箭。這是Ghacho在Taroboan設計出來、專供小部隊作戰用的方陣推車。近三年來，無論在Taroboan或Talebeouan，方陣推車總是能以寡擊眾，戰無不勝。所以，巴賽傭兵們這次也一樣信心滿滿的前往迎擊。

　　Truku戰士一如往常勇敢善戰、神出鬼沒，但這次不一樣的是──

　　「碰！碰！碰！碰！碰！」

　　Truku戰士身後，來了一群使用威力強大火槍的紅毛番……

　　「呼阿……終於放晴了，前陣子頻繁下大雨，身體都快發霉了……好多地方也淹水了……嗯，該來寫報告、看文書了……」Tavayo伸了個懶腰：「哎……希望Kavalan的稻田沒被泡壞，不然這裡沒有多餘糧食可以交易，Kavalan戰士又要出草了……哎……明明已經被打敗那麼多次

了，為何還要來呢？」

「我們一起來看看內容吧……」剛帶完早禱的Ravayaka微笑地走了過來：「嗯……賴科小哥要我們注意紅毛人可能會攻擊傭兵團？哇……這個消息應該很緊急，我先寫文書盡快通知Limwan！」

「好！我繼續看另一份文書……嗯……阿……」Tavayo看完後整個傻眼。

「Tavayo怎麼啦？Limwan的文書寫了什麼？」Ravayaka邊寫邊問。

「Taroboan遭到Truku戰士和紅毛人聯手攻擊，派出2車20人全部陣亡……都是火槍造成的致命傷……最後還都被Truku戰士出草……Limwan要求我們派傭兵協助，不然下次就守不住了……」Tavayo不可置信的說著。

「這……怎麼辦？幫忙是一定要的，但要是把這邊的傭兵派過去、紅毛人卻來攻擊這裡怎麼辦？」Ravayaka停止書寫，心神慌亂。

「Ravayaka……」Tavayo抱著Ravayaka安撫著：「先別慌，妳把要通知Limwan的文書寫好、寫清楚這邊的困難，然後先派10人趕快過去支援！我這邊寫緊急文書通知St. Jago，請他們盡快通知賴科小哥派人來增援！」

第2話　遍地瘴癘

「嗡……啪！」

一夜疲倦後，陽光灑落樹梢、逐漸有變熱的感覺，不過溪邊樹蔭下還吹拂著後山飄來的微涼山風、正適合賴床，然而睡在bangka內的族人都陸續醒來──被蚊子吵醒。

「欸……Ghacho你有沒有覺得蚊子變多了？」賴科迷迷糊糊地問著。

「可能是森林的關係吧……」Ghacho也還沒完全清醒，隨口亂說。

「賴科，我想請你趁現在先離開。」Isabel清醒地說著：「其他地方可能也有災情，你回到Kimaurri通事屋才能得到完整的情報，也才能依各村社需求調動人力和物資。另外，還想請你幫忙運送一些藥材過來，像是這種樹皮……」

「這是什麼啊？」賴科不解地問。

「這是金雞納樹（註1）的樹皮，本地找不到，但外族商人那邊應該能交易到，我在Kimaurri那邊也還有一些存貨。」Isabel面色凝重地說：「拜託了！請你一定要帶過來。」

正要搭bangka要離開時，族人們在岸邊不安的看著，於是賴科大聲地說：「請大家記住，我是漢人通事賴科！我一定會回來救大家！」

「唉呦喂呀……」陸續有族人感到身體不適，紛紛倒在樹下喘息。有人抱頭喊熱、喊痛，有人不停發抖喊冷，有人全身關節痠痛，也有人直接嘔吐，甚至倒在地上抽蓄……。

「抱歉了⋯⋯我知道大家很辛苦⋯⋯但還是要再多蓋幾間家屋，才能在平坦又比較沒有蚊子的地方好好睡覺阿⋯⋯」Ghacho一邊搬運木頭，一邊想辦法鼓勵大家，但顯然情況很不樂觀。

　　「Ghacho⋯⋯我們都是相信你的預言才會把家屋改建到不會倒塌、才能逃過大洪水，但是⋯⋯邪惡的神靈是不是注定要附身在我們身上阿？祖靈是不是現在就想把我們帶走阿？會不會長老說的是對的，祖靈真的生氣了⋯⋯」族人們紛紛心神不寧，情緒低落。

　　「Ghacho⋯⋯Ghacho⋯⋯」Ghacho這時才注意到Isabel用氣若游絲的聲音對他說著：「請到我的背袋拿金雞納樹的樹皮⋯⋯用鍋子熬煮湯汁給大家喝⋯⋯要⋯⋯快點⋯⋯」

　　看到Isabel如此虛弱，Ghacho趕緊放下木頭，招集剩下幾個身體狀況還可以的壯丁一起熬煮湯汁，然後陸續餵族人們喝下。

　　Ghacho左手抱著Isabel，右手舀起湯汁，小心地倒入Isabel蒼白雙唇中。修女袍上，出現了幾滴水漬，不知滴落的是露水、汗水、還是淚水。

註
1 原產於大洋另一端的遙遠大陸，樹皮熬煮後的湯汁具有療效。

第3話　化危機為轉機

「唉阿……好累……完全想不出解決方法……但要是解決不了，不只會失去哆囉滿社和哆囉美遠社，接著金包里社又會變回跟以前一樣，最後大雞籠社這邊完全無法運作下去，麻少翁社那邊也就……」賴科把手上的大量情報文書丟在桌上，長嘆一口氣：「吁……開始有點後悔創立這個事業了……」

「創業就是這樣諾，不可能長久穩定平順，總會遭遇各種意想不到的挑戰，只能拼命想辦法找出解決之道。要是找不出來，別說事業失敗，許多人的生命也可能有危險諾……」Takayama女士平靜地說著。

「看來我還沒達到Takayama桑當初的期望呢……」賴科苦笑著。

「不，你已經做得很好，超過我當初對你的期望了。」Takayama女士微笑地說著：「所以，從現在開始，我會先支援你現在所需的人力和物資，當然——有借有還諾！」

「Takayama桑那邊有什麼消息嗎？」賴科勉強打起精神。

「嗯……在你們離開大雞籠社後，我也被紅毛人襲擊了。不過，當我表明我們是德川幕府的家臣之後，那些紅毛人就不敢下手了。」

「咦？之前妳不是說你們教徒被迫害嗎？」賴科不解。

「我是騙他們的呀——」Takayama女士難得俏皮的說：「那些紅毛人既然獨占出島（註1）貿易，當然會盡量避免成為下一個Nuyts（註2）囉。」

「原來如此……」賴科突然精神為之一振。

Taroboan社寮前廣場上，Limwan突然帶領著10名手持長火槍、腰掛長刀、身披鎧甲、頭戴鐵斗笠的傭兵到場列隊，引起眾人的圍觀。

　　「Limwan，這些是什麼人啊？」長老疑惑的詢問。

　　「這些是來自北方海外遙遠大島上的日本武士……」Limwan照著文書上的文字唸著：「漢人通事要我告訴大家，為了彌補上次的失利，他派出比紅毛人還要強大的日本武士來守衛村社，請大家安心工作和交易。」

　　「窩喔喔……這個漢人對我們真好……」現場響起一陣又一陣的歡呼聲。

　　「不過……Limwan你能跟日本武士溝通嗎？」一位冷靜的長老問著。

　　Limwan從口袋拿出另一張文書，苦笑地說著：「這是漢人通事寫的日本語跟巴賽語對照表，我也要從頭開始學起阿……」

　　「哎阿阿……雖然來了10名日本武士確實讓村社的大家都對賴科小哥更佩服了，但我們的工作量也更多了……」Tavayo對著Ravayaka說著：「妳看得懂這四個旁邊有拼音的漢字嗎？kon、ti、shi、jan？」

註
1 德川幕府鎖國後，僅允許荷蘭人在日本長崎貿易的唯一據點。
2 濱田彌兵衛事件中，因逮捕日本人、導致日荷貿易中斷的荷蘭台灣長官。

第4話　相信我之術

「大家快來！有bangka過來了……」一位年輕人在岸邊大喊。

「帶來了什麼……」族人紛紛好奇的湊到岸邊觀望——「哇……有好多米，還有鹿肉！還有小樹苗？」

「欸……不好意思，雖然……我相信大家都很餓了，但請大家不要搶，讓每個人都有得吃，好嗎？之後一定還會繼續有物資送過來的。」Ghacho趕緊跑到岸邊跟大家勸說。

「Ghacho你這樣說是不是看不起我們啦？」一位強壯的中年男子說話了：「還記得當年我們把你從大野豬的尖牙中救出來嗎？」

「哈哈……就是阿！我們是很團結的！」另一位年輕人拍了拍Ghacho的肩膀說著：「更何況，Ghacho幫我們把家屋改建的更堅固，帶領大家逃離大洪水，又餵大家喝那苦苦的藥湯……讓好多人身體恢復了，現在你的好朋友也為大家帶來急需的食物……我們都會相信你的，你也要相信我們啊！」

「呃……不……藥湯那是Isabel……」Ghacho結結巴巴的說。

「對阿對阿……Ghacho繼續帶領我們吧！當我們的頭目吧！」

「喔喔喔！Ghacho頭目！Ghacho頭目！」眾人紛紛鼓譟起來。

「沒關係的……」身旁的Isabel微笑的說：「我也是被你救回來的唷。」

「欸……Isabel……」Ghacho感到難為情：「妳這樣說會讓我誤解的……」

「這位是Isabel修女嗎？」駕bangka的Basay說話了：「這一袋樹皮和這些小樹苗，是漢人通事指定要交給妳的。另外，這是漢人通事要給你

們的文書。」

「謝謝！辛苦你了。」Isabel打開文書閱讀──「哇……賴科真的很厲害呢，那天我忘了說，他卻還是知道要把雞蛋花樹[註1]帶給我……」

「欸……不過看來其他村社也都各有危機呢……」Ghacho閱讀完文書後嘆了口氣：「唉……Takayama桑那邊能持續支援多久呢？Kimassauw這邊要怎麼樣才能生存下去呢？」

「Ghacho，做你能做的事吧。」Isabel鼓勵著。

「那麼……請問你們經過Kantaw時是逆流進來的嗎？」Ghacho向駕bangka的Basay詢問著。

「還好耶……我們一樣是趁漲潮就順流進來了……」

「順流?!」Ghacho大吃一驚……接著遙望東方山頭的烏雲，回頭看著潮濕的土地，再低頭觀察著湖水的水位……

沉思一段時間後，Ghacho才開口說話：「好……好啦……各位，我接受當頭目就是了。既然大家願意相信我……我認為雨一直下、我們習慣種的稻無法發芽，而且播種季節也過了……我們一起到Kimaurri打工交換食物吧。」

註
1 荷蘭人引進的一種具有驅蟲、芳香功效的熱帶植物。

第5話　通事手腕

　　「長老……繳納這一季賦稅的日子到囉……」潘冬來到Kimaurri一位長老家中，身後帶著10位大清士兵。

　　「欸……這一季能不能先欠繳呢？」長老有點無力地說：「通事你也知道，從春季以來許多Basay村社遭到慘重災情，甚至有的村社完全消失……我們交易不到足夠的貨物，在其他村社打工的年輕人回來也找不到工作，大家都過得很苦……這次先欠著，以後多賺時一定會還，行嗎？」

　　「長老阿……像你們這麼擅長交易的Basay，應該比那些不懂交易的番仔更清楚交易信用的重要性吧？當初說好每季要給的賦稅，現在卻說要欠繳，這樣豈不是讓我們漢人覺得，Basay原來是這麼不守信用的嗎？」潘冬盡量展現出慈眉善目說著：「再說，你們家欠繳，隔壁家欠繳……好啊，我很想體諒，但潘家也有妻兒老弱要養，大家都要我潘冬體諒Basay的困難，那誰來體諒潘家呢？長老你有看到我身後這10位府城來的大人嗎？府城那些大官收不到稅，肯定饒不了我的嘛……」

　　「這樣好了……方才長老說年輕人沒工作，不如……到我潘家這邊來做事吧！我潘冬保證這些年輕人在潘家都能吃飽穿暖，至於這位漂亮的姑娘……」潘冬看了一眼長老身後的年輕女孩：「以我們漢人習俗，小妾要是生了兒子，也是有機會分家產的……長老你好好考慮，我過幾天再過來！」

　　「嗚……tina……我不要到潘家當小妾……我只想當個普通的

Basay，找自己喜歡的人當牽手阿……」年輕女孩跟當家的媽媽哭訴。

「對阿，tina不可以啦！我的好朋友去年也是因為家中繳不出稅、被送到潘家當小僕人，潘家人根本不把Basay當人看待，隨便使喚欺負，過得才不好咧……」年輕女孩的弟弟也說話了。

「欸……我有個朋友在大雞籠島通事那邊打工，聽說那個漢人通事本來就跟Basay比較要好，雖然年輕未婚卻也沒強拉女生去他那邊，應該算是不錯的漢人吧？」年輕女孩的哥哥也加入話題：「而且阿～最近聽說大雞籠社的日本人要陸續搬到大雞籠島，那邊急需會蓋家屋的Basay，我打算去喔！」

「孩子們，我們Basay要懂得計算利益阿……」長老面有難色的說：「大雞籠島通事那邊的賦稅是每個月就要繳交一次的，換算起來要繳的稅接近現在的兩倍吶……」

「可是我那個朋友說，最近他們正要開始宣傳，島上Basay介紹大雞籠社Basay家戶搬過去、跟被介紹的Basay家戶，都能獲得一年的賦稅減半耶！介紹的家戶越多、減稅越多年耶！tama不是常說Basay要學會把握交易的好時機嗎？我覺得現在正是好時機呢！」年輕女孩的哥哥繼續說：「而且阿～搬過去有工作、有收入，總比現在好吧？不如……我們家就趁這次機會搬過去吧？」

第6話　一統江湖

「Ghacho——你帶這麼多人來幹嘛？」賴科不太高興。

「嗯……我想說我們Basay重視交易互惠，bangka空空的回到Kimaurri畢竟不太好看，所以……阿哈……對了，之前你不是說Kimaurri通事屋這邊需要吸引Basay來定居嗎？所以我帶來啦——」Ghacho搔搔頭：「阿不過——這裡什麼時候變這麼多人啦？好熱鬧喔……哈哈……哈哈哈……」

「要不是你的族人在，我真想巴你的頭！」賴科低聲地表達不爽。一段時間後，賴科才說：「算了……你也只是想來幫忙……不怪你了……」

「欸？你真的是賴科嗎？」Ghacho驚訝著：「不像你會說的話阿……哎呀！」Ghacho突然摀著下體緩緩跪下……「嗚……我只是開玩笑的阿……」

「Ghacho頭目，你跟漢人通事的關係好到這種程度阿？」一起來的年輕人似乎覺得很好玩，Isabel則是在一旁一直摀著嘴笑不停。

「哎……算是吧……」Ghacho勉強苦笑地回應著。

「Kipataw的頭目你好！我是大雞籠社的漢人通事賴科。」

「阿呃……我是隔壁Kimassauw的新任頭目Ghacho……你好！」

「喔！是那個有名的年輕漢人通事和紅毛Basay英雄、預言之神！你們好……」Kipataw頭目上前熱情的握手。

「今天來到這裡，是要提出一個對大家都有利的交易。現在大家

的情況一樣，能耕作的田地都被淹沒了，只剩下開採硫磺才能交易到米糧。附近只剩下Tapari有多餘的稻米，但現在挨餓的村社變多，稻米會越變越搶手。相反的，漢人願意交易硫磺的量不多，兩社開採硫磺的只會越來越沒價值……相信各位擅長交易的Basay都很清楚……」賴科說著：「所以，我將會在Kimassauw設立通事屋，控管硫磺和稻米的交易量。現在是最困難的時刻，但只要大家以Kirananna山為界，安心的開採各自後山的硫磺，我賴科保證大家都不會餓肚子！」

「……真的嗎？可是漢人通事要收稅的吧？」族人們紛紛討論著。

「漢人通事！」後方突然傳來宏亮的聲音：「我們的村社沒有硫磺可以開採，你也能幫助我們嗎？」雖然還算是勉強聽得懂的巴賽語，但口音明顯不同──咦？怎麼會有一群Luilang在這裡現身？

「我們的村社也一樣被大洪水襲擊，失去了許多族人和家屋……」聲音洪亮的Luilang繼續說著：「我們許多族人原本就是到Kipataw和Tapari打工交換稻米過活，現在Kipataw無法種稻，我們Luilang也沒飯吃了……」

「……」這些Luilang的要求完全超過預計的規畫之外，賴科心裡明白能動用的物資快到極限了，但又不願讓這意外的機會輕易溜走……

沉默了一段時間後，賴科終於做出決定：「各位Luilang若對自己的手藝有自信的話……來吧！我是漢人通事賴科，會努力幫助大家度過難關！」

第7話　湖畔巴賽城

收成的季節到了，然而今年的Kimassauw幾乎沒有收成可言，因為大洪水而失去的族人不計其數，夏季還來了破紀錄的5次風颱，伐木和建築的進度一拖再拖……這原本應該是最悲慘的一年。當然啦，現在的Kimassauw也已經不是之前的Kimassauw了——舊Kimassauw還沉在大湖底下，新Kimassauw的建設則在眾人的努力下陸續完工。其中最引人注目的，是才剛落成啟用、宛如城堡一樣巨大醒目的物資集散中心——Kimassauw通事屋。

「嘿——賴科，這幾個月來你常來這裡，Kimaurri那邊不用顧嗎？」Ghacho攀上通事屋瞭望台，隨後Isabel也跟著爬上來。

「因為你老是不認真收集情報，我才要常來啊……Kimaurri通事屋那邊我不在的時候就會交給Catherine掌管，雖然她愛開玩笑，但管理能力非常好，我很放心。Ghacho你就不一樣囉……」賴科看似在抱怨，但語氣卻似乎有點不同。「好啦……說實話，其實我來這邊也是想躲起來的。」

「咦？為什麼要躲起來呢？發生什麼事了嗎？」Isabel問著。

「隨著越來越多村社投向我們這邊，大雞籠島逐漸發展起來，產米的Tapari那邊好幾個漢人通事三不五時跑到大雞籠島，叫我不能搶走原本跟他們繳稅的村社。問題是我本來就沒有那樣的規劃，但他們還是不信，一天到晚跑去煩我，我只好躲來這裡……」賴科無奈地說著。

「我以為賴科會覺得村社越多、稅收越多越好呢……」Ghacho說著。

「那些漢人通事都是老前輩阿，他們跟府城的官員熟識，我還是得

跟他們維持好關係。」賴科語重心長地說著：「而且，像我們這樣動用許多人力和bangka頻繁到處傳送情報的方式，還有傭兵團要養，加上受災村社的救濟，物資消耗得很快……許多物資都是先跟Takayama桑借來的，借了還是要還阿……」

「說到情報……白天啟用典禮時，大湖上曾經有幾艘bangka只在遠處停留、沒有靠岸，過段時間才離開，如果我沒看錯的話……上面是紅毛人？這跟賴科你之前寫的情報有關嗎？」Ghacho似乎情緒有點複雜。

「我認為有關。根據各通事屋收集到的情報，4年前襲擊頭家、諾桑和Takayama桑的就是紅毛番。後來又從被俘虜的Kavalan和Truku口中問出紅毛番出現的時間，加上從對紅毛番外表的描述來判斷，很可能是同一批紅毛番。換句話說，就好像是悄悄跟在我們後面一樣……」賴科低聲說著。

「這麼說來……那些Truku之所以第一次就能針對方陣的弱點猛攻，是紅毛人在Kavalan觀察後提供的情報？」Ghacho不禁打了個寒顫。

「很有可能。」賴科繼續說著：「幾個月前打敗傭兵團的紅毛番，在我派出日本武士後就轉移回Kimaurri和產米的Tapari一帶活動，今天又跟著過來，所以……我們三人，明天趁清晨大霧轉移到Kimaurri吧。」

第8話　正式官印

Kimaurri通事屋內，賴科等人才剛到達，隨即有人通報官員來訪。

「賴通事，初次見面，幸會幸會……」一位身著正式官服的中年男子行禮拜會：「傳聞賴通事年輕有為，與番人關係良好，今日所見令在下嘆服。」

「尹參軍……您過獎了……小的不過是一介草民，如有冒犯還請見諒。」賴科似乎未曾料到會有官員直接上門，略顯慌張地問：「尹參軍今日前來……所為何事？」

「賴通事莫慌張，末官乃奉長官之命，前來淡水社調查風土民情，供長官編纂府志參考。惟淡水社諸位通事皆言大雞籠社有位尚無官印卻深受番人愛戴的年輕通事，令末官深感好奇，故特意前來拜訪，還請莫怪。」尹參軍溫和的陳述，反而讓賴科略為陷入苦思。

「阿……是這樣的，小的多次受番人所託，不得已才在尚未獲得官印之前就先行通事之實，尚祈見諒。待事務底定，必速往府城提交正式申請，屆時望尹參軍亦能為小的美言幾句。」賴科仍難掩不安地說。

「大、人、請、喝、酒。」不知從哪冒出來的Catherine，居然微笑地說著漢語，把酒杯盛到尹參軍面前。

「哈哈哈……年輕番婦通曉漢語，舉止有禮，實在令末官甚感驚異。」尹參軍說完把酒一飲而盡，不禁稱讚道：「至閩臺以來僅嚐福祿茶[註1]滋味，不知番酒亦如此美味。」

「此乃取自蛤仔難[註2]湧泉水精釀而成。」賴科微笑的介紹。

「這個漢人不知道我們是用口水嚼米的嗎……？」Ghacho小聲說。

「噓……Ghacho別說出來啦……」Isabel趕緊阻止Ghacho狀況外的發

言。

「賴通事，末官聽聞您久居淡水、雞籠，不知您是否熟悉府城一二？」

「小的孤陋寡聞，懇請賜教。」賴科見尹參軍心情好，趕緊趁機詢問。

「我大清表面上在臺灣設置一府三縣，實則官員皆蝸居府城，淡水、雞籠遠在天邊，令不出府城，遑論收稅？是以延續紅毛、偽鄭[註3]行之有年的通事體制，以徵稅羈縻之。因此，賴通事若確有徵稅之實，末官返回府城後，將委請稅吏製作官印並發送派令；待官印及派令送達之時，賴通事之通事任命即日生效。日後，無論天災地變，定額社餉[註4]之繳納、番社之安定，殊為責任，不可不慎。」尹參軍語重心長地說著：「現大雞籠社潘通事之處境，我也聽說了，待會我會順路去溝通的。」

「感謝尹參軍！」賴科大喜：「時候尚早，不如繼續煮酒論時勢？」

註
1 閩南語發音，意指河洛茶，產自福建南部之茶葉沖泡而成的茶湯。
2 閩南語發音，漢人對葛瑪蘭族居住地之稱呼。
3 身為大清官員，對曾統治臺灣的東寧王國之稱呼。
4 延續自東寧王國、漢人官員對徵收番人賦稅的稱呼。

第9話　海外貿易路線

Kimassauw通事屋的瞭望台上，賴科站著遙望遠方。

「賴科……之前跟漢人官員見面那次……我怎麼都想不通，你不像是會慌張的人呀。」Ghacho不解地問。

賴科微笑了一下，接著說：「Ghacho阿……我也常常想不通，你明明有敏銳的觀察力和危急時刻決斷能力，為什麼還常常做出狀況外的言行阿？呼……好啦，那天我的慌張是示弱，為了不讓尹參軍對我產生戒心，這算是跟我以前的頭家學來的吧。」

「賴科在這方面的反應真是非常厲害呀……」Isabel有點無奈地說著。

「另外……待會你確定要去Kimaurri？又濕又冷耶……現在有日本武士隨身護衛著，為什麼不待在Kimassauw呢？」Ghacho搓手著。

「因為今天是Takayama桑貿易船隊返回Kimaurri的日子呀！其實我之前是用30名Basay交換30名日本武士，同樣5人一小隊、分派到6條不同航線的貿易船上工作，等他們回來後，我想跟他們打聽出航各地的第一手情報！」賴科興奮的說著。

「抱歉這次我得先留在Kimassauw，最近天氣多變化，通事屋內需要照顧的病人很多……」Isabel憂心地說著。

「我也留在Kimassauw吧……討厭濕冷的天氣阿……」Ghacho跟著說。

「好吧……沒關係，我帶5名日本武士離開就好。」賴科略顯落寞。

Kimaurri通事屋內，賴科驚嘆地看著攤在桌上的東亞航線圖：「哇……第一條航線是去澳門走私大清貨物……第二條航線是先去河內、再到會安[註1]的日本人町[註2]交易生絲……第三條航線是到金邊交易孔雀和豹皮……第四條航線到阿育陀耶[註3]供應物資給海外最大的日本人町……第五條航線到滿刺加[註4]交易印度、彭加刺[註5]的香料……第六條航線到馬尼拉轉手佛朗機人的遠洋貨物、到呂宋的日本人町補給物資，再繞到美洛居國[註6]收集土產……」

　　「最後貨物都集中到巴達維亞[註7]先跟紅毛番交易，再趁夏季西南風搭紅毛番的船到日本出島交易，最後秋冬季東北風再南下……哇喔……我也好想跟著搭船跑遍每一條交易路線阿……」賴科羨慕之餘，此時才慢慢覺得有點不對勁：「咦……？Takayama桑搭紅毛番的船回日本?!」

註
1 當時為越南最大的港口，不少漢人、日本人、荷蘭人在此交易。
2 原為日本開始從事海外貿易的居住地，德川幕府鎖國後定居當地。
3 位於暹羅，因德川幕府禁教令而遷居海外、最大的日本人聚集地。
4 明末對往來南洋與西洋之間、漢人眾多的重要港口麻六甲的稱呼。
5 明末對印度東方之地、孟加拉的稱呼。
6 明末對摩鹿加群島的稱呼，亦為當時西方人趨之若鶩的香料群島。
7 位於印度尼西亞，荷蘭東印度公司的總部。

第10話　神祕的紅毛

「原來Takayama桑的船隊早已跟紅毛番有密切往來，而且照回報的情報看來，應該是行之有年的交易路線……但為何四年前Takayama桑也被紅毛番襲擊？是關係時好時壞？還是說有交易往來的紅毛番、跟發動襲擊的紅毛番屬於不同陣營？Takayama桑不可能沒注意到這個矛盾，難道說……她對我也有所隱瞞？」賴科陷入沉思：「不行……我這樣輕易懷疑別人，只會讓我自己陷入被害妄想，我得先冷靜下來，一邊思考各種推論的前因後果，另外一邊盡量收集證據，排除與證據不符的推論，才能逐步接近真相……」

「你知道Takayama桑人在哪裡嗎？」賴科詢問其中一位小隊長。

「阿……她昨天跟我們一起到達後，今天早上就說要去馬尼拉參加十字教徒的活動，已經先搭紅毛人的船離開了。」小隊長回報著。

「你們應該過陣子就要搭日本人的船航向南洋了吧？」

「是的，這幾天貨物裝卸完畢後，等東北風來就要出航了。」

「那麼……請你們這幾天盡量跟日本船員打聽紅毛番跟日本人之間的關係、以及紅毛番內部是否有不同陣營內鬥的情況，有消息就隨時來通事屋回報！」賴科明快的下達指令。

「欸……賴通事你好……最近幾天看到你都是很煩惱的樣子……還好嗎？」

「阿……我還好……」是Kimaurri第一批搬到島上的長老阿……

「你的大兒子還好嗎？我看他蓋家屋挺勤快的。」

「很好、很好，要謝謝賴通事介紹工作。」長老和藹地說：「我家女兒在這邊也找到日式點心屋的打工，她還說以後想做點心給通事吃呢，哈哈。賴通事能把大雞籠島發展成這麼熱鬧，真是不簡單！」

　　「等小兒子成年後，也歡迎來我這邊找工作喔。」賴科微笑應和著。

　　「哈哈……我家小兒子早就準備好了呢……這些孩子真是的……」長老繼續說著：「不過賴通事有什麼煩惱呢？我這老人家或許做不了什麼事，但多吃了幾年飯，或許還是能幫上通事一點忙……」

　　欸……姑且問問看吧，賴科心想。「長老，20幾年前東寧王士兵把紅毛番趕走這件事，您還有印象吧？那件事之後，請問您還有見過紅毛番嗎？」

　　「……」長老沉默了一段時間，突然湊近、低聲說道：「賴通事，接下來我要說的事，請你千萬別告訴別人。」

　　「我以漢人通事的身分答應您。」賴科低聲回應：「請繼續說。」

　　「當年紅毛人表面上是離開了，實際上還留下一小隊藏在村社中。」

　　「……！」賴科半信半疑：「長老您怎麼知道？」

　　「……當年我喜歡上的那個St. Jago來的女孩子，就跟那一小隊紅毛人的隊長在一起……」長老靜靜的說：「而且，後來那一小隊紅毛人還拋棄她，往Perranouan那邊走掉了……」

Kimassauw附近的Basay村社（大湖形成後）

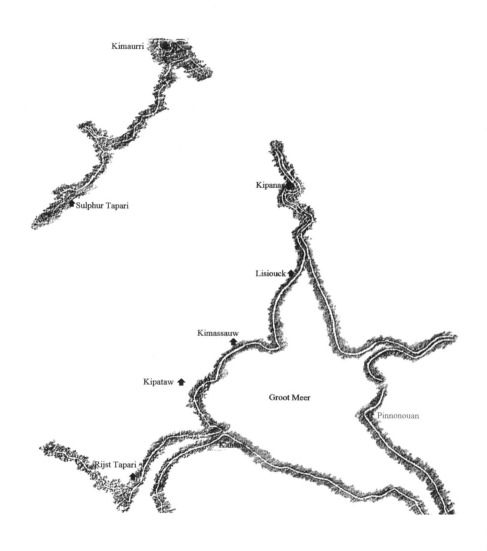

Kimaurri

Sulphur Tapari

Kipanas

Lisiouck

Kimassauw

Kipataw

Groot Meer

Pinnonouan

Rijst Tapari

Katik

Takayama桑的貿易路線

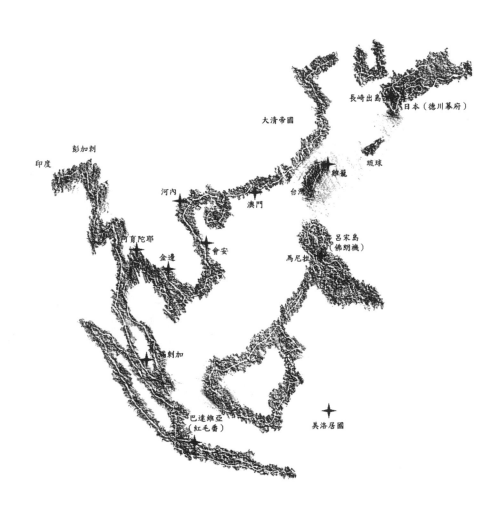

長崎出島
日本（德川幕府）

大清帝國

琉球

彭加剌

印度

雞籠

河內

台灣

澳門

阿育陀耶

會安

呂宋島
（佛朗機）

金邊

馬尼拉

滿剌加

巴達維亞
（紅毛番）

美洛居國

第二樂章 │ 通事首席

115

第11話　莫名的回憶

　　廈門島上，面對小金門的海邊，一間頗有規模的店頭內，一個小孩子蹦蹦跳跳的跑進櫃台。

　　「爹爹，又在忙著做生意了嗎？」

　　「是阿……我的孩子，無論江湖四海，無論皇帝是誰，我們都是以海維生的子民。只要是我們海五商^{（註1）}的船能到達的地方，都是我們的貿易世界。千萬別忘記囉！」

　　「那……以後我也要擁有自己的船隊，把貨物載到各地貿易喔！」

　　「一定會的！」爹爹親切地摸摸頭。

　　「孩子啊，又到港口到處交遊啦？」

　　只見一個頭矮小的孩子在港口到處纏著人問問題，突然發現爹爹出現在港口，身後還跟著私塾教師。

　　「呃……嘿嘿……我只是想出來透透氣啦……」

　　只見爹爹走向孩子，蹲下來摸摸孩子的頭說：「爹爹很高興有一個年紀這麼小就對港口、貿易大小事都很瞭解的孩子喔。不過呢……也別忘了私塾老師一個人也會寂寞的～。玩累了，再回去跟私塾老師讀讀書，好嗎？」

　　「對了……順道一提，爹爹會看地圖、書寫情報文書和契約文件、計算交易收支，都是跟不同私塾老師學的喔——」

　　「阿——是喔！那……好啦……我回去唸書嘛……」

　　「這才是爹爹的好孩子喔～」爹爹親切地笑著稱讚孩子。

「頭家阿……恁家那個細漢仔又來出一張嘴了……你嘛管一下……」店頭的老員工跟頭家抱怨著：「我知道這個孩子聰明，你才讓這孩子提早跟我學，但意見這麼多，要我怎麼帶阿？」

「厚……歹勢……你先麥生氣……」

「爹……我沒有意見很多……是那個阿北不想嘗試我的新方法……」

「……」爹先是輕輕的把孩子帶開，沒有生氣，只是靜靜的聽孩子說。

「爹……你也說說話嘛……」

「知道國姓爺吧？」見孩子點點頭，爹才繼續說：「國姓爺是一位非常強大的領袖，非常強悍的頭家，一旦跟他意見不合，不僅非常難說服他，還隨時會掉腦袋。若要當國姓爺的海五商，該怎麼辦？」

爹微笑地說：「孩子，人生在世，每個人都有自己的好方法，但這些好方法可能互相衝突，怎麼辦？學著看清局勢，學著跟各式各樣的人相處，摸索出自己的人生道路。爹會陪伴著，相信自己的孩子做得到。」

註
1 國姓爺創立的貿易組織，與山五商配合，把貨物運到海外出售。

第12話 亂世之商議

永曆三十四年二月，福建沿海遍地烽火，水戰、陸戰連綿不絕。

「大哥回來了！戰事還順利嗎？」小妹關心的問。

「爹……水師撤回料羅灣……軍心已散……家族船艦亦損失頗重……請做決定吧，這次是要降？還是要逃？」大哥一開口，竟是如此晴天霹靂。

「劉將軍^(註1)不是還堅守海澄嗎？」爹不解地問。

「東寧王^(註2)已下諭令急召劉將軍撤回金廈，應已心神動搖。現在外面潰敗消息傳遍大街小巷，再不做決定就來不及了！」大哥急說著。

「……」爹沉穩走回書桌，振筆疾書，寫好後彌封用印，交給大哥。

「再次降清。」爹平緩地說：「但此文書請務必親送予東寧王。」

「爹！您這是認為東寧王還有返回的機會嗎？」小妹急問。

「不……」爹苦笑著：「現在跟著一窩蜂逃難，並非上策。留在此地，韜光養晦，另覓良機。」

康熙二十一年四月，廈門店頭內。

「爹，孩兒收到軍令，攻臺水師將在銅山島^(註3)集結。」

「還記得之前跟爹商議的內容嗎？」

「孩兒記得……但……戰場上瞬息萬變，若東寧水師占優勢即倒戈……孩兒還是深感信心不足阿……」大哥極度不安地說著。

「爹明白，這是一個非常困難的決定。所以，爹並非命令，而是交

給孩子你臨機判斷決定。無論結果如何，爹都有腹案，不須牽掛。」

「孩兒明白！」大哥心神稍定。

「快去吧，別被人發現了。」接著轉頭對小妹說：「接下來輪到妳建功了，安排個適當時機，派出一艘偽裝前往南洋、至半途再轉向東寧的商船，通報大清水師集結的數量和地點。」

「孩兒明白！」小妹暗自興奮著，這可是爹第一次指派任務呢！

康熙二十一年五月，銅山島大營內。

「報！原海五商水師抵達。」傳令兵入營報告。

「哼……總說住得越近、越會遲到，這些屢次叛降的海五商果然如此。」施琅面露不悅。

「要說屢次叛降，施提督^(註4)才是老前輩吧……」姚啟聖^(註5)譏笑著。

註
1 劉國軒將軍，東寧王國末期的一員猛將。
2 此時東寧王國在位者為國姓爺之子鄭經。
3 福建南部之東山島，明末清初，常作為水師集結地點。
4 福建水師提督施琅，此時正與姚啟聖爭奪攻臺主導權。
5 福建總督姚啟聖，舉薦主戰派施琅合作攻臺，後為爭奪主導權而交惡。

第13話　海商的宿命

康熙二十二年七月，廈門港內，海商走私船正在入港。

「爹！東寧王國投降了！」小妹跟跟蹌蹌地跑到爹身邊。

「爹已知悉。」

「唉……難道我們之前傳遞的軍情沒有用處嗎？」小妹懊惱著。

「孩子，這世上很多事不是我們能完全掌控的。謀事在人，成事在天。至少，妳大哥還平安回來了。」爹平靜的說著。

「我聽說大哥在澎湖海戰剛開始戰況不利時，差點當場倒戈！還好沒有，不然我們家現在就不妙了……」

「甭笑他，在激烈的戰場上做出決斷，那煎熬不是我們能想像的。」

「那……爹，今後怎麼辦？你不是說過統治中原的皇帝終究會為了穩定為數龐大的農家而選擇不重視海商嗎？」

「是的……所以，爹已經開始聯絡紅毛番了……」

康熙二十三年三月，廈門店頭內，幾位海商正在密室商議。

「施琅這傢伙的意圖已經很明顯了，一方面密議誘引英吉利、紅毛番到台灣、金廈貿易，另一方面又向康熙帝上疏紅毛意欲侵臺、維持海禁，明擺著既要朝廷繼續供應軍餉予施家水師、又要單獨壟斷閩臺海上貿易。」海五商的另一位頭家看完兩份情報文書後，不平的說著。

「是的，我們必須破壞施琅計策。」爹接著對小妹說：「妳去準備一艘前往巴達維亞的商船，把施琅的真實意圖通報紅毛番。紅毛番若沒

中計，施琅之疏將不攻自破。」

「哎……說來施琅這麼做無非是為了家族利益……今天換作是你家公子掌握閩臺水師軍權，想必會做出一樣的事吧？」另一位更老的海五商頭家緩緩說著。

「前輩所言甚是。」多直白地說：「說到底，此乃吾輩閩粵海商所不得不為之宿命。」

康熙二十三年底，福建晉江施家大宅內。

「施將軍，康熙帝已經宣布取消海禁，明年起生效。紅毛番那邊，似乎也無意派兵攻取臺灣。」

「海五商呢？」施琅平靜地問著。

「因為兩廣總督[註1]先一步私下開放珠江口供各國走私貿易，他們已經派船過去了。」

「哈哈哈……這些海五商雖然打仗不行，對商機的嗅覺還是頗有一套！」施琅突然大笑起來：「看來，該是親手終結這些家族的時候了。」

註
1 此時在任者為吳興祚，原為福建巡撫，對走私貿易頗為擅長。

第14話　寧為海賊王

　　康熙二十四年六月，施琅帶領大批官兵來到廈門店頭。

　　「頭家！施琅帶大批官兵把店頭圍起來了！」老管家趕到密室通報。

　　「孩子，妳趕快從密道先跑去港口，通知我們的船準備離開！」正在跟小妹討論時勢的爹，神情嚴肅的下了命令。

　　「阿……那……爹呢？」小妹一時也慌了手腳。

　　「爹先出去釐清事態，隨後就到。」爹說完隨即走出密室。

　　「呃……這是怎麼回事……不行……我也要聽到情報！」小妹定下心神，決定把耳朵湊到與櫃台一牆之隔的地方。

　　「小姐……聽老爺的話趕快離開呀！」老管家急著。

　　「你先過去！我聽完隨後就到！」小妹低聲催促，隨即聽到腳步聲。

　　「經查海五商叛國通敵，洩漏軍情，密議倒戈，私通紅毛，誠罪行重大。本府依令即刻拘捕，押往京城，靜候審判！」官員宣讀罪狀。

　　「這位官爺……草民不過一介海商，此誠嚴屬指控，若無明確證據，豈可輕易定罪？康熙帝為政清明，勢不樂見莫須有之誣陷。」爹沉穩回應。

　　施琅接話：「證據在此。」隨即把一位年輕武官推向前方。

　　「爹……請……恕孩兒忠孝難兩全……」

　　「是……大哥?!」小妹差點叫出聲音，隨即摀著嘴、流下眼淚。

　　「鄭氏三代，縱橫海上數十載。兵將降明復降清，數不盡，說到底都只為苟活在世而已。」施琅感言：「諄諄教誨，一生算計，卻算不到

親生兒子承擔不了負荷，遭大義滅親……如今感受如何？」

「俯仰無愧。」爹仍沉穩如昔。

後方裊裊竄出黑煙──「後面起火了！」官兵驚呼。

「快帶走！」施琅急令：「帳冊、文書都要救出來！」

「報！港口有動靜，似乎有幾艘船準備離港。」傳令急報。

「驕傲的海五商、以海維生的子民們！跟我走！」只見領航船頭一位個頭矮小、長髮飄逸的女孩大喊：「寧為海賊王，勿做滅親郎！跟我走！」

港口一片混亂中，小妹依稀看到被拘捕的爹仍挺直的身影，與回頭的微笑。

「跟來的船只有三艘嗎……」小妹難掩落寞。

「小姐，當年國姓爺只帶二十幾人就建立功業，這裡至少上百人呢！」老管家鼓勵著。

「小姐……接下來要去哪裡呢？」船長詢問著。

小妹攤開海圖，端詳一段時間後說：「耳聞無論東寧或清兵，都只窩在府城附近，治不及北臺，又據說淡水有貿易之利……就去淡水吧！」

「欸？不過我記得這艘船的船員名單明明好幾人是女性，為什麼都是男的？」小妹環顧四周，頗為不解。

「小姐，難道妳不知道當年國姓爺他爹小名叫做鳳姐嗎？欲成海賊王，豈可不知龍陽之事呢？」船長說完，船員們都哈哈大笑了起來。

第15話　淡水小兄弟

「沙……沙……」沙灘上，海浪一次又一次打上岸後又退離。一個矮小的漢人，橫躺在沙灘上，昏迷不醒。

「小兄弟，你還好嗎？」一位禿頭男子關心著。

「嗚！頭好痛……又滿嘴沙子……」矮小漢人把嘴巴的沙子吐掉，身體不適地問著：「請問……這裡是……？」

「這裡是淡水社。」禿頭男子說道：「小兄弟……你該不會是遇到船難了吧……昨天有風颱過境……風強雨驟的……海上大概也是……」

「原來是風颱阿……」矮小漢人喃喃自語：「果然……不是做夢呢……」

海面上，只剩幾片損毀的木板還漂浮著。

臉頰上，止不住的淚水。

矮小漢人揚起髒汙的袖子、把臉上的淚水和鼻水拭去，堅強地說著：「大叔你好，請問這裡有什麼事是我可以做的呢？我會讀書寫字、計算收支、管理帳冊……」

「真的嗎？這邊的人都不太行阿……你會的話真是太好了！」禿頭男子如獲至寶般的驚呼。

「小兄弟，這邊有兩本書，分別是日語和巴賽語的常用詞彙，收工後找時間自學一下。」頭家交代著。

「大叔……喔不，頭家，在你這邊工作還要學日語和什麼番話的喔？別說這裡的人不行，我家那邊也沒幾個行的阿！」

「欸……番話很多種的，是巴賽語。日本人和巴賽人都是這間店頭重要的生意夥伴捏。」頭家說著：「不過，小兄弟你老家在哪邊阿？」

「哎呀……呃……哈……四海為家的海賊哪有什麼老家呢……只是比較常在福建、廣東沿海港灣停泊，我說的家是指那一帶啦。」

「海賊也會被風颱侵襲喔？我看來這邊交易的漢人、日本人和巴賽人都很會躲風颱耶。」

「呃……是阿……那個船長實在太差了……」矮小漢人尷尬的說著。

「海賊也有像你這樣會讀書寫字的喔？」

「呃……當然有阿……你看年輕時當過海賊的國姓爺不就是讀書人嘛……」

「唔……好吧，還算有道理。」頭家話鋒一轉：「其實阿……頭家我知道每個人都有過去，我也不會想問到底。最重要的還是把生意做好，貨賣出去，商人引過來，大家一起發大財。對吧？」

忙碌的工作加讀書一整天後，泡個舒服的熱水澡，真是至高無上的享受。

「哎……現在還是不太懂為啥之前那些船員要我換穿船員服……不過世事難料，這反而意外的讓我能以小兄弟的身分在這裡安全過活，但……」矮小漢人摸摸自己的胸部──「嗚……人家只是比較瘦啦！」

第16話　淡水大頭家

　　矮小漢人跟著頭家走向岸邊，後方還有好幾個苦力拉著載滿貨物的推車，這天是矮小漢人從未見過的巴賽人、來淡水社交易的日子。

　　「嘿──兄弟，好久不見！」頭家跟那位巴賽人熱情的擁抱著：「跟你介紹一下，這是我這邊新來的助手，叫他小兄弟就好啦。」

　　「唷──小兄弟你好諾！」巴賽人上前握手：「叫我諾桑就可以了。」

　　「阿……諾桑……你……好……」矮小漢人第一次講巴賽語，顯然還不太行。而且為什麼叫諾桑阿？這不是對日本人的稱呼嗎？腦中冒出許多問題，可惜以矮小漢人當時的巴賽語程度還問不出來。

　　「小兄弟在頭家這邊打工很有勇氣諾，我每年來這裡交易，看到的助手都不一樣～聽說都受不了頭家跑掉諾，哈哈……」

　　「你每年帶來的Basay也都是不同人啊……」頭家不甘示弱反駁。

　　「我是要把Kimassauw的年輕人多拉幾個出來諾，他們一直窩在村社種田，遲早會忘記怎麼外出交易跟打工諾～」番人有外出交易跟打工的傳統？矮小漢人越來越感覺到這巴賽人好像跟想像中的番人不太一樣……

　　「好啦～不扯了，時間寶貴。小兄弟，我跟諾桑去大雞籠社找日本商人聚聚囉！收拾交易貨物、店頭交給你顧啦～」頭家心情愉快的說著。

　　「嗯……咦？等等……頭家你說要去哪裡？店頭給我顧？欸這太隨便了吧……我才到這裡三個月而已耶！頭家你就這麼放心的走掉？」

　　「小兄弟，頭家可是很嚴格的諾，要是回來檢查不合格的話……」

諾桑賊笑著：「希望明年還能見到你諾！哈哈哈……」說完就跟頭家兩人有說有笑地搭上巴賽人的小船，緩緩離開岸邊。

「哇哩咧……這麼隨便還說什麼發大財……」矮小漢人頗為不爽：「呃，不過，從我看到的交易量和記帳看起來，這個頭家好像真滿有錢的……怎麼搞的阿？」

幾年過去，淡水社越來越熱鬧了。融合閩式與巴賽風格的房子一間一間蓋了起來，其中許多間是頭家蓋來當倉庫、當客棧、甚至租給其他漢人做生意的。而兼營當鋪[註1]生意的店頭，就由矮小漢人一手包辦帳務和放款借貸業務。但說老實話，生意哪有那麼好做？無力還錢的人越來越多，矮小漢人手無縛雞之力、當然討不到債，於是頭家開始雇用幾個身手不錯的壯漢幫忙討債，甚至進一步開始考慮成立鏢局[註2]來擴大事業版圖……。

不過，說來奇怪，這幾年來明明陸續有越來越多漢人開始進出各個巴賽人村社、當起跟番人徵收賦稅的漢人通事，但跟番人熟識、巴賽語又流利的頭家，卻似乎完全沒打算投入這一塊市場……

註
1 此時除了典當物品之外，放款借貸才是更主要的業務。
2 負責護送重要貨物或財物的武裝集團。

第17話　淡水社慶記

「哎呀呀……Kimassauw的諾桑，好久不見……」矮小漢人照慣例到岸邊接待巴賽交易船隊，這次諾桑帶來的年輕人，是個帶著一頭紅毛、愣頭愣腦的東張西望、名叫Ghacho的巴賽人。不知道為什麼，這次諾桑特別請矮小漢人帶Ghacho逛街，矮小漢人可是很忙的呀！但又不願失了禮數，只好邊走邊介紹、順便請他吃淡水社最熱賣的慶記飯丸。

「欸？看不出來你這矮小漢人，竟然要吃2個……」

好心請客還被虧，老娘就算吃2個也不會胖好嗎！不爽——「啪！」矮小漢人突然出手往Ghacho頭上巴下去：「誰說我要吃2個？看在你第一次來這裡，另一個請你啦！」

其實矮小漢人巴下去之後瞬間後悔了，萬一Ghacho跟諾桑告狀怎麼辦？諾桑可是頭家最重要的生意夥伴耶……也許是差不多年齡的關係吧，一時放鬆戒備、就把Ghacho當朋友順手巴下去了……。不過，更沒想到的是，此時Ghacho竟然反而用生硬的漢語說謝謝？這傢伙讓人有點無言……

走著聊著，矮小漢人突然注意到有5個身材高大、全身漢服瓜皮帽、但根本就是洋人臉孔的大漢，朝店頭走去。是有點怪，但在各式各樣商船往來、什麼人都有的淡水社，好像也沒那麼奇怪，或許是頭家要建立鏢局、不知哪裡找來的高手吧……算了，還要去岸邊接待另一批商人呢，回去再問吧……

「碰碰碰碰！碰—碰—碰—碰！」

矮小漢人猛然往槍聲的來源方向回頭——是店頭！該不會——「碰！」

「嗚！」矮小漢人感覺到中彈了，瞬間一把抓住Ghacho的手、另一手匆忙脫掉店頭的制服，往岸邊奔去！倉促間，背袋內要拿來交易的白銀和銅錢似乎逐漸掉落，但顧不了那麼多了，只想……只想活下去啊！

「嗚……Ghacho你會划船吧？趁現在街上一片混亂，偷偷離開吧……」

「欸？你沒親眼看到頭家的死活，就要走了嗎？而且阿舅也在那邊……」

原來諾桑是Ghacho的阿舅阿……但頭家也是矮小漢人的救命恩人、淡水店頭更是矮小漢人大難不死後的生活重心阿！怎麼可能不想回去呢？但情勢如此，怎能回去找死呢？……又一次失去了歸宿……又要流浪了嗎？又要聽天由命了嗎？

不行……這一次，矮小漢人更加堅定想活下去的意志，想起諾桑曾經跟她閒談時提過巴賽人的Sanasai傳說，便鼓起勇氣對著眼前這個膽怯的巴賽人說：「……Ghacho！你是第一次外出打工吧！這樣就回去算什麼呢？是個Basay就勇敢一點，我代替諾桑帶你去尋找Sanasai！你來划船，我們先到Kimaurri，那邊有頭家和諾桑認識的人，我們還可以用船上的貨物交易其他貨物和生活用品。不要退縮，勇敢前進吧！」

「欸？」

矮小漢人心想：欸什麼欸，老娘掰不下去了啦！哼！森77……

第18話　賴科

「對了，還沒問你的名字……」Ghacho問道。

「我叫……」矮小漢人猶豫了，原本的名字？不行，以後被大清官員得知就不妙了；淡水大頭家的首席助手？也不行，萬一對方想趕盡殺絕呢？而現在跟這個Ghacho單獨在一起，誰知道他會不會像個色狼一樣撲上來呢？唉……只能換個名字、繼續以男性的身分活下去了……「賴科。」

經過一番波折後，賴科跟Ghacho終於到達大雞籠社。旅途中Ghacho依然是那個狀況外的Ghacho，但也曾在天氣變涼時貼心的為她披上鹿皮，分配食物時刻意多分她一些，讓賴科有時又會覺得暖心……等等，不對啊！賴科不是女扮男裝嗎？難道說Ghacho識破了？不可能啊～這傢伙愣頭愣腦的。不然……難道是……跟她之前在海上遇到的船員一樣，Ghacho也偏好龍陽之事？呃……沒聽諾桑說過有這種巴賽人啊……。

賴科一邊胡思亂想，一邊走到剛才在岸邊打聽到可能有日本商人出沒的教堂門口，此時一位金色長髮、身材修長、氣質出眾的年輕修女前來開門，只見Ghacho整個眼神發光、合不攏嘴——看到這副傻樣，賴科剛才的腦內小劇場完全煙消雲散……

「Ghacho跟來幹嘛？不是要留在教堂工作嗎？」賴科瞇瞇眼瞪著。
「不是啦……我們不是應該一起行動的嗎？」

「是喔……」不知為何賴科心中有點小小勝利的感覺。「那我們去街上其他地方繼續打聽日本商人的消息吧。」

「嗚！」賴科突然搗住下腹部，內心直喊不妙，要忍住阿……

「Ghacho我不是說過我沒事嗎……？讓我回船上休息就好了……哎……」賴科極力拒絕著，但此時已經不舒服到完全抵不過Ghacho的力氣，還是被攙扶進教堂內的一個房間。

當修女依Ghacho的描述，準備脫掉賴科的衣服、檢查之前在淡水社遭到槍擊的傷口時，賴科急中生智，一邊假裝無意識手亂揮、實際上用盡最後的力氣把修女的手拉到她的下體，另一邊假裝說著：「啊……別這樣……我有很醜的胎記不想被別人看到……」

修女果然注意到了，停下脫衣服的動作，假裝需要買消毒用的酒、讓Ghacho匆忙離開外出。Ghacho這樣的行為還是讓賴科頗為感動，也許他真的是個真心照顧夥伴的傻瓜吧。至於這位讓賴科不得不自曝身分的修女，賴科只能低聲下氣地說：「拜託妳……」

「我知道，我不會說的。我們都是女生嘛～」修女微笑的說著。

賴科繼續吞吞吐吐地說：「我其實是……」

「我明白，每個月都要來一次的呀～」修女溫柔的先準備一個熱敷包，再幫賴科做一點肩頸按摩，最後讓賴科沉沉睡去。

第19話　三人行

「早安，感覺還好嗎？」修女微笑的問候著。

「好多了，謝謝妳。」賴科真心感謝著。「請問怎麼稱呼妳呢？」

「我叫Isabel。別看我的外表，我可是個Basay喔。妳呢？」

「我叫賴科，是個……呃，妳知道的，瘦小的漢人。」

「賴科跟那個男生……來找日本商人的原因是？」Isabel好奇問著。

「喔他是Ghacho啦，也是個Basay。其實我們認識也沒多久，會一起行動更是個意外……」賴科把她如何得知日本商人、以及和跟Ghacho一起經歷的旅程大略描述了一遍。

「這樣啊……」Isabel似乎若有所思，接著說：「在你們離開的時候，我剛好接到那位日本商人今天下午即將到達Kimaurri的消息唷～」

「……」賴科看著Isabel，思考了一下才說：「妳願意幫我個忙嗎？」

荒郊野溪邊，靜寂的深夜，巴賽小船內，只剩賴科獨自沉思守夜。

賴科回想起在大雞籠社的那些日子，在Ghacho和Isabel的協助下，順利的和日本商人Takayama桑建立良好關係，再用Takayama桑出借的火槍搭配少量的白銀，威脅利誘下、換到漢人商船的大批貨物……哎，爹若還活著、不知會不會對她的行為搖頭？抑或……這也正是爹多年來所做的事？無論如何，賴科自從在產硫的Tapari長老面前表現出立志成為漢人通事的野心後，就逐漸開始絞盡腦汁、為達目的不擇手段。

賴科似乎感覺自己正在一步一步地走向爹、或是淡水頭家曾經走過

的路，同時內心的衝突與愧疚感也日益強烈，有時甚至會感覺到支撐不住──難道這就是大哥當年選擇背叛家族的真實心情嗎？「呼……」賴科深深地吐了口氣，想起在教堂跟Ghacho和Isabel聊天互虧的時光，深深慶幸意外的結識了同年齡的善良夥伴，讓自己不至於走火入魔、反而依賴著彼此的牽絆。回憶至此，賴科不禁微笑的看著睡得東倒西歪的兩位夥伴……

「悉悉簌簌、悉悉簌簌……」

賴科早已注意到森林中不尋常的動靜，雖然前一個守夜的Ghacho堅持是夜行性動物，賴科從未有森林打獵經驗，自然不便多說。但這些動靜提醒了賴科、危機隨時出現的可能性，也讓賴科忍不住思索起前夜在三貂社、Isabel母親的警語。確實，Isabel很溫柔，但有時語帶保留的背後、以及追尋她的身分背景，究竟會帶來什麼樣的危險？另外，Ghacho這個帶著一頭紅毛、愣頭愣腦、卻不時說出他那素未謀面的父親留下的書中提供各種疑似西洋人的知識，他的背景也是頗為可疑阿……

「欸？」賴科突然拍了自己的腦袋一下，啞然失笑。若真要說隱瞞身分背景，賴科不也是隱瞞著別人嗎？罷了，或許每個人多少都有著不知情或不願提起的過去。與其猜疑，不如好好珍惜三人冒險旅行的時光……

第20話　賴科的決心

　　深秋時分，哆囉美遠社西側瞭望台上，賴科獨自一人望著不遠處、才剛經歷一陣廝殺的戰場。

　　原本只是想在尋找Sanasai的途中，一邊拜訪巴賽族村社、一邊交易貨物、一邊打聽消息，看能否找到關於襲擊淡水店頭的神祕組織的蛛絲馬跡，順便探詢Ghacho和Isabel的身分之謎。然而，賴科完全沒有料到Ghacho和Isabel會主動提出介入哆囉美遠社對抗葛瑪蘭人出草的戰爭——或許是想為巴賽族人盡一份心力吧。Isabel的西洋醫療技術，毫無疑問足以讓只靠傳統巫醫的巴賽人吃驚了；但Ghacho這個自己都承認是不及格的獵人，卻第一次打仗就展現長才……或許這就是大哥所欠缺的吧……

　　「機會來了……」賴科微笑著。

　　哆囉滿社，巴賽族最南端的村社。這次則是協助對抗太魯閣族的侵略戰，又打了一場艱苦的勝仗。然而，Ghacho似乎因為戰場的慘烈殺戮而情緒消沉，賴科想起當年承受不了心理壓力而選擇背叛家族的大哥，仍然想不出什麼好方法，或許Isabel的安慰會比較有效吧……賴科嘆了一口氣。

　　坐在家屋的門口、面朝大海，憶起海五商的興衰，賴科深刻體會到，算計再高明，也不能不顧人性。而Takayama桑、諾桑和淡水頭家的相聚與別離，則讓賴科體悟到，樹大招風，隨時都可能遭遇意料之外的危機。賴科曾想過，遠離危險、跟Ghacho和Isabel一起過著隱姓埋名、與世無爭的生活，或許是個選擇，但……真能如此平順嗎？協助巴賽村社

至今已聲名遠播、恐怕也將成為敵人的獵殺目標，低調躲藏的生活如何過下去？而台灣島上天災頻仍，又豈是想躲就躲得掉？更重要的是，賴科仍未遺忘家破人亡之恨，仍想繼承爹的遺志、成為廣納四海的海商，也還想解開人生發展至今遭遇到的諸多謎團……看來，唯有繼續前進，一步一步擴大視野，才能滿足賴科的好奇心了。而要繼續發展，賴科明白她需要Ghacho和Isabel的鼎力支持，卻也想保護夥伴不受傷害。前人失敗的經驗，讓賴科深深引以為戒，該怎麼做呢？

　　「該去跟長老索取保護村社應得的報酬了……」賴科下定決心：「召集巴賽年輕人、成立傭兵團，建立通事屋、情報網……勇往直前吧！」

　　冬季的大雞籠社，跟長老打聽完消息的賴科，獨自一人走回通事屋，看著桌上的地圖，多年來跟夥伴共同建立的通事屋，終於可以開始發揮作用。

　　「哆囉滿社、哆囉美遠社、三貂社、大雞籠社、金包里社、麻少翁社……除了淡水社附近一帶之外，整個巴賽族的領域盡皆納入掌握，延伸到官方及海外的情報網也建立起來了，終於……有機會把那個到處襲擊的神祕紅毛組織揪出來了……」賴科手持剛到手的大雞籠社通事官印，充滿自信地說：「我賴科，將會成為全台灣最優秀的漢人通事！」

海商的興衰

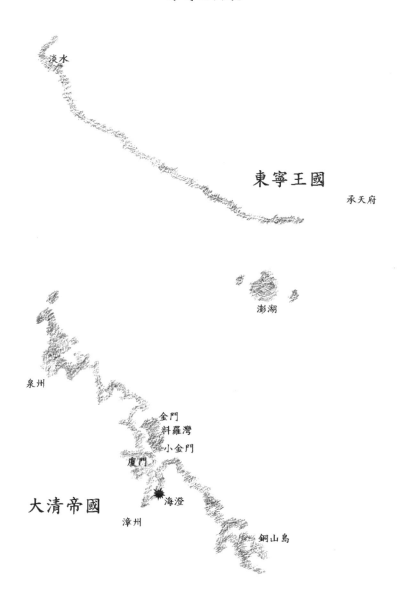

淡水

東寧王國

承天府

澎湖

泉州

金門
料羅灣
小金門

廈門

大清帝國

海澄

漳州

銅山島

Bitter在台灣北部的活動

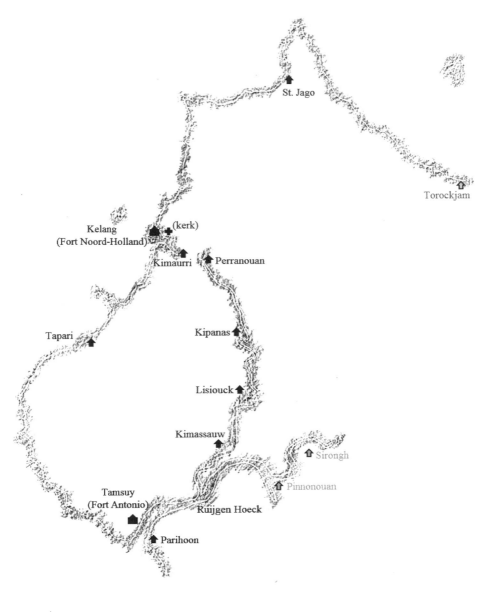

St. Jago

Torockjam

Kelang
(Fort Noord-Holland)

(kerk)

Kimaurri

Perranouan

Tapari

Kipanas

Lisiouck

Kimassauw

Sirongh

Pinnonouan

Tamsuy
(Fort Antonio)

Ruijgen Hoeck

Parihoon

第21話　Herman de Bitter

1668年7月，北荷蘭城。

「報告長官！Klaeverkercke號及Niewendam號已經抵達，預計9月開始吹東北風後，將撤離所有人員！」

「什麼？」身材高大、紅髮碧眼的司令官，不可置信的說：「上次我不是寫信要求援軍嗎？」

「是的，不過……」傳令將手上的文書交給司令官：「議會認為這些年來的行動不僅沒有獲利，還虧損八萬荷蘭盾，所以才決議全軍撤離。」

「這些短視近利的議員……都忘了當年七省共和國^(註1)是如何冒險犯難、才能獲得獨立，並擁有現在的廣大殖民地嗎？」司令官略顯忿恨不平的說：「雖然1665年國姓爺之子派兵占領淡水，讓我們失去糧食產地。但1666年他們派兵來攻打雞籠，就被我們輕易打敗了。可惡！明明再給我多一些兵力，我就可以出兵把淡水的敵軍趕走了……」

「司令請息怒。」副官試圖安撫司令官的情緒：「英格蘭近十幾年來不斷對我國發動戰爭，令我國無論是船艦或殖民地都遭到很大的損失。雖然去年剛結束的戰事由我國獲得勝利，但阿姆斯特丹的投資人開始要求東印度公司裁撤長期虧損的投資項目，議會恐怕只是順勢做出表態……」

「這我知道！」司令官仍不耐的說：「所以我才說他們已經失去我國當年被譽為海上馬車伕^(註2)進取精神啦！不再嘗試去拓展殖民地與貿易市場，只安於把多年來累積的資本投入金融業、依靠貸款維生。沒有強大的軍事力量做後盾，只要阿姆斯特丹被敵國攻占，證券交易所的地

位遲早會被取代掉，到時我國還剩下什麼呢？」

「司令⋯⋯這已經不是我們傭兵能改變的事了⋯⋯」副官無奈地說。

「我明白，我又不是怪你。」司令官坐回辦公桌，開始撰寫文書。寫好後把文書交給副官並說：「你去通知士兵撤離的消息。不過，這張紙上的20人除外。」

「遵命。」副官明白，這位很有主見的司令官另有打算。

司令官再度回到座位上，點了根捲菸，深深吐了一口氣。司令官決定從現在開始，盡其所能的書寫紀錄。一份是關於他對自然、科學與軍事的觀察報告，另一份是個人的行動紀錄。他這麼寫著：「Herman de Bitter，VOC[註3] 傭兵部隊的上尉。1664年VOC派兵重占雞籠後，Bitter 受命率領200名士兵駐守北荷蘭城，成為雞籠最高司令官⋯⋯」

註
1 16世紀尼德蘭北部七省反抗哈布斯堡家族尋求獨立，為荷蘭前身。
2 17世紀時一度往返殖民地的商船大部分為荷蘭製，外界對荷蘭的尊稱。
3 荷蘭聯合東印度公司，荷語Vereenigde Oostindische Compagnie的縮寫。

第22話　巴達維亞評議會

　　1668年11月，巴達維亞。

　　「報告！雞籠的守軍已經撤回來了。只是……」傳令把Bitter彌封的密件交給Maetsuycker總督[註1]。

　　「請留步。」Maetsuycker總督快速瀏覽密件後，突然叫住傳令：「你認為一位違抗總督命令、還要求持續給予補給的部隊長官，該如何處置比較恰當？」

　　「呃……」傳令不敢說話。

　　「我明白傭兵需要戰功來獲取升遷機會，但軍事是政治的延伸，我國更是因為發展出健全的法律與制度，才讓大量資金安心投入證券交易所。如果軍人總是不顧股東決議而私自行動，股東當然可以把資金抽離VOC，最後大家都會完蛋。」Maetsuycher總督解釋著：「所以，站在維持法治、以及維護股東利益的角度，巴達維亞當局不可能接受Bitter這種要求。」

　　「但……同一份密件也傳到評議會[註2]了……」傳令支支吾吾的說。

　　「什麼?!」

　　數日後，巴達維亞城內，VOC最高評議會正進行激烈的審議。

　　「關於下一個議案，原雞籠最高司令官Bitter上尉滯留台灣的獨斷行動案，相信諸位都已充分了解，請提出審查意見。」評議長主持著會議。

「自從1662年2月台灣被國姓爺攻占後,巴達維亞當局曾經派出一支部隊,於1662年11月與清帝國的軍隊共同進攻金門、廈門,於1664年1月單獨進攻台灣南部的打狗,12月再與清帝國的軍隊從金門出發進攻澎湖。另一支部隊於1664年8月攻占雞籠,派兵駐守。這一連串軍事行動消耗大量人力與物資,但短期內仍無奪回台灣的希望,長期在雞籠駐軍則讓公司持續虧損。阿姆斯特丹的股東們,已經不願再支持這類行動了。我建議維持原議,終止對Bitter上尉的支援。」第一位評議員陳述著。

「但是,Bitter上尉大幅縮減駐軍規模、打算以游擊方式從內部進行破壞的行動,確實也足以大幅減少公司的支出。以最低限度的支援,換取台灣當局的內部壓力、甚至可以收集到第一手情報,我認為這仍算是合理的投資。請諸位詳加考慮!」第二位評議員也陳述自己的意見。

「我這邊提供一則今天剛從商業間諜收到最新消息,國姓爺之子開始準備跟BEIC[3]建立貿易往來……相信諸位應該明白其中意義。我建議應許股東要求,但祕密資助Bitter上尉行動。」第三位評議員說著。

評議會內議論不絕,短時間內似乎仍難有決議……

註
1 Joan Maetsuycker,曾任律師,1653年到1678年任職VOC總督。
2 作為避免總督獨斷的決策機構,設有評議員數人及評議長1人。
3 不列顛東印度公司,為British East India Company的縮寫。

第23話　遁隱山林

1668年10月，北荷蘭城。

「司令，現在就要撤離城堡了嗎？」

「國姓爺之子在淡水就有駐軍，他們很快就會過來了。」Bitter說著：「還有，我不是說以後我是牧師，你們都是傳教士嗎？趕快習慣吧！」

「是！長官……阿呃……Bitter牧師……」士兵仍感到不安：「請問我們接下來該去哪裡呢？」

「山坡那邊有個舊教（註1）的天主堂，你們應該知道吧？」Bitter手指著南方：「那間天主堂有我認識的人，先駐守那邊吧，也符合我們的身分。」

「欸……Bitter牧師……牧師好像不該用『駐守』這個軍事用語吧……」

「呃……」Bitter也糗了。

1669年1月，大雞籠社教堂內。

「你真的要走了嗎？」女子不捨地撫摸著Bitter厚實的胸膛。

「是的……白天漢人士兵已經攻占我們原本的城堡了……我們這群人太顯眼，繼續留在這裡只會讓你們被刁難……」Bitter溫柔的說著：「謝謝妳……這段時間收留我們……」

「……我已經成年了，想要你做我的牽手阿……」女子羞澀的說著：「不如……你跟我回St. Jago吧！就你一個人，不會被那些漢人發現

的！」

「抱歉……我有任務在身。而且，我也不能捨棄那些捨命跟隨我的弟兄們。」Bitter先是語氣堅定，隨後又輕柔撫摸著女孩的肚子，恢復溫情的說著：「如果……如果有孩子降生的話……希望妳能阻止她追尋父親的身分，那會帶來危險的……好嗎？」

「嗚嗚……」女子緊抱著Bitter，低聲啜泣著。

隔日清晨，瀰漫的大霧，為Bitter一行人提供絕佳掩護。

「照1654年繪製的地圖看來，越過南方山嶺，沿著大河往下游走，會遇到一個擁有許多Basay村社的大平原。漢人士兵應該不會『駐守』在那邊，我們就去那裡『傳教』吧。」Bitter說著：「走吧！霧很大，別跟丟了。」

「Bitter牧師！前方有一個Basay年輕人發現我們的行蹤！」

「要是他跟漢人士兵通報怎麼辦？幹掉他吧？」眾人議論紛紛。

「等等，別輕舉妄動！」Bitter制止下屬，冷靜的走向Basay年輕人。

「你竟然拋棄她……」Basay年輕人緊握拳頭，眼眶泛著淚水。

Bitter真誠的表露歉意，以巴賽語回答：「對不起……」

註
1 天主教的別稱。當時荷蘭人主要信奉馬丁路德宗教改革後的新教。

第24話　魔法與神蹟

　　Bitter一行人揹負重裝備，在寒冷雨雪中沿著小溪旁泥濘小徑步行，奮力翻過一座小山嶺後，終於看到Perranouan的家屋，和停泊著小船的Ritsouquie，「傳教士們」彷彿如釋重負。

　　「不行……你們沒注意到地圖上的36處岩石區嗎？我知道大家這樣走很累，但我們必須步行到Kipanas才能搭船。」Bitter說著：「而且，我們的人數在村社內還是太顯眼了，所以搭到船後，我們要以5人組成一個小隊，分別進駐到Lisiouck、Kimassauw、Pinnonouan和Sirongh^{（註1）}這4個盆地內的大村社，分頭進行『傳教』。」

　　「哎唷……」眾人忍不住開始唉唉叫。

　　Bitter注意到眾人低落的情緒，決定提振一下大家的精神：「不如這樣吧！大家都是跑遍世界各地的日耳曼人，相信每個人都有過很多有趣的經歷。接下來這一路上，每個人輪流講故事，講完一輪後大家投票選出講得最好的故事，由我來煮晚餐給講出最棒故事的人。如何？」

　　「Bitter牧師要幫我們把故事寫成書嗎？」一位反應很快的人說著。

　　「當然囉！讓我想想書名……嗯……『The Kipanas Tales』如何？」

　　「太沒創意了啦……」大家紛紛吐槽著，氣氛也漸漸輕鬆了起來。

　　「傳教士隊伍」沿著Ritsouquie右岸，走到Kipanas時天色已經開始昏暗，眾人也累得東倒西歪，此時Bitter注意到一對年輕男女正準備各駕一艘小船離開，趕緊上前叫住：「嘿……你們好……我們是想前往Lisiouck的傳教士，能不能載我們一程呢？我們能提供一些白銀……」

兩位巴賽人交談了一下，接著年輕女性回答：「好，成交。」

順著風向與水流，巴賽人的小船快速地前進。讓Bitter更驚訝的是，在短短距離內，竟然從陰雨天轉為晴天。Bitter心情稍微放鬆，不禁對操舟的年輕女性開玩笑地說：「我聽說Basay村社有會魔法的巫女，難道妳有讓天氣變晴的魔法嗎？」

「我也聽說十字教的牧師詠唱經文能產生神蹟呢……難道你剛才詠唱的是招收女性信徒的經文嗎？」年輕女性笑著說：「好啦～Lisiouck到囉！」

Bitter不好意思地笑了笑，叫起睡得東倒西歪的夥伴，陸續下船。

「牧師……前方有……漢人士兵……」帶頭下船的「傳教士」緊張低聲回報著。

遠處一群漢人士兵陸續聚集起來，似乎也發現正在下船的一行人，朝這邊走過來……Bitter頭冒冷汗，思考著若不反擊可能被俘，逃跑也還是會被追上、甚至被淡水的漢人士兵夾擊，但就算打敗對手、之後也就無法繼續偽裝傳教士了……眼看雙方距離越來越接近……或許此時真的需要魔法與神蹟……

註
1 秀朗社，位於平原南方、武溜灣河更上游，雷朗族的大村社。

第25話　Paradise

「東寧王國的士兵不簡單呢……明明被我們誘敵包圍了，卻還能保持紀律且戰且退……這下完蛋了……不只會有更多漢人士兵來圍捕我們，各村社也不會願意讓我們進入了……」還穿著傳教士服裝的少尉，無奈地說著。

年輕女性雖然聽不懂荷語，但從眾人垂頭喪氣的表情也猜得出來，於是對Bitter說：「我的村社Kimassauw後方有片茂密的森林，漢人士兵應該很難到達，你們去那裡躲藏一段時間吧。」

「非常謝謝妳……」Bitter真心感謝著。

「我不是站在你們這邊，」年輕女性別過頭、輕聲說著：「漢人士兵、你的士兵都有死傷，我只是不希望看到更多死傷而已。」

小船從Ritsouquie轉進一條小河流，沿途看到大片田地與許多巴賽族建築，隨後又轉進一條小溪，直到小船無法再前進，眾人便下船步行，最後抵達森林中一處小空地，坐落著幾間破落的家屋，雖然看起來早已久無人居，但這一路走來，還是讓Bitter一行人頗有誤入伊甸園的感受。

「以前曾經有個大洪水的傳說，祖先逃難到這裡才得救。地上有幾條深溝，聽說是為了讓bangka划到這裡而挖出來的。」年輕女性說著：「不過就只是很久以前的傳說罷了，現在沒什麼人相信了。」

「哇……要是水真的淹到這裡，只能靠著小船移動，簡直就跟我的家鄉Giethoorn^(註1)一樣啊……」Bitter忍不住湧起思鄉情懷。

「上尉……我們希望……到其他村社打聽情報。」一名少尉突然提

議。

「喔？難得你們會主動要求執行任務耶……」Bitter看了一眼，注意到士兵們陸續聚集過來，臉上卻盡是躁動不安的表情。擔任傭兵軍官多年的Bitter當然明白，若不適度滿足這些的傭兵各方面的需求，傭兵叛變是遲早的事。再說，VOC老是用低薪搭配高比例戰利品分配的伎倆，難怪已經有不少外籍軍官跳槽到待遇更好的BEIC了……哎……

「去吧！記得要分散行動，別引起騷動，別忘了打聽情報，回程別被跟蹤。最後最重要的是……睡完記得回來啊！」Bitter苦笑地放行。

在藏身處待了幾個月，屋舍、食物來源等各方面都步上軌道了，當然也得感謝持續祕密提供協助的年輕姊弟……Bitter抽空寫著行動紀錄……

「咦？今天怎麼只剩你一人？」年輕女性再度帶著食物來訪。

「呃……他們是士兵嘛，總是需要外出執行任務……」Bitter不好意思地說著：「倒是妳今天怎麼也一個人來？常常纏著我、要我說各地故事的弟弟呢？」

「他今天被族人找去一起打獵啦，畢竟快成年了。」年輕女性突然轉為不尋常的微笑：「所以現在只剩我們兩人囉……」

註
1 荷蘭羊角村，水道縱橫、以船代步、風光明媚的小村莊。

第26話 行動代號：El Nino

　　這一天，Bitter把傭兵們集合起來，開始說明行動計畫。

　　「各位兄弟！12月即將來臨了，照原定計畫，到日本貿易後返航的船將會經過淡水附近，這將是我們一年一度獲得補給、交換情報、甚至部分夥伴可以回到巴達維亞的機會！這一年來，因為交戰陣亡、病死和失蹤，雖然只剩15人，但能存活下來的就是菁英傭兵！」

　　「接下來，我們要假扮成巴賽人，划著小船到淡水跟VOC的貿易船會合，也要躲過在淡水附近巡航的漢人士兵……這是本年度最後的重大行動，願神祝福我們行動順利，大家一起共度平安夜！」

　　「上尉，我有意見。」一名少尉提問：「雖然巴賽人確實膚色較白，但我們的輪廓和髮色跟巴賽人還是很不一樣，真的沒問題嗎？」

　　「問得很好，所以我們要保持距離……」Bitter神祕的微笑。

　　一行人乘著小船到達出海口，北岸是淡水，Bitter指引著小船到南岸登陸，不遠處有許多間完好的家屋，只是一個人也沒有。

　　「不愧是上尉，確實是個保持距離的好地方呢。」少尉稱讚著。

　　Bitter不發一語，繼續向前步行。抵達家屋附近時，眾人才發現地上橫躺著許多具屍體……

　　「這裡是Parihoon[註1]，因為Taokas[註2]的Auran[註3]經常來攻打，殘存的居民逃難到北岸，才留下這個『好地方』……」Bitter說著。

　　「呃……所以漢人跟Taokas至少要挑一個來打就對了？」少尉感到無奈。

　　「我們開槍的話，對岸的漢人一定會注意到。但若我們拿刀的話呢？打得過Auran嗎？更別提我們根本不會用弓箭。」Bitter分析著：

「不過，因為冬天的風向和海流都往南，Auran的小船應該無法北上，所以在這段期間應該勉強算是安全的。」

「呼……上尉你真是會製造緊張氣氛……」傭兵們紛紛鬆了口氣。

等待了將近20天，積存的食物幾乎要吃完了。對岸的漢人士兵不時派船附近巡視，有些傭兵已經開始失去耐心，差點舉槍開火，所幸都被及時制止。但Bitter明白，這場偽裝行動的成敗取決於VOC商船是否出現，若未到Parihoon外海停泊，就意味著VOC拒絕了Bitter的提案……

「上尉……要是補給沒來的話……」傭兵們準備向Bitter提出最後通牒。

「我明白。」Bitter說著：「你們就提著我的頭，到對岸去投降吧。」

註
1 八里坌社，原居於淡水社對岸的巴賽族村社，因不堪襲擊而逃離。
2 道卡斯族，居住於台灣西部的平埔族。
3 後壠社，為道卡斯族的大村社，嗜血好戰，經常遠距離突襲村社。

第27話　淡水社突襲

　　淡水社的街道上，五名傭兵身穿漢人服裝、手上提著物品，走向這條街道中、商人往來最頻繁的店家。

　　「頭家……我們是來應徵保鑣工作的……」帶頭的男人，用相當不標準的漢語說著。

　　「喔……漢草不錯喔……」頭家先是稱讚，接著又說：「但我卻聽說你們只擅長用槍？我以前在天地會^(註1)的老大說過，槍是下等人用的武器，你們這麼高大，至少要會一些拳腳、刀棍功夫吧？」

　　「會用槍就夠了。」帶頭的男人微笑的說著，接著舉手示意，後方4名大漢瞬間掏出短槍，迅雷不及掩耳的射倒了頭家身旁的4名保鑣！

　　「你……你們要做什麼？」頭家跟蹌後退到櫃檯，嚥了口氣、定下心神後說著：「你們想要銀兩吧？我給你們，大家別衝動……」然而手卻摸向抽屜內的私藏短槍……

　　「抱歉，頭家，猜錯了。」帶頭的男人已經先一步把短槍對準頭家的腦袋，毫不猶豫地開槍──「碰！」

　　4名大漢隨後四散開來，只要見到身穿同一套制服的人就開槍射殺。店家內，只剩下一名中年巴賽男子，目瞪口呆的說：「你……你是……」

　　「是的。」帶頭的男人語調突然轉為溫情：「對不起……正因為你們事業大到無法令人忽視了……所以我必須下手……」

　　「碰！」

　　「……姊姊的……孩子……」中年巴賽男子似乎還掙扎著、想說些什麼……

「碰！」

「Bitter上尉，這位是……？」年輕的士兵察覺不太對勁。

「嗯……是曾經認識的熟人……」Bitter平淡的回應。

「Bitter上尉不愧是專業的傭兵軍官，永遠把執行任務當第一優先，對熟人也毫不手軟……」另一位年輕士兵佩服著。

「撤退吧！漢人官兵待會就會過來了。」Bitter下達命令。

小船逐漸遠離岸邊，Bitter和中尉兩人分別抽起了捲菸。

「轉眼間，已經超過20年了……連台灣當局的統治者都換人了……」中年Bitter感嘆地吐了長長的一串煙霧。

「是阿……想當年，你直接拋下剛替你生下兒子的巴賽女子……等離開了才說有本書忘了帶走……還不敢回去拿……哈哈哈……」中尉跟著聊起往事。

「哎……別提了。我們這種人，如何當父親呢？」Bitter無奈說著。

註
1 起源自中國華南一帶的幫派組織，傳說中與鄭成功、陳永華有關。

第28話　情報交換

　　12月底，VOC的商船再度抵達淡水外海，Bitter等人搭乘小船、登艦會合，除了接收白銀、麵粉等補給物資外，也例行性進行著情報交換。

　　「什麼？我們的護國英雄[註1]竟然成了英國佬的國王？這可真是不得了阿！從我們小時候開始，兩國就在海上拼命打仗，現在竟然只因為詹姆士二世恢復舊教勢力，英國佬議員就把我們的新教英雄迎去當新王……這下豈不是兩岸一家親了嗎？」中尉吃驚的說著。

　　「聽起來新舊教爭可能只是比較方便安撫民心的說法，英國議會專程派人送舊迎新，恐怕是因為這麼做才最符合議會派的利益吧。」Bitter聽取情報後說出自己的觀點：「不過，災難年[註2]法國那個耀武揚威的路易十四差點滅了我們的老家，到現在還在持續擴軍、攻打四周國家、對我國課高額關稅。現階段來說，反法同盟無疑是我國最重要的目標，獲得英國王位堪稱對岸親手送上擴大反法勢力的大禮，雙方算是互相利用吧。」

　　「Bitter上尉的政治評論總是一針見血呢……」船長笑著說。

　　「但長遠來看，我對這件事感到憂心。」Bitter繼續說：「法國現在對我國陸上的強大威脅，加上現在又取得了英格蘭作為腹地，未來肯定會有越來越多商人和股東把資產轉移到英格蘭……之後說不定BEIC的發展會超越VOC呢……。所以我老早就說過，我國要用仍然雄厚的經濟實力來長期維持強大的軍隊，陸軍確保本土安全腹地，海軍保護航線，VOC傭兵持續探索、擴大貿易市場……但那些越來越保守的股東和議員們就是不支持……」

「好了好了，本土的情報已經提供給上尉了。接下來該輪到你們提供台灣的情報了吧？」船長趕緊阻止Bitter一發不可收拾的抱怨。

「台灣這邊……之前有報告過，最近幾年北部出現一個實力越來越強大的三方貿易組織，幾個月前我們已經在淡水發動一次突襲，把為首三人中的兩人幹掉了。不過第三個是日本人，有點棘手……」中尉代為回報。

「確實，我們現在是唯一能跟日本貿易的國家，關係不能搞砸……」船長深表認同。

「但是，那個日本人似乎開始資助另一批年輕人。雖然一開始我並不認為那三名年輕人——兩名混血Basay、一名漢人——有任何威脅性，但根據來Parihoon的Kavalan提供的情報，他們竟然發展出具有住民特色的古典方陣、徹底打敗了Kavalan，這令無法完成出草傳統的Kavalan非常生氣……當然這也意味著，Kavalan現階段可以作為我們的盟友。」Bitter詳細補充著：「我想那個年輕人團隊的發展值得持續監控——事實上，我已經安排好在這次補給完成後就到Kavalan實地觀察。若他們也逐漸發展壯大、威脅到VOC未來返台的利益，我們同樣會先下手為強。」

註
1 Willem III van Oranje，荷蘭執政奧倫治親王，1688年亦成英國國王。
2 1672年，法國從陸上、英國從海上同年發動差點導致荷蘭亡國的大戰。

第29話　出草悟道

「Torockjam^{（註1）}長老你好，初次見面——」Bitter上前致意：「不過，相信你的族人早已通知我們到來的目的，所以客套話就不多說了。請問，指揮Tarobeouan打敗Kavalan的Basay，現在的行蹤是？」

「這位尊貴的紅毛人……」長老示意Bitter坐下：「我看你年紀跟我差不多，怎麼還像年輕人一樣衝動呢？有興趣先聽我說說Torockjam的故事嗎？」

「……」Bitter思考了一下，才揮手示意身旁的傭兵把火槍放下，圍繞四周的弓箭手也才陸續放下武器。

「尊貴的紅毛人恐怕不清楚Kavalan也有Sanasai傳說吧？」

「確實不知道。你想表達的是……Kavalan跟Basay有共同祖先？」

「沒錯。巴賽語kavalan指的就是居住平原的人，也就是這裡。難道你沒懷疑過，為何葛瑪蘭語跟巴賽語許多辭彙都很接近？」

「我的確有想過，但現在執行任務優先，之後再問。」

「你真的很急躁……」長老微笑著：「Kavalan原本沒有出草的傳統，只要種稻滿足生活所需就好。但當逐漸往山腳下開墾，就越來越常被Atayal出草。所以，Kavalan不得不反擊，也逐漸開始對來襲的Atayal出草。」

「但以我所看到的紀錄，Kavalan也對Basay出草。」

「當收成穩定，村社人口自然越來越多。但總會突然來個大風雨，導致收成嚴重不足，怎麼辦？大家一起餓肚子？不，更好的選擇是向收成好的村社出草。出草過程中當然難免有傷亡，殘酷一點來說，這也減少了糧食的壓力；另一方面，獲得越多人頭的勇士，毫無疑問會成為村

社中備受崇敬的英雄。所以，出草慢慢地變成傳統，是有其原因的。」

長老娓娓道來：「然而，就在Kavalan的出草傳統慢慢形成後，突然有一群Basay帶著外族人的鐵器、鹽、布料等物產跑來跟Kavalan交易稻米。一開始Kavalan當然很高興能交易到珍貴物產，但後來逐漸發現Basay對稻米的需求量越來越大，這讓Kavalan很疑惑，單獨一個Basay村社真的需要那麼多稻米嗎？但隨著各村社對珍貴物產的依賴，Kavalan就算豐收年也還是會因為大量交易而導致稻米短缺……最後結果當然是……」

「我瞭解了。但為何連遙遠、無冤仇的Parihoon也出草？」

「因為Kavalan也在尋找不被Tarobeouan獨占交易的管道，但Tapari難以攻下，所以轉往南岸。沒想到冬季的Parihoon又被你們占用……」

「原來如此……謝謝長老提供的珍貴情報。」Bitter眼神閃爍的說著：「一個原本支援Tarobeouan的Basay村社，數十年後竟然轉變成Kavalan村社，如今卻又主動找我們談合作，果然不是沒有原因的。」

「尊貴的紅毛人如此明白事理，真是太好了。」長老微笑著。

註
1 打馬煙社，葛瑪蘭平原靠海最北端的村社。

第30話　Bitter的決心

　　從Torockjam帶來、一名被Kavalan俘虜後學會葛瑪蘭語的Atayal，作為Bitter的翻譯，還在跟Truku戰士交代行前注意事項。

　　「上尉……雖然我們訓練過了，而且這些Truku的戰力確實比Kavalan強很多，但只讓他們單獨攻擊，不一定必勝吧？」

　　「中尉，難怪你打牌老輸我。底牌怎能一開局就掀開呢？」Bitter微笑著：「如果Truku這次直接打贏，那個年輕的三人團隊也就不構成威脅了。就算Truku打輸，至少也多瞭解對手的底細，要看準出牌時機呀……」

　　戰場上，濃烈的煙硝味還未散去，獲勝的Truku，正餓虎撲羊般取下一顆又一顆的人頭，Bitter趕緊叫翻譯出面制止：「這一個不能殺！」

　　「滾回去轉告那位漢人通事，Taroboan的每一顆人頭都已經是Truku的了！」Bitter對刻意放一條生路的Basay指揮官、用巴賽語放狠話。

　　「上尉，我們為什麼不趁現在就攻占整個Taroboan呢？那些Basay現在根本無法阻止我們了阿。」中尉不解地問著：「這裡可是VOC探尋超過半個世紀、始終沒找到的黃金河口，現在就在我們眼前了！占領了這裡，派人回報VOC，我們加薪、升官都沒問題啦！難道你還是堅持宰掉那個年輕人團隊的核心成員、比占領這裡更重要嗎？」

　　「很可惜的，Taroboan這裡連蓋城堡的腹地也沒有，Truku那邊也無法提供多餘糧食，即使能一時占領這裡，最後還是會跟1668年的北荷蘭城一樣，因為虧損而被迫撤離。」Bitter分析著：「而且，這次能輕易獲

勝，有一部份原因也是因為那個發展出方陣的混血Basay不在場。還記得上次我們在山坡上觀察的經驗嗎？那個混血Basay的戰前準備跟臨場應變都讓人意想不到，再加上現在那個漢人通事運用許多Basay村社資源建立起來的後勤支援──必須徹底摧毀那個團隊，VOC重占台灣的基礎才會穩固！」

「上尉……你看看你……幾個月前我勸你直接占領Taroboan，你不聽。現在對方加派裝備齊全的日本武士協助防守，占領黃金河口的好機會就此溜掉。」中尉不滿的碎碎唸：「結果看來，你還是比對方提早掀開底牌呢！」

Bitter苦笑地說：「中尉……枉費你是這支部隊唯一一個從1668年就跟我到現在的老戰友，我以為你最能瞭解我呢……」

「就是老戰友才會跟你用講的阿！」中尉沒好氣地說道：「換做其他見錢眼開的傭兵，早就直接叛變了！還跟你好好講咧～誰叫你去年年底信心滿滿的回報，說可以引誘對方來到Taroboan一舉殲滅……結果咧？還好東印度出身的現任VOC總督支持你的行動，但恐怕也是最後一次了吧。」

「我承認對方的訊息傳遞跟應變速度都超過我的預期，才會處處被動。最後這一次……就讓我賭上一切，做個了結吧！」

第31話　安撫

「Ghacho……怎麼看著這間老舊家屋發呆呢？」Isabel走到Ghacho身邊，關心的問著。

「這裡是之前大家集體生病時，tina一直待著的地方。」Ghacho仍然呆坐著：「我到現在還是不明白，tina帶我們來到這裡，看起來好像她早就來過的樣子。而且即使痛苦的生病著，最後卻抱著tama留給她的那本書，安詳的、微笑的、被祖靈帶走了……」

「Ghacho的tina是個很好的人，我每天都在為她禱告。」Isabel真心說著。

「可是……tina始終沒有告訴我，我的tama到底是住在哪裡的紅毛人……如果我知道的話，真想把他找來tina的墓前，要他好好跟tina道歉。」Ghacho不滿地說著：「結果，我什麼都還不知道，現在卻已經是紅毛人要攻擊的對象……可惡……我一定要抓住那些紅毛人！問出tama的下落！」

「Ghacho……別失去冷靜……好嗎？」Isabel憂心忡忡的看著Ghacho。

「Isabel……」Ghacho看到Isabel美麗而憂傷的神情，才意識到自己被憤怒情緒牽著鼻子走，總算慢慢冷靜下來。

「Isabel……我會去做……我能做到的事……」Ghacho下定決心。

「嗯！」Isabel溫暖的微笑著。

Ghacho跟Isabel才剛回到Kimaurri通事屋，Ghacho連招呼都沒打，就

一臉殺氣地問著：「賴科，你這邊有多少人手可以動用？」

「呃……Ghacho你冷靜一下……」賴科原本就在思考後開始內心動搖，加上第一次看到Ghacho這麼殺的表情，原本的伶牙俐齒竟然變成說不出話……

此時Isabel站到兩人中間，不知從哪拿出兩個冰冷的鐵十字架，往兩人額頭上冰下去：「兩位——都冷靜下來——好嗎？」

Ghacho和賴科兩人都嚇一跳，隨後又感受到冰冷的十字架透過Isabel的手逐漸溫暖起來。接著Isabel放下十字架，拉著Ghacho的左手和賴科的右手牽起來，自己再分別牽著Ghacho和賴科的另一隻手，然後說著：「閉上眼睛……想一想，我們曾經一起經歷過的事，一起克服過的困難。這一次也一樣，相信彼此，我們會一起度過難關的。」

「Isabel……謝謝妳……」賴科稍微恢復冷靜，接著瞪著Ghacho說：「Ghacho——你還要牽到什麼時候啦？」

「呃……」Ghacho不捨的放手：「好啦，賴科你先說吧。」

「以目前收集到的情報，紅毛番每隔一段時間才攻擊一次，可見他們人數有限，只能集中攻擊一處。另外，紅毛番似乎只會攻擊事業規模大的組織成員，加上他們曾經統治過台灣，所以我猜他們的最終目標是奪回台灣。」賴科終於說出憂心的事：「但我們的巴賽傭兵打不過紅毛番，日本武士數量有限，至少有三個村社無法防守，相信對方也知道。要是紅毛番輪流襲擊那些村社，族人的傷亡、物資的損失、對通事屋失去的信心……情勢不樂觀阿……」

第32話 禁書目錄

「上尉，你在看什麼書阿？」中尉接到集合命令，提早走過來，卻看到Bitter還在悠哉地看書。

「有個英國佬牛頓在1687年出版的《自然哲學的數學原理》，聽說有對天體運行提出新的理論，就請本土的友人寄來一本啦。」Bitter得意的說著。

「我還以為上尉都在關注政經情勢和軍事發展呢⋯⋯」

「你想～要是我跟你們聊自然科學，還會有人想陪我聊天嗎？」Bitter說著：「不過，別小看自然科學的發展。天體運行、潮汐變化、風力與海流⋯⋯等等，這些不只是科學家的研究，對於航海技術和軍事發展都有正面的影響。所以你看路易十四除了打仗外、還到處拉攏學者到法國科學院，英國佬那邊也有皇室資助的皇家學會⋯⋯就這方面來說，我國有點留不住人才，像Huygens（註1）的許多新發現都是在巴黎天文台完成的⋯⋯」

「不過，另一個角度來說，出版業在我國的高度自由，也才能讓我這麼容易取得最新的書籍。我會對天文學有興趣，也是因為求學時期老師介紹哥白尼、克卜勒和伽利略的新發現。對了，你知道禁書目錄嗎？」

「好像有聽過⋯⋯是那個羅馬教廷頒布、禁止異端邪教書籍的事嗎？」

「就是那個沒錯。但老實講啦，很多書本來沒什麼名氣，教廷這一禁反而讓大家好奇了——」Bitter繼續笑著說：「所以我國的出版業者只要照著禁書目錄、一本一本的出版，根本穩賺不賠！感謝羅馬教廷

阿～」

「上尉對羅馬教廷的評論也是毫不留情阿……」另外3名少尉也走了過來，指著Bitter身旁的另一本書問著：「那這本呢？看起來不像拉丁文？」

「這本書叫《三國》，這可是翻譯自漢人寫的歷史小說！我倒是很推薦各位有空可以看看，因為——」Bitter拿起少尉指的書說著：「跟待會要交代的作戰計畫有關。」

「上尉靠漢人的歷史小說制定作戰計畫？」4名小隊長都好奇了。

「先從我們到目前為止收集到的情報說起。」Bitter開始說明：「對方至少掌握了6個Basay村社，但為了防禦Kavalan對Talebeouan、Truku對Taroboan的威脅，那兩個村社的防守兵力基本上無法調動。所以我們真正要面對的，只有跟著核心成員移動的10名日本武士和20名左右的Basay傭兵。相信對方也不會隨意分散兵力，所以基本上隨時都有3個村社處於無防守狀態。而我們這邊有20名VOC傭兵，加上一些Kavalan戰士——」

「所以，作戰分為兩階段。第一階段，VOC傭兵先集中突擊2個無防守村社，對方將被迫前往保護第3個村社。雖然對手有日本武士，正面交戰會破壞與日本的關係，但意外船難並不罕見……因此，第二階段，把對方引入狹窄水域，以Kavalan幫我們準備的小船，進行包圍決戰……」

註
1 Christiaan Huygens，荷蘭科學家，確認土星環、提出惠更斯原理。

第33話　Ghacho的策略

「我也想到對方會襲擊沒有防守的村社，不過——」Ghacho說著：「我猜不到他們襲擊的順序。所以……就讓他們先攻擊兩個村社，接下來他們一定會在第三個村社、或我們前進的路途中襲擊——那就是我們反過來抓住他們的機會！」

「什麼！Ghacho你要讓兩個村社在沒有防守的情況下被襲擊？你怎麼會說出這種話？」賴科有點動怒，一旁的Isabel也一臉不可置信。

「你們冷靜聽我說……」Ghacho嘗試繼續說下去：「賴科你剛才說過，紅毛人的主要目標是組織，所以我想，會被襲擊只有通事屋。」

「要是紅毛人先襲擊Kivanowan，我的家人不就……」Isabel快哭了。

「呃……聽我說完阿各位……」Ghacho只好加快解釋：「所以我打算祕密安排各10名Basay藏在那三個村社的通事屋中，等紅毛人來襲時再突然現身防守。這麼做需要賴科臨時雇用更多Basay，一部分祕密進行訓練，另一部分祕密趕工製造改良版的方陣推車……時間有限，動作要快！」

「好，這是我能做的，我會盡快雇用人手的。」賴科總算安心了點。

「不過……我得直說，我不知道紅毛人會用火槍襲擊？還是有其他方法？要遇到了才知道。所以，第一個被襲擊的通事屋是最危險的。」Ghacho實話實說：「但是！只要第一次襲擊過後，快速的把襲擊的完整情報傳過來，下一次的防守就可以做得更好！而在兩次襲擊都結束後，我們就可以集中盡可能最多的數量——扣除防守Talebeouan和Taroboan的

必要人數——把全部30名日本武士、70名Basay傭兵和30名操舟的Basay帶往第三個村社，包圍、抓住全部的紅毛人！」

「沒錯……快速地傳遞情報、快速的調動人力和物資，是我們的優勢……」賴科聽了Ghacho的計畫，逐漸恢復了信心。

「不過剛才你說時間有限……意思是說你能猜到他們發動的時間嗎？」Isabel問著。

「我當然猜不到他們發動的時間……但若太早發動，他們可能也準備不及；若太晚發動，耕種的季節開始，那些能協助紅毛人的Kavalan也要回村社耕作，他們能用的人數就更少了，所以我認為大概會選在Palilin前後發動。」Ghacho提出看法：「至於最後的戰場……我認為紅毛人仍然會顧慮跟日本武士在陸地上交戰，所以，我猜他們很可能會把陷阱設置在我們搭bangka前往第三個村社、狹窄的水面上……」

「聽起來像是有點熟悉的地方啊……」賴科思考著。

「水面上阿……Ghacho，你還記得你在大地震前，展示給我們看的火藥引爆地震嗎？」Isabel突然提起。

「欸……」Ghacho靈光一閃：「有可能喔……」

第34話　大戰的序幕

St. Jago的冬日清晨，4艘Kavalan的小船悄悄的靠岸，從船上卸下2台推車，20名Kavalan裝載貨物完畢後，緩緩推向村社中心廣場。

「！……你們是……Kavalan……」早起的長老驚訝地後退著：「從沒見過Kavalan來Kivanowan交易……你們其實是想來出草的吧？」

「不……長老，我們只是好心來告訴你們，紅毛人要回來了，聰明的話，就別再跟漢人通事往來了。那些年輕人只會收重稅，卻保護不了你們。」帶頭的Kavalan大聲說著，雖然語言略有不同，但Basay大致上都聽得懂意思。廣場上逐漸聚集起越來越多人，議論紛紛。

隨後，Kavalan們大笑著，把推車推向通事屋，一台停放在門口，另一台停放在瞭望台的基座附近。見通事屋無人應門，Kavalan對瞭望台的Basay大喊著：「紅毛人要來囉！幫漢人通事工作的Basay，紅毛人現在就要來懲罰你們囉！」說完拍了推車一下，推車內突然各跳出5名紅毛人！

就在幾乎同時，通事屋的後方突然冒出兩台方陣推車，分別往門口及瞭望台基座移動！紅毛人和Kavalan見狀，迅速往停船的方向拔腿狂奔！但跑到弓箭射程以外的位置，紅毛人停下腳步，轉身，舉槍，往Kavalan推車射擊──「碰！碰！碰！碰！碰！──轟隆！」

劇烈的爆炸，炫麗的火光，震撼的音浪，靠近圍觀的Basay或多或少都受了傷。紅毛人與Kavalan趁著混亂回到小船，如鬼魅般消失蹤影。而位於爆炸中心的通事屋，正陷入熊熊烈火中……

「第一個被襲擊的是St. Jago，第二個是產硫的Tapari……」Ghacho手上拿著傳回來的情報文書：「第三個毫無疑問就是Kimassauw了。」

　　「還好有Ghacho設計的鐵板、事先準備好滅火的水，通事屋內、方陣推車內的Basay雖然受了傷，但至少保住了性命……」Isabel感謝的說著。

　　Ghacho則說：「許多Basay在Kimaurri挖掘的煤礦、賴科用煤礦交易來的鐵砂、長老們教導下重新啟用的煉鐵技術……這是大家努力的成果……」

　　「但從已經傳回的情報看來，爆炸威力真的很可怕……加上Kavalan的閒言閒語，確實有些Basay開始動搖了……」賴科緊鎖眉頭。

　　「只要我們最後徹底打敗紅毛人，我相信以賴科的口才，一定能讓大家恢復信心的。」Ghacho輕拍賴科的肩膀，語氣堅定地說：「走吧！打敗紅毛人的事，就交給我吧！」

　　「上尉……他們到了……」Parihoon瞭望台上的哨兵發現後，趕緊通報：「有30艘！似乎只有中間10艘載人，前後的船載貨……好像打算在河口停下來……」

　　「他們在等漲潮。有貨船……看來計畫有微調的必要……」Bitter下令：「走吧！VOC傭兵執行任務的時候到了！到埋伏地點集合！」

第35話　關渡之戰

漲潮了。

龐大的Basay船隊，如一條長龍般，緩緩魚貫進入河道。

埋伏在Ruijgen Hoeck^{（註1）}河岸邊樹林內的VOC傭兵及Kavalan戰士，兩岸各有5艘小船，另外還有10艘偽裝成漁船、在河道最狹窄處四散分布，等待著Bitter的信號。Bitter聚精會神的盯著Basay船隊的動靜，眼見前端貨船陸續通過封鎖線，Bitter抓緊時機大喊：「Blokkade^{（註2）}！」

突然間！偽裝的漁船紛紛拋出繩索，倆倆綁在一起，一下子10艘小船串連成一條牢固的封鎖線，把尚未通過的Basay船隊完全擋住！被擋住的bangka與封鎖線的小船產生碰撞，此時中間6艘小船猛然起火！

同一時間，Basay船隊的後方兩側也出現6艘火船，輕快的船體趁著風勢和漲潮逐漸追上船隊中段、載滿人的bangka，眼看也即將發生碰撞，操舟的Basay紛紛跳水潛游，Bitter又大喊：「Vuur^{（註3）}！」

小船上早已舉起長槍瞄準的VOC傭兵，聽到號令，整齊劃一的同時向12艘火船射擊——「碰！碰！碰！碰！碰！——轟隆！」

震撼天地的爆炸，水花隨著烈焰沖天，巨響幾乎震破耳膜。威力強大的風暴震波把四周的小船全部往外彈開，河岸兩側山坡甚至有些土石滑落水中……難以想像圍在中間的船隊如何存活。

但Bitter仍然不敢大意，畢竟領教過對方的應變能力，在水波較為平緩後立刻下令：「第3小隊、第4小隊分別帶著5名Kavalan，各自前往扣留前後貨船隊，注意！不准私吞戰利品！其他人跟我到爆炸中心檢視是否有漏網之魚。動作快！」

「欸……Ghacho……有紅毛番過來耶……跟你猜的不一樣……」賴科透過槍眼觀察外面的情況。

「呃……總有意料之外的狀況嘛……不管,還是一樣,等他們進入弓箭射程內就點燃信號煙……可以了!」Ghacho悄悄的用火把點燃船尾的信號。

每一艘bangka上操舟的Basay看到信號,紛紛拍打船上的貨物,接著,搭好弓箭的Basay傭兵、舉起火槍的日本武士悄然起身,沒有一刻遲疑的朝向對手射擊──

Bitter派往扣留貨船的人員寡不敵眾,死傷慘重。

聽到槍聲的Bitter也察覺情況有異,決定順流往前部貨船隊察看,沒想到突然遭到火箭攻擊,小船起火,眾人只能選擇跳船。Bitter仍想逃脫,竭力游向岸邊,但小船的速度終究比人快……。最後,剩餘的VOC傭兵和Kavalan戰士,被20艘貨船團團圍住,只能投降。

註
1 野生灌木林河角,1654年荷蘭人地圖中的稱呼,巴賽語為Kantaw。
2 荷蘭語封鎖之意,在此作為封鎖河道的指令。
3 荷蘭語火的意思,在此作為開火射擊的指令。

第36話　紅魔族

「真沒想到你們竟然敢用這麼多Basay的犧牲換取勝利……或許你們比我們更像惡魔呢……」Bitter無奈地說著。

「謝謝，我會把這句話當作讚美的。」Isabel回應著。

「什麼?!」Bitter不解。

「那些可是Isabel努力製作的精緻假人呢……」Ghacho毫無保留的稱讚著。

「好了……還有很多話要問，就還是先照預定計畫，我帶10艘bangka到Parihoon收集紅毛番的物資，然後把紅毛番帶到Kimaurri審問情報。Ghacho帶10艘bangka把這些貨物運到Kimassauw，讓大湖附近的村社安心度過Palilin吧。」賴科指揮著。

bangka停泊在Parihoon的岸邊，Basay正忙著搬運紅毛番的物品。

「這位漢人通事，那些物品是VOC的財產，你的竊盜行為，VOC不會放過你的。」Bitter用巴賽語嚴厲地說著。

「喔？是嗎？這位尊貴的紅毛大人，你應該感謝我們幫你們搬運行李才對吧。」賴科酸溜溜地回應：「再說……你還保留這麼多炸藥……虧你還敢說我們是惡魔，你才是紅魔族吧！」

「……」Bitter一時被嗆得啞口無言，過段時間後才說：「好吧……這位漢人通事，接連敗在你們手下，我明白你們的厲害了，我認輸。但是，請讓我們搭船離開，我們是傭兵，VOC會付你一筆錢的。」

「喔……這點你放心，我知道你們很有價值，而我是跟Basay混在一

起的漢人通事，在交易這方面，我絕對不會跟你客氣，一定會把你們的價值壓榨到一點都不剩——」賴科還加上手勢，威嚇了一下Bitter。接著繼續說：「好吧……既然你都開口了，那我就先問第一件事。20年幾前，東寧王的士兵趕走Kimaurri的紅毛番，是不是你帶隊的？」

「就是我。」Bitter直言不諱。

「果然是你……」賴科壓低音量繼續問：「那麼，請你把你們自從撤離城堡、躲入Basay村社之後的歷程，詳細地告訴我吧。」

「那恐怕不是三兩句話就能說完的……」Bitter表示。

「這不成問題。」賴科略顯邪惡的表示：「在你們回到VOC之前，我們會在Kimaurri好好『招待』你們，時間多得很……」

Kimassauw通事屋內，剛照顧完傷患的Isabel走進文書間，看到皺著眉頭的Ghacho，便問著：「還好嗎？情報文書寫了些什麼呀？」

「賴科竟然說他打算利用紅毛人——不，賴科還特別改寫成紅魔族——去執行一些爆炸任務！」Ghacho大惑不解：「不是才剛打個你死我活嗎？怎麼突然間變成合作關係了？我要去Kimaurri跟賴科問個清楚！」

第37話　春酒

隆冬剛過，島上仍是白雪皚皚，連官府都特別命名為「雞籠積雪」。

賴科提著一壺酒，慢慢走到大雞籠島北側、遍布奇岩怪石和海蝕洞的海岸，在一個完全封死、只留下小窗的鐵門前停了下來，把酒遞進窗口。

「不好意思啦～因為Basay沒有製造監牢和門鎖的技術，我也不會，只能委屈你們待在山洞裡一段時間了。」賴科說著。

「你們對待戰俘算是很好了。」Bitter回應著：「這個東西是？」

「這是Basay釀造的好酒。」賴科解釋著：「漢人有個在新年過後舉行春酒的習俗，祈願新的一年工作順利、事業發達。你們紅魔族也入境隨俗一下吧～」

「謝謝。」Bitter喝了一口：「果然是好酒，跟你的行為一樣美好。」

「新的一年確實該說些好話。」賴科冷笑道：「但實質的利益才是最美好的。未來VOC回歸台灣，請確保落實我們之間簽署的協議，北台灣、東台灣都歸我掌控，加上貿易特許權、海上航行權，以及稀有貨物的供應。」

「Isabel姐姐～我好想妳！」Ravayaka開心的擁抱著Isabel。

「阿～姐姐的身體竟然不是被我第一個抱到！」Catherine也跳過來。

「你們都是我的好妹妹呀……」Isabel輕柔地抱住兩位女生。

「Ghacho大哥，好久不見！辛苦了！」Tavayo也上前抱了Ghacho。

「Tavayo你也是……去年那時你做了最正確的決定……很好！」Ghacho讚許著Tavayo，接著又對著Limwan招手：「Limwan，你是去年第一個面對最慘烈情況的……你能活下來，真是太好了。」

「真的……Limwan你辛苦了……」Kilas也走過來拍拍Limwan。

「Ghacho大哥……謝謝……謝謝大家的支持……」Limwan感動的流淚著。

「Catherine和Kilas，你們也撐過了紅毛人的恐怖襲擊，真的……大家都很棒……過去一年真的是非常困難的一年，但通事屋的大家一起撐過來了！」Ghacho其實完全沒刻意準備說什麼感性的話，但就是不知不覺說出口。才剛說完，臉部肌肉已經止不住的抽動──「嗚嗚……嗚嗚嗚……」

所有人都過來拍拍Ghacho。

「Ghacho大哥過去一年的經歷也是難以想像的。村社突然被大洪水淹沒，平原突然變成大湖，族人生活困難，大哥的tina也……卻還是努力的指揮作戰，打敗了長老們口中像天神一樣的紅毛人！Ghacho大哥才是最堅強的！」Tavayo激昂地說著。

「賴科也是非常重要的……」Ghacho擦擦眼淚：「對了，賴科呢？」

「我在這裡。」賴科倚著門口，似笑非笑的說：「欸──等等喔，別衝過來抱我，我太瘦小、腰會折斷的……乾杯就好了。」說完舉起酒杯──

「那就改讓好酒擁抱你囉。」Ghacho碰完酒杯後、把酒倒在賴科頭上：「乾杯！」

第38話　賴科的棋盤

　　春暖花開時節，Kimaurri通事屋內，突如其來的訪客，竟然找賴科邊下棋、邊閒聊。

　　「聽說大哥您是縱橫南洋的海商，今日怎會專程前來雞籠這個小地方賞光？」賴科開口詢問。

　　「其實我有個天地會的兄弟在淡水做生意，聽說事業做得不小。但我前幾年都在南洋打滾，直到今年才來淡水、卻找不到人，打聽後才知道他幾年前就遇難了，實在難過。不過，當地幾個通事都說當年在他那邊有個小兄弟，現在成了名聲顯赫的大雞籠社通事。如此青年才俊，我等當然得來拜訪拜訪、交流交流！」來訪的海商言談客氣，眼神卻盯著賴科。

　　「大哥您客氣了……我只是在台灣北部跟番人搏感情的小通事而已。不過，相信大哥您熟知此地盛產硫磺、鹿皮、煤礦，如有需要，這邊可以提供高品質的貨物供您貿易所需。」賴科其實已經認出對方是原海五商，但「賴科」的真實身分也已是要埋葬到歷史深處的祕密了，還是好好扮演現在的角色吧……賴科想了想，有點後悔太快切入商務話題、不知是否會引起對方反感，便換個方式說道：「不瞞您說，小兄弟我出身金廈，對海商之事略知一二，加上番人所需，才提及物產。大哥您主要在哪裡做貿易呢？」

　　「我等原籍漳州，長年在廈門從事貿易。十多年前為了躲避戰亂，遷移到廣南國(註1)的會安。康熙帝開放海禁後，我等便再度返回閩粵沿海貿易。」海商神情複雜的說著：「賴通事，今日雖是初次見面，我等驚訝於您既是出身金廈、又與舊識之女面貌頗為神似，不禁失態，實

在抱歉。可見賴通事眉清目秀，恐怕男人看了都會心動，頗有國姓爺之風。然而我等見到淡水諸位通事皆已剃髮易服，賴通事卻無……其用意是？」

賴科其實很想說實話——哪個愛美的女生會想把一頭烏黑秀髮剃成超蠢辮子頭阿？但也很快就意識到海商這樣詢問的意圖，於是回答：「清明將近，反復生長而已。」

「……」海商猶豫了一下，接著問：「賴通事知道琉球國嗎？」

「偶有琉船來貿易，未曾到訪。」

「我等有位同鄉，在琉球國的久米村^{（註2）}從事貿易，也經常帶領琉球人到福州柔遠驛^{（註3）}進行朝貢貿易。因此，他對於福州的火藥庫、兵舍等情報頗有收集……」海商低聲說道：「我等在外面看到你似乎有屬於自己的兵力，有興趣的話就去嘗試看看吧……幾天後我等亦將前往琉球，屆時會請同鄉在東北風起後、派船送來詳細情報的……」

「感謝大哥！」賴科志得意滿的舉起棋子：「將軍。」

註
1 鄭阮紛爭期間，外界對占有越南中部的阮氏政權的稱呼。
2 琉球國那霸港附近的漢人村落，多為來自福州、漳州的漢人。
3 明清時期招待琉球朝貢使節團、商人、學生之外交使館。

最終話　臺灣通事首席

　　一支由10艘大型艋舺組成的貨運船隊，船首都插上醒目的通事屋專用旗幟，正緩緩繞過淡水社外海。巡防至此的水師把總[註1]正與岸邊的漢人通事交談，搬運稻米至此的圭柔社[註2]番正搬運稻米至此交易，此時番人紛紛投以羨慕的眼光。見此光景，水師把總也不免讚嘆：「這是我見過在臺灣最受番人愛戴、最風光的通事了。」

　　大型bangka到達Kimaurri後緩緩駛入狹窄水道，領頭的bangka上、操舟的少年Basay，揮手對著岸邊日式點心店內的年輕女孩大喊：「姐姐──我回來囉──」

　　「專心操舟，別讓賴通事坐不穩啦。」年輕女孩回應著。

　　「放心，弟弟的操舟技術很好，妳做的甜點也很好吃喔。」賴科說。

　　「哇……賴通事都這麼說，我們有空也去那家店買甜點吃吃看……」岸上其他人紛紛燃起了興致，賴科則對年輕女孩眨眨眼。

　　溫暖的夕照下，年輕女孩一下子臉紅了起來，靦腆的笑著。

　　而在大雞籠島西側，一艘琉球商船在岸邊下錨，Basay守衛正在告知對方，未來可以購買通事屋通行證，保證在台灣北部近岸航行不會受到打劫；此外，出示通行證才能入港進行交易，關稅另計。

　　港口西岸、採煤礦坑附近的海灣，部分煤礦正裝載到bangka上、準備直運到通事屋交易，其他煤礦則直接運送到岸邊的煉鐵屋。Basay向來習慣賺取足夠收入後就不再工作、享受生活，但因為平原變成大湖後、

從各村社外出打工的人數變多，所以採煤和煉鐵的產量仍在持續增加中。

　　回到通事屋的賴科，馬不停蹄的接待已多次提出邀請、在Limwan的安排下初次來訪的Sakizaya和Pangcah^{（註3）}參訪團。考慮到增加稅收、擴大交易市場、又可賣人情給其他通事，賴科當然沒有拒絕的理由……

　　港灣中，一艘全新蓋好的通事屋旗艦才剛下水。六個月來，Ghacho帶著Basay跟日本人、漢人師傅學習造船技術，揉合三方造船風格，終於打造出具有艦首三角縱帆、船底防水貨艙、可搭載從Parihoon徵收而來的紅毛火炮的大型三桅帆船。接下來還要學習各項操作技術、密集出海測試，才能趕上Tavayo和Ravayaka在Talebeouan舉行的婚禮，以及後續到東部村社的探訪、交易行程……Ghcho光用想的就頭大……

　　Kimaurri通事屋內的小教室中，帶著小孩子讀聖經、學寫字的Isabel，看著越來越多的孩子，內心開始萌生一些想法……

　　剛被釋放後不久、觀察到這一切的Bitter，也不禁由衷讚嘆著：「真是一位了不起的通事阿。」

註
1 明末清初的基層武官職稱，通常率領數十人至百人的兵力。
2 居住在淡水紅毛城以北、盛產品質優良早稻的巴賽族村社。
3 居住在薩奇萊雅族南方，北部阿美族的自稱，同族人之意。

Sakizaya和Pangcah的分布（崇爻九社）

第三樂章
採硫事紀

第1話　哆囉美遠的婚禮

　　寒冷多雨的季節，東北風正呼嘯著，Talebeouan濱海瞭望台上，巡邏的Basay驚訝的發現一艘從未見過的大船，正緩緩駛來！然而大船並未靠岸，而是停在外海，放下Basay熟悉的bangka，向岸邊駛來。此時巡邏的、好奇圍觀的Basay才清楚看到，通事屋的旗幟，在大船和bangka的船首迎風飄揚！

　　Ghacho、賴科、Isabel、Catherine、Kilas陸續下船，加上中午就先到達的Limwan，來參加婚禮的外地賓客，已經到齊。

　　「Isabel姐姐～你們終於到了！」Ravayaka在岸上開心地歡迎著：「而且這艘新船好大啊！我也好想上去搭乘看看～」

　　「會的唷～」Isabel微笑地對Ravayaka眨了一下眼睛。

　　隔日上午，通事屋的所有夥伴都在禮拜堂內，Ravayaka身穿白色典雅長袍、Tavayo則身穿Basay勇士服飾，兩人牽手進場，由Isabel帶領大家詠唱祝福的詩歌。儀式結束後，Catherine為新人雙方掛上鑲有Taroboan出產的黃金、由Kivanowan精心手工打造的結婚串珠，其他夥伴也紛紛送上祝賀禮物。

　　接近中午時，Ghacho帶著大家搭上bangka，登上大船。Ravayaka和Tavayo上船後才驚訝地發現，甲板上已經擺好豐盛的食物，包括Isabel擅長的麵包、賴科從遙遠南洋交易來的咖哩、Kilas用硫磺泉煮出來的雞蛋、還偷拔了Ravayaka跟Tavayo在通事屋旁種的蔬菜，配上特地從Kavalan交易來的純釀好酒，飯後還有Kimaurri頗負盛名的日式甜點。

　　吃飽喝足之際，賴科打開話匣子：「之前到Kimaurri參訪的Sakizaya和Pangcah，兩族其實彼此不合。聽說其中一個原因是，Pangcah把經常

出草、又跟山猴一樣跳來跳去的Truku的稱為Tsongau^{（註1）}，之後逐漸把住北邊的人都稱為Tsongau——Sakizaya知道意思後對Pangcah超不爽的！」

「後來Sakizaya得知南方有另外一群也會出草的Bakuay^{（註2）}，就故意把住在南邊的討厭傢伙都稱為Bakuay，Pangcah聽了之後當然也很不爽……所以說阿～用猴子稱呼對方會引起紛爭的捏～」大家聽了之後紛紛笑了出來。

下午時分，大夥一起走到Ravayaka家中，拜見女方父母。雙方鑿下門牙兩旁的牙齒、互相交換後，就到Ravayaka的新家屋入住，正式完婚。晚間，村社中的Basay都到廣場中唱歌、跳舞，Ghacho耗費許多火藥、終於開發出來的竹炮煙火點亮夜空，為這場婚禮畫下美麗的句點。

註
1 原為阿美族對太魯閣族的稱呼，後來卻被漢人把當地都統稱為崇文。
2 居住在木瓜溪流域的居民，與賽德克族人關係密切。

第2話　筠椰梛

　　Palilin剛過，Talebeouan仍是強烈東北風壟罩、連日大雨的天氣。濱海瞭望台上，巡邏的Basay又發現一艘從未見過的大船！

　　「這是jong^{（註1）}，漢人的帆船。看來那些慢吞吞的漢人通事終於到了。」賴科回頭對著身邊的伙伴微笑說著：「我們出發的時間也到了。」

　　「不過……賴科我還是有點感到不安。我之前曾經聽Tapari和Kimaurri的Basay說過，那幾位漢人通事的評價不是很好……讓他們去當Sakizaya和Pangcah的漢人通事，真的好嗎？」Isabel表達了她的憂心。

　　「也只有這樣，才能誘使他們離開Senaer^{（註2）}那一帶的村社呀。」賴科解釋著：「不過我也已經跟他們協議好，未來他們必須跟通事屋交易一定數量的貨物、再提供給那些村社，這樣至少可以讓他們安分一點。再說，若Sakizaya跟Pangcah真的受不了他們，我們再來接手，不是更好嗎？」

　　「Isabel姐姐放心地出發吧，我們會顧好通事屋的！」Ravayaka笑著說：「不過……希望下次換成我來準備Isabel姐姐的婚禮唷～」

　　「對阿對阿～我還得在姐姐後面排隊呢！」Catherine跟著起鬨。

　　「妳們兩個厚……」Isabel微微臉紅：「別再說了啦。」

　　通事屋旗艦趁著風勢快速航行，到Tkilis河口讓Limwan換乘bangka返回Taroboan，同時改由Sakizaya的小船帶路。再往南行沒多遠，到達一個美麗的海灣，近海有許多小船在捕魚。更讓Ghacho驚訝的是，帶路兼翻譯的Sakizaya竟然叫他可以把旗艦更靠岸一點停放。

　　「你們的大船吃水深，但這裡水更深，沒問題。」

一行人上岸後，沿著北側平原、南側台地的交界處往西南方前行，沿途還經過一座長條狀的湖泊。Ghacho走著走著、慢慢注意到南側台地的底部呈現著比較沒有長草的狹窄條帶，而且似乎一路向前延伸、沒有終點……

　　「請問你們有刻意在這山腳下除草的習俗嗎？」Ghacho發問了。

　　「喔……你說這個嗎？」Sakizaya翻譯回答：「這是地牛搖動身體，造成大地的裂痕喔。」

　　「這是不是大約五年前出現的？」Ghacho繼續追問。

　　「哇！你真的不愧是Basay常提到的紅毛英雄、預言之神，連這件事都知道！」Sakizaya翻譯對於Ghacho深表敬佩。

　　「是說……你們有哪個村社的發音接近『筠椰椰』嗎？」賴科也好奇的發問。

　　「呃……我想那就是漢人對於Sakizaya的稱呼吧……」翻譯無奈地說。

　　眾人異口同聲的表示：「欸？未免差太多了吧……」

註
1 17世紀航行於海上的中式帆船，外界常用的稱呼為戎克船。
2 圭柔社，居住在淡水紅毛城以北、盛產品質優良旱稻的巴賽族村社。

第3話　達固部灣社

天色漸暗，當翻譯指著前方是Sakizaya的最大村社Takoboan^{（註1）}時，Basay、漢人都感到懷疑，因為實際上只看到一片廣大的竹林。直到抵達村社入口處，眾人才驚訝地發現、村社確實就在竹林內！這密集而厚實的刺竹林，簡直就像刀槍不入的城牆一樣！

「歡迎！Sakizaya的朋友們！」長老帶領村民熱烈歡迎著。

「大家好！很高興見到各位！」賴科把手上的煙草遞給長老：「這是一點見面禮，長老請收下。」

「哇……這個不就是以前紅毛人抽的菸草嗎？貴重禮物阿！」

「不愧是見聞廣博的長老。」賴科微笑著。

「來來來，我們也準備了豐盛的食物和禮物，請各位貴賓一起來享用我們的美食、聊天、喝酒！」

盛大的歡迎宴會中，許多從未見過的景象，讓外來賓客感到好奇。

「哇……宰了這麼多頭豬，是你們的獵人很會獵豬嗎？」Ghacho問著。

「不是喔，我們有養豬的習慣，所以不用太依賴獵豬。」翻譯回答著。

「哇……那我要跟你們學養豬的方法，回去教Basay養豬！」Ghacho開心的說著：「另外……你們還有好多好喝的湯阿……」

「野菜湯是我們的拿手菜喔……另外這個是檳榔心炒豬肉，好吃吧？」翻譯得意地介紹著。

「真的很美味……能教我煮食的方法嗎？」愛好煮食的Isabel也忍不住發問了。

「當然可以。不過檳榔心是很珍貴的食材，砍掉檳榔樹才能取得。所以平常我們只吃檳榔……你們要不要試試看？」

「欸……檳榔就算了……我覺得牙齒紅怪怪的……」Ghacho微笑婉拒了。

「沒關係，每個人喜好不同。你看那些漢人就吃得很開心！」其實是翻譯自己吃得很開心。

「你們接下來還會去Pangcah的村社對吧？」長老談起正題。

「是的，Pangcah也有邀請我們過去。」賴科透過翻譯回答。

「那麼……我可以要求請賴通事別去Cikasuan^{（註2）}嗎？他們雖然是Pangcah，但卻跟Bakuay很要好，而Bakuay是來自大山另一邊的Seediq，跟Truku一樣經常出草……Cikasuan跟他們混久了也越來越兇悍……」長老嘆了一口氣說道：「我聽說，賴通事跟紅毛Basay英雄曾經為了阻止Truku對Taroboan出草，召集勇士打敗了Truku。希望賴通事看在我們也很努力阻止出草行為的份上，別跟Cikasuan建立關係。」

「好，我會跟之後派駐在這裡的漢人通事要求的。」

夜晚的營火炎烈，眾人仍在歡唱、跳舞，賴科的眼神在火光照耀下閃爍不定。

註
1 達固部灣社，位於奇萊平原，薩奇萊雅族人口最多的村社。
2 七腳川社，在薩奇萊雅族西南方、與其互相交惡的北部阿美族村社。

第4話　七腳川社

　　離開了Pukpuk（註1）、Natauran（註2）後，賴科一行人在Pangcah翻譯的帶路下，搭著牛車，沿著祕密小徑前往Cikasuan。

　　「賴科你果然這麼做了……但你不怕被出草嗎？」Ghacho低聲說著。

　　「有個紅毛Basay英雄在，我還有什麼好怕的呢？」賴科開玩笑地說著。

　　「那都是大家亂傳的阿……」Ghacho無奈地說著：「唉～難道說許多傳說故事都是這樣來的嗎？」

　　「Ghacho你喔……就不會說點讓我有信心的話嗎？」賴科翻白眼。

　　「是是是……我會保護你跟Isabel的，這樣可以嗎？」

　　「Ghacho這麼貪心阿？」Isabel跟賴科都笑了出來。

　　「啥？」可憐的Ghacho仍然搞不清楚狀況。

　　一行人到達Cikasuan後，同樣受到熱烈的款待。

　　「我想……Takoboan應該跟你們說了不少有關我們的評價吧？」長老無奈地說著：「你們能體會跟一個既強大、又經常出草的鄰居相處的感受嗎？以前我們還能常跟南邊的Fataan（註3）、Tafalong（註4）往來，中途還有許多Pangcah的村社，但在Bakuay多年來頻繁在路上埋伏、出草之後，往南走的路已經變得非常危險，中途的那些村社也都沒人敢居住了。我們當然知道可以反抗，但並不是每個村社都經得起傷亡的代價。所以……」

　　「我能理解。但我們並不是來這裡做裁決的。」賴科明白地說：「只要Cikasuan定期跟漢人通事繳交賦稅，派駐這裡的漢人通事就會幫

你們擺平紛爭。」

「那麼……接下來你們還會繼續前往Fataan跟Tafalong？」長老問著。

「那當然。」賴科毫無畏懼的回答。

事實上，賴科一行人還是在Cikasuan待了一段時間。

「Ghacho阿──你的新發明完成了沒呀？」賴科每天都跑來關心。

「唉唷……別催啦……」Ghacho嘴巴碎碎唸，但也是很得意自己的新發明：「這裡的河流跟Kimassauw那邊很不一樣，河床很寬、但水很少，所以我打造出用牛拉的水陸兩用車！我打聽過，沿著河床一路往南就可以到達Tafalong。河床上幾乎都是石頭，不利Bakuay藏身襲擊。就算被襲擊，牛車有鐵皮防護、加上弓箭和火槍反擊……情況危急時還可以燒牛尾巴……」

註

1 薄薄社，位於薩奇萊雅族以南的北部阿美族村社，鄰近荳蘭社。
2 荳蘭社，位於薩奇萊雅族以南的北部阿美族村社，鄰近薄薄社。
3 貓丹社，為縱谷阿美族村社，後改稱馬太鞍社，鄰近丹郎社。
4 丹郎社，為縱谷阿美族村社，後改稱太巴塑社，盛產螃蟹。

第5話　知維地岸

　　六輛水陸兩用牛車從Cikasuan一路南下，沿途遇到一些Bakuay，但卻並未引起任何衝突——或許從Bakuay的角度看來，活像是六隻拖著大鐵箱的水牛在野外遊蕩，雖然感到莫名其妙，但也不認為有出草的價值，就讓牛車隊就慢吞吞的晃到Tafalong。唯一讓Ghacho感到非常尷尬的是，Basay跟牛牛實在很不熟，有些牛顧著睡午覺、有些牛顧著找自己喜歡吃的草，整個車隊有點亂七八糟就是了。

　　一行人接連拜訪了Tafalong、Fataan，Pangcah們對於這群以奇妙方式通過Bakuay出草領域的天外訪客感到既驚又喜，紛紛獻上許多美食、禮物，賴科也承諾將來一定會好好照顧他們。

　　幾天後，在Pangcah的協助下繼續往南，拜訪了東側山脈中的小村社Kiwit[註1]，再沿著切穿山脈、水量豐沛的湍急河流直抵出海口左岸的大村社Ci'poran[註2]，同樣受到當地人的熱情歡迎。閒聊之時，才得知其他漢人通事口中的崇爻九社[註3]最後一個Ciwidian[註4]還要再沿著東海岸往北。於是賴科跟Ci'poran長老借了三艘小船，一艘由一路隨行護衛的Basay傭兵划回Sakizaya美麗海灣、通知通事屋旗艦和漢人帆船往南推進到Ciwidian外海，另兩艘分別搭載Ghacho等三人、以及另外六名漢人通事直抵Ciwidian。

　　Ciwidian海邊小山丘上，賴科爬了上來。

　　「賴科忙完了嗎？」Isabel問著。

　　「終於討論完了……」賴科喘了口氣才繼續說：「Pukpuk和

Natauran、Fataan和Tafalong、Kiwit和Ci'poran都是距離相近的兩個村社，各派駐一名漢人通事。Sakizaya和Cikasuan的關係惡劣，需要各派駐一名擅長溝通協調的漢人通事、妥善處理才行。至於Ciwidian這裡……不知為何，潘通事對這個小村社特別情有獨鍾，搞不好他想把整個潘家都搬過來這裡呢！總之，潘通事願意單獨派駐Ciwidian，崇爻九社的分配就底定了。」

「我不懂，賴科怎麼沒有打算在這裡建立通事屋呢？」Ghacho問著。

「你們沒發現嗎？除了St. Jogo之外，其他每個有通事屋的Basay村社，都是我們奮力解決了村社的困境，通事屋才順利建立起來。而這裡的Sakizaya和Pangcah只是單純見聞到Kimaurri通事屋的繁榮而已……所以現在我寧願先讓其他漢人通事進駐，等未來適合時機再來建立囉……」

註
1 芝密社，為縱谷阿美族村社，盛產蟹草。
2 芝舞蘭社，海岸阿美族村社，傳說中阿美族最早登陸的地點之一。
3 康熙三十二年已有漢人抵達東部，回報此處有崇爻等九個番社。
4 水璉社，海岸阿美族村社，阿美族語「此地多蛭」之意。

第6話　王國的興起

順著東北風，通事屋旗艦繼續南下。Ghacho、賴科和Isabel第一次在海上度過Palilin，在船尾樓內吃著海上捕來的魚，頗為新鮮。

「賴科……我們已經離Taroboan很遠了……你還繼續叫Basay駕bangka來傳送情報……他們這樣很累的……」Ghacho為族人抱屈。

「我知道……但我們這趟出來的時間很長，要是又像大地震、大洪水那年一樣許多村社都出現危機，而我們在遙遠的地方毫不知情，等回去都不知道會變得多麼糟糕了……掌握情報是很重要的！」賴科解釋著。

「好吧……那……我還想問，在Ci'poran時，那個長老說我們繼續往南還有Pangcah村社可以拜訪，但要小心Puyuma（註1）、Seqalu（註2）和Tocupul（註3）的戰士，後來又聽到你跟其他漢人通事在講什麼王、什麼國的……我聽不太懂，你能解釋一下嗎？」Ghacho好奇的問。

「這……」Ghacho的問題確實讓賴科感到不好回答，因為Basay只有村社和族群的認知，賴科只好嘗試解釋：「那個長老是說Puyuma有個非常強大的頭目，他可以號召全族戰士一起攻打Pangcah村社，所以漢人才說可以把那個強大頭目稱為Puyuma大王。」

「至於Seqalu和Tocupul嘛……Basay雖然會以年齡區分階級，但種田、打獵大家都會一起做，頭目也是互相推舉的……但Seqalu和Tocupul聽說都是同一個家族一直擔任許多村社的總頭目，他們的工作是統治許多村社，帶領戰士保護村社，代表全體村社跟其他外族交涉，當然也跟每個村社徵收賦稅……雖然還不到皇帝的程度，但有點像一些南洋的王國，總頭目的家族就像貴族一樣，總頭目就是國王了……」賴科想破頭

解釋著。

「雖然我們不是同一個家族，但聽起來通事屋好像也有點像是在統治Basay耶……那賴科是Basay的國王囉？」

「喂！不一樣好嗎？」賴科跟Ghacho抗議：「我才不想當什麼國王呢，當個海商還比較自由自在……」

「對阿～Ghacho你誤會了啦，我們是一起同甘共苦的好夥伴呀。」Isabel跳出來圓場。

一行人拜訪了Puyuma、被凶狠的趕走之後，沿著東海岸繼續南下，沿途都是Seqalu的村社，最後才終於找到一個自稱Pangcah的老人。

「欸──這裡也是Seqalu的統治範圍？」三人異口同聲驚呼。

「是的……」年老慈祥的頭目笑著說：「不過，這裡的確是Ci＇poran長老說的Lonkiauw Amis（註4），你們可以放心待在村社。但我們也確實無法再跟漢人通事繳稅了，因為我們只能繳稅給Seqalu、換取安全……」

註
1 卑南族，卑南語團結之意，亦可指卑南社。
2 斯卡羅，一個強大的卑南族村社統治多個排灣族村社的部落王國。
3 大龜文，由許多排灣族村社組成組織嚴密、階級分明的強大王國。
4 台灣最南端的瑯嶠阿美族村社，Amis為阿美族語來自北方之意。

第7話　Sanasai

　　「這幾個月來，走訪了好多村社，見識了好多不一樣的人事物。例如說Sakizaya跟Pangcah雖然語言不通，但他們都很會養豬、很會煮野菜湯，或許在同一塊土地住久了，就會越來越像了吧……」Ghacho說著。

　　「那Talebeouan以後會不會變成Kavalan呢？」Isabel跟著話題。

　　「說不定喔……」Ghacho繼續說著：「另外阿～他們竟然也有Sanasai傳說呢！而且按照Falangaw[註1]長老的說法，走到東海岸，正前方的島就是Sanasai！只是越往東方、往北的黑色海流就越強，所以一直都沒人回到Sanasai過……但是呢，現在我們有了通事屋旗艦，只要把風帆調整到適合角度，就能到Sanasai了！」

　　「真的嗎？很期待耶！真的要謝謝賴科帶我們來這一趟，還有Ghacho厲害的指揮通事屋旗艦呢。」Isabel也繼續閒聊：「另外，Ghacho你有注意到賴科在船上準備的木箱嗎？」

　　「這裡面裝什麼東西啊？」Ghacho好奇的問。

　　「這些是綠豆，只要澆澆水很快就能長成豆芽菜。另外，還有只需要一點泥土就容易生長的葉菜。這可是漢人遠洋航行不容易生病的祕密喔！」Isabel說著：「忽然想到，聖經裡面有個挪亞方舟的故事。很久以前上帝告訴挪亞將會有大洪水，於是挪亞打造了一艘可以讓許多人、動物和植物生活一段時間的大船，成功地度過災難。現在這艘通事屋旗艦上應有盡有，就好像是我們的挪亞方舟一樣呢～」

　　不知為何，賴科從頭到尾不發一語，只是微笑著。

　　不久後，通事屋旗艦到達島嶼外海，發現有好幾艘造型獨特的獨木舟在近海捕魚，Ghacho原以為到達Sanasai了、很興奮的跟漁民打招呼，

但對方似乎完全聽不懂。Ghacho也聽不懂他們的語言，只感覺他們好像一直重複著Tao^(註2)的發音，Ghacho只好也不斷重複說著Sanasai……

後來陸續有漁民手指向北方，Ghacho往北方仔細看，似乎真的還有個小島；接著又往西邊看，確實看不到陸地，顯然這是一座比Sanasai離東海岸更遠的南方島嶼。討論過後，大夥還是決定通事屋旗艦往北前進。

在Ghacho的指揮下，通事屋旗艦收起全部風帆，只靠黑色海流帶動飄向北方。傍晚時分，終於抵達小島。Ghacho這次先往西邊看——總算看到陸地，而那前後兩大山脈的特徵，確實就是Ghacho在東海岸眺望Sanasai之地的背景！此時Ghacho終於忍不住興奮的大喊：「阿舅！我真的找到Sanasai了！」

註
1 馬蘭社，住在卑南族附近的南部阿美族村社，長期受卑南族壓迫。
2 達悟族，自稱為人的意思。

第8話　通貨膨脹

返回東海岸的航程中，大夥吃著Tao贈送的飛魚乾——那是賴科用船上的鹽和布料送給Tao、而獲得的回禮。

Ghacho指引作為水手的Basay張開三面橫帆，讓船在被海流往北推動時、也能帶有往西的動力。這一段航程特別顛簸，連慣於搭船的Basay都感到非常不舒服。直到橫越黑色海流、靠近東海岸後，才順著東北風往南航行。

回到Lonkiauw Amis村社，跟漢人的jong會合後，賴科跟Ghacho承諾，繞往西部之後不會再派出傳送情報的bangka。然而接到的最後一則情報，讓賴科一下子陷入沉重的思緒。

「今年收成季節，Senaer和Kavalan願意交易的稻米更少了……有可能是真的收成不好，但也有可能是儲藏起來、等之後交易到更好的貨物。總之，各村社通事屋都回報已經快付不出糧食了……」賴科嚴肅的說著：「過兩三天再出發吧，讓我思考一下……」

「能不能先用白銀支付？再讓大家各自去交易糧食？」Isabel提議。

「那樣做只會讓白銀的交易價值越來越低。」賴科回應：「事實上，之前為了度過困難、交易來大量稻米，就已經付出相當多白銀了……」

兩天後，賴科通知Ghacho準備啟航。

「咦？賴科解決問題了嗎？」Ghacho也很關心。

「嗯……我是想好了解決方法，但那個方法現在還做不到。」

「不過賴科肯定有安排能暫時度過危機的方法吧？」Isabel仍然對賴科很有信心。

「不愧是Isabel……」賴科苦笑地說：「我的應急方法是——把現在出產比較過量的煤礦和鐵器拿到Sakizaya、Pangcah村社交易野菜、豬肉、小米等食物，然後請通事屋的夥伴協助引導Basay調整飲食習慣，先度過這段時間……」

「那之後呢？」Ghacho非常好奇。

「之後就要找府城的漢人官員。」賴科微笑地說：「另外……接下來這段時間通事屋停止支付白銀。等Ghacho回Kimaurri把白銀鑄造成pila……」

通事屋旗艦繞過台灣最南端後，意外發現沿岸有跟漲潮時間一致的海流，配合減弱的風勢逆風前進，才漂流到西部外海。不知不覺中，到達一個許多船隻往來、岸上人潮跟建築都多到遠超過Ghacho想像的地方。

「通事屋旗艦停這裡吧，我們搭bangka上岸。」賴科說著。

上岸後，一條東西大街、四通八達小巷，漢人屋舍密集，牛車滿街來往，還有許多人直接騎在牛背上。有幾間華麗的建築竄出濃煙，Ghacho以為發生火災，賴科說那叫寺廟、是跟Basay祭祀神靈類似的地方。

「原來這就是漢人城市阿……」Ghacho張大的嘴巴久久合不起來。

第9話　臺灣府城

幾日後，賴科與另外六名漢人通事，一起進入知府衙門。

「不愧是賴通事，今已薙髮易服……識時務者乃為俊傑阿。」帶路的尹參軍對賴科稱讚道。

賴科只能尷尬的笑了笑，隨即踏入公堂。

「知府您好，草民為大雞籠社通事賴科。吾等七名通事上訪府城，帶來山東番地之物產，以及吾等之好消息。」賴科揖手鞠躬道。

「賴通事鼎鼎大名，早已是府城官民皆知的優秀通事。今一睹風采，果真如尹參軍所述，是位雄才大略的年輕美男子。」知府微笑的說：「眾皆以為後山皆為凶狠嗜殺之野番，官民莫敢涉險。諸位通事竟如此勇於深入險境，本府甚感敬佩。說吧！賴通事帶來什麼樣的好消息？」

「誠如知府所言，野番性嗜出草，路途凶險難測。吾等七人，只得晝伏夜出，越度萬山，始達東岸。這才發現東部崇爻九社禾黍芃芃、比戶殷富，知吾等為唐人，便爭相款待，並導遊各番社。」賴科見已引起官員興趣，便接著說：「其實，崇爻九社土番早欲歸順官府，與山西通貨往來。然亦苦於野番險阻，屢戰屢敗。故託吾等懇請官府派兵相助，鑿山通道，令東西一家，共輸貢賦，為天朝民矣！」說完即令官府衙役把番社的物產上呈官員，官員們嘖嘖稱奇。

「山東竟有意欲歸順之土番，確實是好消息。然而臺灣地方千里，兵力有限，數月前亦有民亂……崇爻九社是否有派兵前往之價值呢？」知府回問。

「號曰九社，實為概稱。草民估計山東土番至少萬人，有番餉之

利。且平地至海，較西為廣，若善加拓墾，殷實地利實難估計！」賴科信心十足的說著。

「本府知悉。派兵之事，需上呈臺廈兵備道，另行通知。」公堂之上一番議論後，知府做出決策：「至於崇爻九社，本府考量距大雞籠社甚遠，賴通事轄下之番社亦多，故決議社餉隸附阿里山社，並利未來東西開拓。」

「吾等遵命！」七名通事同聲受令。

府城街上，一家北方麵食店內。

「嘿……賴科，你真的很會胡扯耶，我們之前哪有什麼晝伏夜出、翻山越嶺阿？」聽了賴科描述跟官員交涉過程的Ghacho，忍不住笑了出來。

「總不能說我們遊山玩水很開心吧？」賴科咕噥著：「哎～Isabel做的辮子頭假髮雖然很像，但頭髮黏黏的不舒服阿……」

「賴科這樣才像漢人阿。」Ghacho邊說邊把玩辮子。

「不好意思呀～下次我會做更好的……」Isabel接著問：「那……照賴科這麼說，通事屋以後就無法跟Sakizaya和Pangcah往來了嗎？」

「不會啦～只是上繳給官府的賦稅，繳交到阿里山社而已。我們還是可以持續派出bangka到那邊交易。」賴科說著：「不過這證明了，那些大官仍然只會在陸地上劃分範圍、避免獨大，不懂如何用交易促進連結……」

三人吃飽喝足後，又繼續在府城大街小巷到處逛……

第10話　大肚番王故地

「欸……可惜賴科說我們在Palilin之前要回到Kimaurri，不然還真想在府城多待幾天……這裡的牛好像比東部的還要大隻，除了載人、載貨之外還用來耕作水田……許多地方都跟北部很不一樣呢……」Ghacho不捨的說著。

「嗯嗯……難得終於找到賴科說的北方漢人用麵粉做的食物呢，麵條、包子、饅頭、餃子、燒餅……還沒機會全部品嘗呢……」Isabel惋惜著，但接著說：「不過Basay快沒糧食了，我們不能獨自在這裡享受，還是該回去幫助族人才行。」

「Ghacho聽到沒～趕快啟航吧！」賴科催促著。

「賴科……」Ghacho說：「從我們到達西海岸後，一直都是靠著逆風的帆和沿岸的海流推動的，雖然比東部的黑色海流弱，但西部的東北風也比較弱，所以沿岸流還有推進力。以我的觀察，只要漲潮、沿岸流就會往北，但只要退潮、沿岸流就往南流。所以，我們只有趁漲潮時才能航行，退潮時就要靠岸下錨、以免飄回去。而且，正因為我們離岸不遠，就算漲潮時間在晚上我也不敢航行，以免觸礁沈船……觀察大自然是很重要的！」

「Ghacho……現在還在漲潮……但通事屋旗艦停下來了耶……」賴科跑到甲板上，看到Ghacho早已站在船首沉思，也就不再多說。

「今天先在這裡下錨吧……讓我觀察一下狀況……」Ghacho也有點失去了之前的自信：「不知道接下來何時才能繼續往北，我想順便駕

bangka上岸取水，把船上的儲水槽補滿。」

「我們一起去吧。」Isabel拉著賴科說著。

三人另帶5名Basay傭兵同行，在一個五條小溪匯聚的出海口上岸，發現溪水仍然混著海水，便用鐵皮盾牌組裝方陣推車，弓箭、槍枝、水桶備齊，才往家屋聚集的方向推進。

這裡是一片幾乎都被開墾為田地的平原，而緊鄰平原東側的台地，越靠近越像是連綿不絕的高聳城牆。沿途偶遇當地居民，但都語言不通。直到一名身穿漢服的中年男子主動靠過來問話，賴科才出面交談。

「漢人通事阿～你們可知這裡是大肚番王^{（註1）}轄下的牛罵社^{（註2）}嗎？不繳稅的話要砍頭的唷～」中年漢人笑著說：「哈哈！嚇嚇你們的，那已經是二十多年以前的事，現在不過是普通的番社罷了。需要水的話，前面山腳下有個有求必應的靈泉，你們去求求看吧～」

一行人順利取水後，Ghacho忽然靈光一閃，推測無法前進的原因可能是北方沿岸流的流向正好相反，於是趕緊返回船上。等到退潮時刻，北方的沿岸流果然改往北流，通事屋旗艦總算得以繼續前進，返回北部。

註
1 曾經統領台灣中部許多村社的首領，被劉國軒擊敗後逃往山區。
2 Gomach，位於中部海岸平原的拍瀑拉族村社，東側山腳下有天然湧泉。

台灣南部各族群的分布

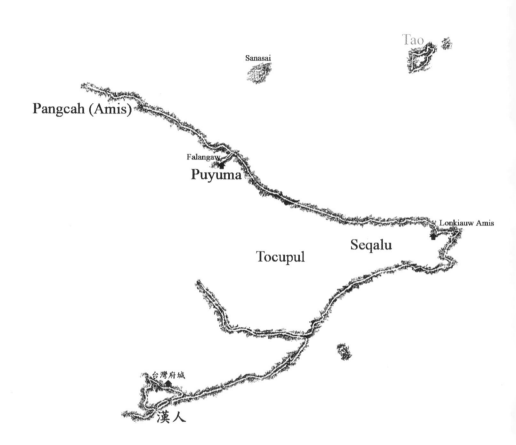

Tao

Sanasai

Pangcah (Amis)

Falangaw

Puyuma

Lonkiauw Amis

Seqalu

Tocupul

台灣府城

漢人

Bitter的台灣奪回計畫

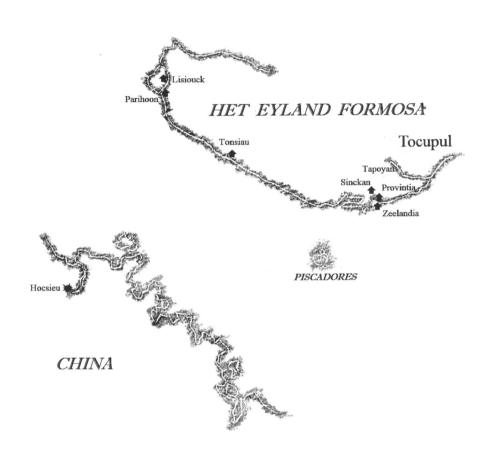

第11話　Bitter的終極計畫

1695年冬，VOC傭兵們又回到Parihoon，只是這次情勢截然不同。

「上尉，你確定要遵守跟漢人通事簽署的協議嗎？他不過只是一個小小的漢人通事罷了……」中尉頗為瞧不起漢人通事。

「若不是對方認為我們還有利用價值，我們早就被丟到河底餵魚了，哪還能讓你現在開口說話呢？」Bitter笑著回答：「某方面來說，如果沒有當面談過，我還真的不曉得這個漢人通事竟有如此野心。既然目標一致，結盟讓雙方都能壯大，總比繼續互相廝殺、兩敗俱傷來的更好吧？」

「可是我們的彈藥、火槍、火炮都被他們搶走了……」中尉仍然不爽。

「年底情報交換時，就說因為對方願意停火並結盟，因此我方臨時變更策略，讓大雞籠社通事做為我方在台灣北部的代理人，如此VOC亦可只專心致力於奪回台灣中南部。同時為了增強對方軍力，才把彈藥和武器暫借給大雞籠社通事使用。」Bitter交代著。

「但我們過去一直以來的行動都是在台灣內部製造動亂，嘗試讓漢人感到難以治理而主動放棄台灣。若如上尉所說，這次我們豈不是要公開對清帝國宣戰？先不論VOC是否有足夠軍力發起進攻，VOC現階段的公開政策仍然是跟清帝國商談、尋求貿易特權吧？」中尉仍然不解。

「我這次也一樣沒有要公開宣戰呀……」Bitter露出一抹邪惡的微笑。

聖誕節前夕，VOC的商船照慣例停泊在Parihoon外海，為Bitter一行人提供物資補給、並進行情報交換。

「Bitter上尉，你一口氣就把彈藥和武器都送給大雞籠社通事，就算是東印度出身、對你的行動比較支持的Outhoorn總督（註1），也沒那麼大方吧！」船長不可置信的說著。

　　「我是目前VOC在台灣的最高軍事長官，這是我職權內能做的事。此外，未來若VOC順利奪回台灣，從大雞籠社通事那邊能獲得源源不絕的高品質硫磺，長遠來看對VOC的火藥儲量反而更為有利。」

　　「好吧……但是，你另外提出的這個突襲行動，又需要用到大量炸藥……就算你的行動成功了，在VOC不可能公開宣戰的情況下，你要如何趕走駐守在Zeelandia（註2）和Provintia（註3）附近的清帝國士兵呢？」

　　「漢人通事在許多村社欺壓原住民，加上我多年來的努力，許多部落首領、想叛亂的漢人已經與我們暗中結盟。一旦我們發起信號，他們就會圍攻那些失去火藥的清兵……最後VOC就能以協助平亂的名義光榮回歸！」

註
1 Willem van Outhoorn，出身印尼安汶島，1691年起任職VOC總督。
2 荷蘭統治台灣時期興建的城堡，國姓爺攻下後改名為安平鎮城。
3 荷蘭統治台灣時期興建的城堡，後被當地人稱為番仔樓、赤崁樓。

第12話　復仇者聯盟

　　1696年初，Bitter率領20名VOC傭兵，以及在台灣潛伏多年來、致力匯集有意推翻清國統治的各方人士，沿著西部陸路由北往南逐一通知即將起事。這些復仇者們，有的是不願漢人勢力深入、取代原有神聖權威的北部村社頭目，有的是不堪漢人通事惡意欺壓與過重勞役的中部村社頭目，有的是想反清復明的南明宗室後裔，有的則是想擴大勢力範圍的南部跨部落王國統治者。Bitter明白，復仇者們各自的期望與VOC之間必然存在著利益衝突，但身處當下情勢，每個人的目標都是一致的。

　　「上尉，Lisiouck的Penap[註1]那邊不用去通知嗎？」中尉問著。

　　「Penap的排外性很強，連那個Basay的矮小漢人通事都不敢進去。放心吧，只要外界有亂，他們得到消息，肯定會動手。」Bitter如此回應：「所以，我們就直接南下吧！」

　　一行人到達Tonsiau[註2]後，與三名頭目隱密會談。

　　「我們這裡的漢人通事黃申真的越來越惡劣了！除了永遠做不完的勞力工作之外，連我們要去獵鹿、都還要先繳交銅錢跟稻米！」頭目生氣的說著，隨後又低聲表示：「但要是宰了黃通事跟他的同夥，我們的村社就會被府城來的士兵鎮壓，附近的村社雖然也有不滿、但還沒有足夠的反抗決心，只靠我們村社是打不過那些士兵的……」

　　「各位放心，我們冬季就會起事。明年你們就可以大膽的宰掉通事，北中南的盟友會牽制各地的清國士兵，而且那些士兵到時都沒有火藥可用……你們有勝算的！」Bitter信心十足的說著。

　　一行人再往南抵達Sinckan[註3]，在漢人吳球的家中祕密聚會。隨行的南明宗室後裔朱祐龍現身，令這群急欲反清復明的志士為之振奮！

「真沒想到⋯⋯當年鄭荷兩方勢不兩立，如今卻合作抗清⋯⋯」朱祐龍感嘆地說著。

「時勢變化，永遠難以預料。年底我們發動襲擊後，在台灣和福建的清國士兵保證都無法再使用槍砲。明年就看各位大展身手了！」Bitter透過翻譯跟吳球約定起事時間。

一行人最後抵達曾經打敗過VOC傭兵的Tocupul，同樣跟總頭目約定明年的起事時間，並在貴族的見證下與總頭目簽訂未來Tapoyan[註4]以東的村社都歸Tocupul管轄的條約。

歷經數月奔波後，Bitter與傭兵們終於集結了復仇者們，準備返回Parihoon，點燃起事的狼煙！

註
1 歷代里族社頭目的稱呼。與西班牙人、漢人都曾發生過衝突。
2 吞霄社，位於西部海岸的道卡斯族村社。
3 新港社，位於臺灣府城附近的四大番社之一。
4 下淡水溪，為流經馬卡道族領域的台灣南部最大河流。

第13話　行動代號：Logi

　　Bitter與中尉搭乘著琉球商船，正在前往福建首府福州的航行途中。

　　「我們VOC傭兵竟然在矮小漢人通事的安排下、偽裝成琉球人、到清帝國內部執行機密任務……這是什麼樣的組合阿……」中尉笑說著。

　　「這大概是成功率最高的方法了……」Bitter回應著。

　　「上尉我懂你的意思，不過行動代號是不是拼錯了？你想隱喻的是火神Loki (註1)對吧？」中尉似乎想刻意放鬆，竟然閒聊了起來。

　　「不……自從英國佬興起之後，越來越多人誤以為Loki是Logi (註2)的英文版本，實際上Loki一直都是惡作劇之神，Logi一向都是巨人族中火的化身。有次Loki在外界冒險時，還跟Logi比賽吃東西呢。」

　　「喔？那麼最後是誰贏得了比賽？」中尉好奇了。

　　「野火吞滅萬物的速度當然比一口一口吃要快多了。」

　　「哇喔……那麼……希望這次Logi同樣能引領我們贏得比賽勝利囉～」中尉與Bitter相視而笑。

　　一行人跟著琉球商人直抵福州港，承平多年的守衛只有做做樣子的簡易盤查，對喬裝成琉球苦力的VOC傭兵也不疑有他，就放行讓眾人搭上接駁小船直抵柔遠驛。

　　「待會琉球商人會假裝帶我們到街上採買用品，讓我們實地確認襲擊地點、前進和撤退路線，晚上再潛入營區調查內部詳細配置，一切都準備就緒後，才正式展開行動！」Bitter清楚地下達命令。

　　三更半夜，Bitter跟20名VOC傭兵身披黑色風衣，大衣底下藏滿炸藥，避開打更的更夫，悄悄的抵達福州城火藥庫營區圍牆外。傭兵們幹練的依序翻進牆內，3個小隊分別到3棟火藥庫門口外就定射擊位置，

Bitter和中尉轄下的第1小隊則到營區門口埋伏援軍。

　　準備完畢後，Bitter發射信號彈！VOC傭兵們精準的槍法迅速擊倒全部守衛，接著動作迅捷的破壞火藥庫大門，然後把隨身攜帶的炸藥全數放入火藥庫內、接著退出火藥庫、跳到圍牆上，第1小隊也退到營門外，拉開距離後用火槍往火藥庫內集火射擊——

　　「碰！碰！碰！碰！碰！轟—隆—碰—磅！！！！！」

　　3棟火藥庫同時引爆！爆炸的高熱風暴讓四周榕樹瞬間燒起來，震波把火藥庫的磚牆炸成滿天飛磚，飛濺四射的火彈立刻引發各地火災！傭兵們早有心理準備，在炸開的瞬間直接翻身摔落營區圍牆底部，隨即趁混亂撤離現場。而這地動天搖的大爆炸，還在持續狂吼著……

註
1 北歐神話中居住在阿斯嘉的神祇，主神奧丁之子，雷神索爾之弟。
2 北歐神話中的火之巨人，始祖巨人尤米爾的後代。

第14話　郁永河

　　康熙三十四年，榕城^(註1)巡撫衙門內，正召開諮議。

　　「郁師爺^(註2)這回還是沒出席？」

　　「下官派他到汀州府武平縣出差。」王同知^(註3)如實回答。

　　「這郁師爺特立獨行，官府上下無人不知。一把年紀了還整天在外遊蕩，不好好處理案牘，也不結黨營派，實在是個怪人！」

　　「哈哈……」巡撫^(註4)笑著說：「本府曾與郁師爺聊過幾次，深為其廣博見聞所折服。郁師爺與本府同年，若有志於官場升遷，說不定也已達到巡撫之位。人各有志，莫怪郁師爺。」

　　「就是知道他有才能，卻只醉心於旅遊，恨鐵不成鋼阿。」

　　「好啦……回歸正題吧。本府今日召開諮議，主因高道員^(註5)任期屆滿，將高升至浙江赴任，故安排最後一次諮議。」巡撫開始進入正題：「根據淡水巡防彙報，甲戌年^(註6)北臺地動不休，平原陷為大湖。按常理番人飢荒、動亂難免，但實際情況卻與往常無異，其因何在？」

　　「據下官所悉，北臺有位大雞籠社通事賴科，深受番人愛戴，震災後動員社船往返救濟，穩定了局勢。」高拱乾回報。

　　「區區一位番社通事，竟有如此本事？實不可小覷……」在場官員莫不甚感驚訝。

　　「依下官所聞，臺灣各地通事常令番人苦於徭役，或藉言語不通、從中牟利，這位賴通事能動用大量物資卻仍受番人擁護，確有其過人之處……」高拱乾繼續說明。

　　「如此優秀之通事，或許有詳加調查之必要……」巡撫暗忖。

鐵巖峭壁上，清風徐來。一名中年官員抄起身旁的酒壺，斜磨歪倒了一杯紹興酒。

　　「這樣來回也走了四趟了呢！無論是鐵巖高聳，九礵江湍急，多走幾趟也就克服了！呼～爽快！」中年官員說完，一乾為淨。

　　「郁師爺……呼……您別走這麼快阿……」同行的下屬氣喘吁吁的趕上。

　　「喔～我休息夠了，要走囉！」中年官員拍拍屁股，準備繼續上路。

　　「郁師爺……呼阿……饒了我這條老命阿……」

　　「八閩^(註7)遊遍矣！」中年官員得意的大笑著：「接下來只剩臺灣府了！回去跟王司馬打聽看看是否有出訪至臺灣府的差事吧！」

註
1 福建首府福州的雅稱，源自宋代起在城內遍植榕樹。
2 郁永河，時任王仲千同知府內幕賓，別稱師爺，為官員私聘顧問。
3 王仲千，時任福建省轄下同知，別稱司馬，為輔佐巡撫之副官。
4 卞永譽，字令之，祖籍山東。時任福建省巡撫。
5 高拱乾，時任福建分巡臺灣廈門道，曾編纂《臺灣府志》。
6 干支紀年，對應大清年號為康熙三十三年，對應西元為1694年。
7 福建自古即稱閩地。明末清初，福建省下轄八府，別稱八閩。

第15話　榕城火藥庫

康熙三十五年，寒冬深夜，郁永河正準備就寢，突然聽到槍聲大作。好奇湊近窗台，往槍聲的方向看去，只見眼前猝然沖天猛竄的烈焰，耳邊猝不及防的轟天巨響，焦灼的熱風、波傳而來的猛烈震盪與音浪，讓郁永河瞬間止不住搖晃、撞到地上！

榕城火藥庫⋯⋯大爆炸?!

飛散著火的團塊陸續砸中郁永河借宿的王同知宅邸，已有多處開始起火。王司馬踉蹌的跑到庭院中，開始指示驚醒的僕從們投入滅火。郁永河也趕緊穿戴正裝，下樓跟王司馬會合。

同時，火藥庫持續爆炸，暗夜火光照亮了整個福州城，高聳的濃煙、刺鼻的煙硝、城內各處起火與哀號，是郁永河此生從未見過的末日景象。

「王司馬，有什麼需要效勞的嗎？」郁永河問著。

「⋯⋯請郁師爺先代為指示宅邸救災事宜。待天亮後，巡撫必將召開臨時軍議。請郁師爺務必出席此次軍議，並準備好因應計策。」王仲千語氣沉重的交代：「榕城火藥庫是近期才撥交給我管轄的，現在⋯⋯我得去現場指揮了⋯⋯」

福建省巡撫衙門內，氣氛緊張的臨時軍議正在進行中。

「經初步檢視現場，火藥庫內五十餘萬斤火藥，全數炸毀。事發原因仍待後續調查，但以營區守備兵丁盡皆陣亡、且有槍擊之致命傷觀之，人為刻意引爆之可能性甚高⋯⋯」巡撫語氣嚴峻的表示：「如今整個福建已無火藥可用，火槍、大砲盡成廢鐵，軍力減損甚鉅！典守火藥庫的王同知，您有什麼看法？」

「是……下官已責成調查組織，務必查明引爆火藥庫之幕後黑手！」王仲千頭冒冷汗、繼續說道：「另外，下官之幕賓郁師爺提出補充火藥之計。北臺淡水、雞籠一帶盛產品質優良之硫磺，彼將親往產地採硫，數月內即可帶回榕城！」

　　「調查之事，為求公正理明，應由本府行之。」巡撫回應：「另外，責令各地駐軍加強戰備！無論往來之商賈、百姓，皆須嚴加盤查！」

　　「還有……郁師爺，這回可不能當作輕鬆的出差旅遊了……」巡撫這回板起臉孔說道：「請簽下軍令狀，此行務必剋日攜回硫磺覆命！」

　　「下官必不負眾望。」郁永河信心滿滿的回應。

　　回到住所後……

　　「太棒了！終於能到臺灣旅遊了！」郁永河興奮的自言自語：「趕快來找找跟介紹臺灣有關的書籍……阿！高道員編纂、今年才剛刊行的《臺灣府志》應該是本不錯的入門書。嘿嘿……難得能前往臺灣一趟，一定要好好體驗才行……」

第16話　兒時玩伴

「小公……再陪我玩一下嘛……」玩得滿身泥巴的好動小男孩仍未盡興。

「可是……阿爹說要回書房唸書了……」文靜的小男孩猶豫著。

「孩子們……你們還無法理解何謂亂世是理所當然的……然而讀書並非只是求取功名而已，也是探究廣大世界的入口。聽叔叔的勸，來唸書吧！」顧祕[註1]親切的與孩子們溝通。

「欸……顧叔叔……聽娘說，您跟我那素未謀面的父親是從小到大的好朋友，如果我好好唸書的話，父親會來看我嗎？」一身泥巴的小男孩問著。

「會的……只要時機一到……會見面的……」顧祕仍保持微笑。

後方迴廊柱旁，小男孩的母親聽到孩子的話，不禁潸然淚下。

順治十六年，戰火逐步逼近長江沿岸。位於京口的顧家大宅，聽到砲聲隆隆、殺聲震天，且越來越近，大宅內兩位少年都忐忑不安。不久後，大門傳來急促敲門聲：「南金先生在嗎？」

顧叔叔打開大門，門外的是國姓爺的軍隊，以及一位身著官服的中年男子，語帶哽咽的說著：「孩子……你已經長這麼大了……」

當年那個滿身泥巴的好動小男孩，此生第一次見到所謂的父親，一臉茫然。

　　永曆十三年，戰火再次逼近京口，情勢急轉直下。

　　「南金先生……你也勸勸他阿……何苦繼續堅持追隨魯王、過著顛沛流離的生活呢？」少年的母親、父親，以及顧祊等人，皆聚集在廳堂中，所有人面色凝重。

　　「……余考慮良久，此次亦決定跟隨國姓爺撤離。」顧祊下定決心：「敷公（註2），你也跟我走。快去收拾行李吧。」

　　「什麼！你們為什麼都……」少年的母親感到震驚與不解。

　　「余歸京口多年，始終未再受到重用。身處亂世，終須抉擇一方。盼余能輔佐國姓爺，未來再回京口，與郁夫人重逢！」顧祊道出苦衷。

　　少年的母親此時強拉住少年衣袖：「永河！你不准走！跟娘留在京口！」

　　兩位從小玩在一起的少年，在此混亂情勢中，不敢自作主張、違抗父母之命，只能就此不捨的分離……

　　「這一分離，竟已三十有八年！」渡海來臺、仍未從暈船中恢復的郁永河，頭暈目眩中，竟回想起少年往事：「不知顧君如今……是否安好？」

　　突然間，郁永河的房門被輕聲打開。

　　「郁君……多年不見……」

註
1 顧祊，字南金。曾一度降清，復又降明，渡臺後任承天府尹。
2 顧敷公，顧祊之子，與郁永河為同鄉。隨父渡臺後即定居臺灣。

國姓爺北伐

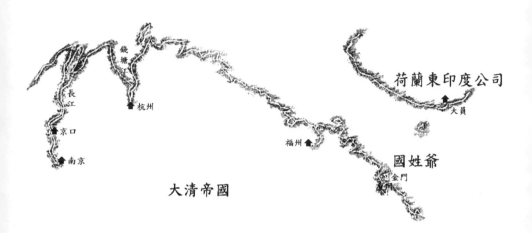

長江

鏡塘江

杭州

京口

南京

大清帝國

福州

荷蘭東印度公司

大員

國姓爺

金門

郁永河北進路線（四月初七日至十三日）

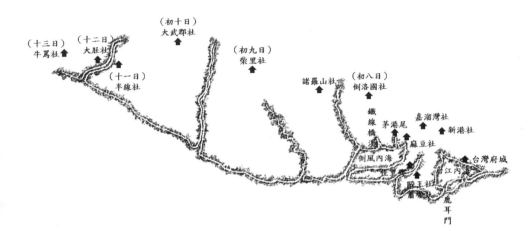

（十三日）
牛罵社

（十二日）
大肚社

（十一日）
半線社

（初十日）
大武郡社

（初九日）
柴里社

諸羅山社

（初八日）
倒洛國社

鐵線橋
茅港尾
倒風內海
嘉溜灣社
新港社
麻豆社
台灣府城
蕭壟社
歐王社
江內
鹿耳門

第17話　路線之爭

康熙三十六年，郁永河在府城待了兩個月，總算買齊採硫各項器具。自福州起便一路同行的王雲森[註1]好奇問著：「郁師爺買布做什麼呢？」

「余向郡守[註2]探聽，得知番人近來似乎愛好布疋勝過錢糧，故而買布與番人交易硫土。」郁永河回答。

「那～買糖又作何用？余素聞臺灣蔗糖品質優良，莫非郁師爺已沉迷於府城之冬瓜黑糖飲？」王雲森繼續開玩笑地問著。

「王師爺～黑糖具解毒及退火功效，此乃為煮硫工匠解毒所備。」郁永河說著：「不過臺灣的甘蔗確實上乘……多買幾根路上解渴也好……」

「郁師爺，您當真啦……」王雲森啞口無言。

一行人浩浩蕩蕩走往城西，身後載滿貨物的牛車隨行。臺灣府城雖有城之名，卻無城牆之實。蓋朝廷憂臺灣初定，難保反亂再起，據城堅守，故嚴令臺灣府城及縣城皆不得築牆，即使行政官署也僅用矮竹稍作圍籬。

抵達港口後，郁永河令差役把貨物陸續搬到由王雲森新買的海舶[註3]上。然而貨物還未搬完，郁永河突然叫停。隨後又直接在港口交涉，買了第二艘海舶，才令剩餘貨物都搬到第二艘船上。在場的人都對郁永河的舉動相當不解：「郁師爺，就算是花官府的錢，您也未免太闊氣了吧？原本的船看起來還頗有載貨空間，何以多買一艘船呢？」

郁永河曾聽聞有海商太過貪心、把船盡量塞滿貨物以節省船資，卻因吃水過深而遭遇大浪翻覆之事。第一艘船看起來也是吃水深的類型，

讓郁永河心生不安，但又不便批評明說，便說道：「這個嘛……余至港邊，忽覺此舟更令余心動，不如馬上行動啦。」

「郁師爺要親自去淡水？」郡守感到不解：「難道您不曉得雞籠、淡水環境惡劣嗎？去了就得病、得病後死亡率也高。派遣差役或水師前往，都一副要他們去地獄一樣。不如您坐鎮府城指揮、派僕役前往如何？」

郁永河來台就是想遊歷各地，怎肯安於窩在府城呢？於是郁永河回答：「採硫之地靠近野番社域，余現場坐鎮指揮，以防意外事故。」

「郁君北上，建議走陸路。台灣西岸多沙洲，海舶沿岸航行反而容易觸礁，遇到大風浪又不易找到港口停泊。若郁君堅持搭船，我就不去了。」顧敷公提出忠告。

「余依顧君之言。」郁永河接受了顧敷公的建議：「王師爺，您也一起改走陸路吧？」

「海舶便利，航行離岸即可。余仍決意搭船。」王雲森仍堅持己見。

註
1 與郁永河同為王仲千同知聘僱之幕賓。
2 靳志揚，時任臺灣府知府，任內推動在番社設立社學、引入儒學教育。
3 17世紀航行於海上的中式帆船，閩南語稱　　，外國稱為戎克船。

第18話　四大社

　　四月初七，採硫團隊終於自府城出發北上。王雲森早在初三即搭船，郁永河一行人則搭牛車慢行，首先抵達四大社^(註1)之一的新港社。

　　「我聽尹參軍說，去年七月新港社才發生吳球起事的動亂呢……顧君可知此事？」郁永河從牛車中一邊觀看番社景象，一邊問著。

　　「確有此事，不過諸羅縣治及台灣北路營駐軍，皆設立於附近不遠的佳里興^(註2)，所以很快就平亂了。」顧敷公回答。

　　「咦？諸羅縣治不是應該設立於諸羅山^(註3)嗎？」

　　「郁君待過府城後，應該瞭解官員不敢離府城太遠的習性了吧？」

　　「確實是這樣沒錯……」郁永河心想，看來官員們對淡水、雞籠的評語也要打折扣了。

　　牛車又陸續經過嘉溜灣社^(註4)、麻豆社^(註5)，郁永河沿途越看越是驚嘆，這些村社整齊清潔，完全與他想像中的番社不一樣。

　　「百聞不如一見，果然還是要親自走訪才知實況阿～」多年旅遊的經驗，讓郁永河始終深信實地踏查的重要性。

　　「新港社、嘉溜灣社、毆王社、麻豆社這四大番社，從國姓爺時期就開始對願意送小孩到鄉塾讀書的家戶免除徭役，久而久之，自然也就越來越懂得勤奮工作、累積財富了。加上又離府城近，習性當然就跟我們越來越像了。」顧敷公解釋著：「可惜毆王社^(註6)不在我們前進的路途中，無法讓郁君見識到那裡的富裕情景呢！然而，更往北方的番社，可能就比較接近郁君想像中的番社模樣了……」

　　一行人在麻豆社換車，原本打算晚餐後繼續往北方趕路。駕牛車的番人大概是看到佳里興派來的軍官帶來伙食補給，反正也跟郁永河的僕

從雞同鴨講，就把牛車逕往佳里興駕過去。等郁永河發現時，已經是夜晚二更了……。既然意外走錯路，郁永河想起顧敷公白天提到佳里興有駐軍，於是直接找駐軍營舍借宿一晚。

夜已深，郁永河卻還在跟守軍聊天，本想打聽風俗民情，最後卻聊到中原北方各地。直到瞧見刻漏（註7）竟達三十刻，才趕緊回房就寢。

註
1 離府城最近、受荷蘭人及漢人影響最深的四大原住民村社。
2 位於麻豆社及毆王社之間，明鄭時期即為漢人聚落。
3 得名自洪雅族的諸羅山（Tirosen）社，有荷蘭人開鑿的紅毛埤。
4 Backloun，位於新港社以北，同為府城附近四大社。
5 Toukapta，同為府城附近四大社，北側有倒風內海麻豆港。
6 Auong，亦常被稱為蕭　（Saulang）社，以捕魚、交易為主的村社。
7 水滴計時器。一刻為十五分鐘。若自太陽落下起算三十刻……

第19話　水陸兩用露營牛車

　　四月初八，昨晚熬夜聊天的郁永河還想賴床，被顧敷公拉到牛車上，搖搖晃晃中不知不覺繼續打盹。一段時間後，突然被熱鬧的喧嘩驚醒。

　　「這裡是茅港尾天后宮(註1)，據說非常靈驗。這一帶也是倒風內海(註2)最熱鬧的聚落。郁君想去參拜一下嗎？」顧敷公問著。

　　「既要趕路，又不捨名勝，真是兩難阿⋯⋯」郁永河深感苦惱。

　　牛車續往北進，陸續橫渡了茅港尾溪、鐵線橋溪，此處的地名和黑色的沙地都讓郁永河頗為好奇。

　　「顧君知道此地為何稱為鐵線橋嗎？明明沒看到任何橋梁阿。」

　　「郁君遊遍八閩，應該聽過閩南語吧？河床上的黑色沙地，閩南語稱為鐵汕，發音與官話鐵線相同。」顧敷公解釋著：「橋梁也是真有其物，只是每年冬季水少架起來，春雨後水漲湍急又沖毀，所以現在才沒看到橋。」

　　「不愧是顧君，讓我增長見識了。但我更寧願稱此黑沙為鐵板沙。」郁永河自得其樂地取名。

　　日暮時分，牛車隊才到達原本預定初七日就該抵達的倒洛國社(註3)。

　　「日前不久才聽說，東側山區佛寺有位禪師發現一處水火同源，不知郁君是否有興趣前往欣賞？」顧敷公繼續介紹各地風景名勝。

　　「唔⋯⋯」郁永河實在非常想到處遊覽，但想到王雲森乘著海舶、遙遙領先，郁永河只好忍痛回答：「下次有機會再來吧⋯⋯任務在身、不得不趕路阿⋯⋯」

於是，郁永河下令車隊不分晝夜持續前進。餓了就吃車上的乾糧，累了就倒臥車內睡覺。感受到劇烈搖晃而驚醒，原來又是遇到河階、牛車陡上陡下。隨著不時下雨，溪流水位漸高，有時水深到拉車的牛也踏不到底部，索性來個水牛飄。牛車雖然可以浮游，但飄久了還是會進水，只好雇用當地番人用游泳的方式把牛車加快推上河床沙洲。

越往北行，見到的番人模樣讓郁永河感到越來越驚異。背部紋身有如振翅飛翔的翅膀，肩膀到肚臍則有網狀交纏的花紋，手臂上則是猙獰的斷頭人像，手腕上掛著許多鐵製手鐲，許多耳環則讓耳朵顯得很大。此外，還有人把頭髮豎三角或兩角、或以雞尾巴插在頭髮上作為裝飾。

「對了，這一路看來，還有許多漂亮白皙的婦女呢……」郁永河煞有其事的說著。

「郁君……」顧敷公只能翻白眼。

註
1 後世鄉民傳說此廟曾預言大難，結果地震，媽祖洩漏天機遭禁錮百年。
2 廣大潟湖內海，因水陸交通便利，沿岸興起許多城鎮。
3 Doroko，位於麻豆社至諸羅山半途的洪雅族村社，亦有漢人入墾。

第20話　牛罵社的登山客

　　四月十三日傍晚，牛車隊抵達牛罵社，決定在此過夜。然而此處的漢人屋舍狹窄、且雨後地面潮濕，又看到番人的高腳屋，郁永河決定請當地漢人協助借住番人家屋。郁永河把床鋪搬到屋外雨遮平台，眾人不解，郁永河解釋：「方才顧君告知此時為梅雨季，南風吹拂亦將引起地面反潮，番人家屋離地甚高，屋外雖無門闌，可避潮濕不潔。」

　　隔日大雨，路面泥濘難行，郁永河只好再留宿一日。下午雨停，卻聽到持續不斷的海濤聲，令郁永河和顧敷公憶起故鄉的錢塘江怒潮。詢問社內的漢人，對方只說：「海吼是下雨的徵兆。」但郁永河想得知的是海吼的原因，得不到答案，只好自己猜想大概是北風和南風吹起的浪、在海面上持續激盪不止所造成的吧。

　　十七日，終於放晴。但根據當地人的回報，要前往大甲西社^(註1)的溪流因先前連日大雨而變成滔滔怒江，無法北上。郁永河坐在面東的床鋪上，看著因天氣轉好而雲霧飄散的綠意山麓，心情愉快。郁永河猜想，橫亙眼前的這座屏障後方，大概就是野番的村社了吧？這讓郁永河燃起好奇心，忍不住切換為旅遊模式，想爬到山頂上一探究竟。

　　附近的漢人嘗試阻止郁永河的行為：「郁師爺，野番常在山中埋伏射鹿，看到外人也會射箭，為了自身安全著想，還是別去吧！」

　　郁永河感謝告知，但仍撐著拐杖、撥草尋路上山。經過一番努力後總算爬到小山頂，但植物盤根交錯，難以立足。林木跟刺蝟的毛一樣密集，枝葉交雜到連大白天都顯得陰暗。抬頭仰望天空，跟井底窺天沒兩樣。明知想看的風景就在前方，但茂密的森林讓郁永河完全無法看見。附近只見小野猴跳來跳去，對郁永河發出老人咳嗽般的聲音；還有老猴

像是小孩子一樣，蹲著怒視不速之客。風吹進密林中籟籟作響，令人感到寒風刺骨。聽到瀑布的聲音，但也遍尋不著。直到看到大蛇在腳邊出沒，郁永河才終於決定下山。

　　十八日又下大雨，直到十九日雨停，郁永河盤算著兩三日後溪水減少即可出發。傍晚，有人提到在海邊看到兩艘海舶乘著南風往北，讓郁永河大吃一驚，以船行進的速度理應到達淡水才對，現在還在中部外海、肯定是遇到意外狀況延誤了吧？隔日，顧敷公安慰著煩惱的郁永河：「前幾天沒什麼南風，兩艘海舶當然前進速度不快，別擔憂太多啦～」

　　「可是我有簽下軍令狀阿……」郁永河苦瓜臉的說著。

註
1 為道卡斯族大村社，大甲之名即由Taokas而來。漢人亦稱崩山社。

第21話　王雲森的奇幻漂流

　　二十三日，郁永河終於忍不住催促啟程，這回仍是請當地善泳的番人協助浮渡，強渡仍然高漲的溪水。渡溪後所見的番人模樣又與之前不同，牛車駕駛胸背有豹紋紋身，村社中無論男女都把頭髮剪成跟佛陀類似的髮型，婦女的耳朵上還鑲著海螺、貝殼當作耳飾。

　　二十四日，牛車隊行至後　社。途中下車歇息時，意外發現王雲森竟然衣著破爛、赤著腳出現在路旁！郁永河大吃一驚：「王師爺怎會在此？」

　　「船毀了！我們游泳逃生……還好能在此遇到你們……」王雲森哭著說。

　　「你們遭遇了什麼事啊？」郁永河想了解情況。

　　「我們從初三上船後，因為沒有南風，船一直停泊在鹿耳門^(註1)，直到十八日吹起南風才啟航。但是風帆沒調整好，船誤入黑水溝^(註2)，巨浪又不斷湧來，船首幾乎要沒入水中！船夫非常害怕，紛紛向媽祖祈求保佑，又找不到可以停泊的港口，整夜惶恐。十九日一開始也是一樣的狀況，直到下午南風大作，船才快速北上。原以為此南風猶如天助，但沒多久風勢更強，舵的品質低劣，舵手努力想操控，舵竟然就折斷了……」

　　「此時蝴蝶繞船飛舞，船夫們認為是不祥之兆。之後風勢稍緩，又來了數百隻烏鴉停在船上，船夫們更說這是大凶之兆！船夫嘗試燒紙錢、驅趕都不離去，反而向人不斷嘎嘎叫。過段時間，風浪又變強，幾乎要沉船了！此時有人向媽祖卜兆，祈求行船平安，結果是凶兆！接著又祈求保全性命，得到吉兆！於是大夥把船上的貨物丟棄三分之一。到

深夜二更，總算看到一個小港，可惜沙淺無法入港，只好在港口下錨，眾人疲累就寢。」

「更慘的是，隔日凌晨五更時，錨忽然失去固定，船又飄向大海，在巨浪打擊下船首開始破裂！船長知道這艘船已經不行了，便召集所有船夫一起進行划水仙儀式^(註3)，此時眾人一起模仿鑼鼓聲喊叫，手拿湯匙或筷子拼命划，像是划龍舟的動作一樣。結果沒想到……船還真的靠岸了！雖然船也被海浪打得越來越破碎，眾人紛紛跳水、游泳上岸，總算保全性命！只是回頭一看，海面上也只剩下殘骸了……」

「那……另一艘船的情況呢？」郁永河急問。

「從十八日起，那艘船就遠遠跑在前頭，後來都沒遇到了。」

郁永河心想，已經走了一千里路，再花個幾天到淡水確認另一艘船是否到達，賭個運氣，總比直接放棄回程來的好。於是，會合王雲森帶來的生還者，郁永河的露營牛車隊，繼續向北前進。

註
1 台江內海的北側出入口，水道較窄且淺，但大潮時足以通行大船。
2 台灣與澎湖之間的水道有強勁的北向海流，色偏黑，俗稱黑水溝。
3 漢人傳說中船在海上情況危急、無法靠岸時，向水仙尊王祈禱的儀式。

第22話　餓俯三鹿一艋舺

　　二十五日，牛車隊到達中港社^(註1)的漢人家中午餐。郁永河見到門外有一隻大肥牛被牢牢關在木籠中，只能俯首蚰足、四肢無法伸展，漢人便說：「這是馴服野牛的過程。北方竹塹社^(註2)、南崁社^(註3)山區有許多野牛，經常成千上百整群出沒。請土番幫忙活捉後，先關起來讓牠肚子餓、之後再用飼料餵養，就能成為馴服的牛。師爺您看到這一帶拉車的牛，大半都是這樣來的。」

　　午餐後，繼續搭牛車北上，行經海岸沙灘，王雲森指出他們游泳上岸的地點，破碎的船板、斷掉的船桅都還在散布沙灘上，兩人只能嘆息。當日夜宿竹塹社，有個從淡水來的漢人說，二十日大風後有艘海舶抵達。郁永河聽了非常高興，便對王雲森說：「另一艘船到淡水了！採硫的工作還是可以進行！明日余先啟程至淡水開始安排工作，請王師爺這幾天再到海邊盡量收集還能用的器具。那些煮硫的器具，必然也會被沖到沙灘上。」

　　二十六日，難得出太陽的好天氣，郁永河心情愉快的搭牛車前往南崁社。沒想到一路上竟然完全不見人影、屋舍，甚至連棵可以遮蔭的樹都沒有，中午只能在烈日下挖掘土窟炊事用餐，遇到小溪才能取水沖涼。途中鹿群眾多，郁永河還驅使獵犬捕到三隻鹿，給大夥加菜。

　　二十七日，從南崁社沿著海岸行進，終於抵達八里坌社。眼前一條寬廣的大河，對岸顯然就是淡水社了。巧的是，沙灘上就有一艘小獨木舟，顧敷公說這是番人使用的小舟，閩南語稱為艋舺，於是郁永河跟顧敷公便划著艋舺到達對岸。

　　淡水社長張大注意到對岸的動靜、提早到岸邊迎接，郁永河說明來

由後，即請張大協助搭建採硫團隊所需的臨時屋舍。

　　「郁君，我聽說附近的大雞籠社通事賴科神通廣大、頗受番人愛戴，是否也請他來協助？」

　　「顧君，此地為淡水社，應尊重在地社長。況乎，余先前在府城即已聽聞賴科大名，對於好財趨利浮誇之人，余寧願保持距離。」郁永河早有主見。

　　隨後，郁永河前往檢視唯一抵達淡水的海舶，暗自得意當初選的這艘船果然比較好。不過此船遭遇橫風時也拋下一些貨物以避免翻船，所以最後統計，實際運達的採硫器具數量只剩當初在府城採買的五分之一……

　　五月初一，張大告知採硫屋舍落成。

註
1 Mckarubu，後　社以北的道卡斯族村社。此時已有漢人入墾。
2 Pocael，道卡斯族大村社，常與附近村社交戰，亦曾反抗鄭軍勞役。
3 Lamcam，與Parihoon密切往來，曾與中港社聯繫、與竹塹社交戰。

第23話　無涯大湖

　　五月初二，郁永河帶著顧敷公、張大及僕役、工匠共同搭乘海舶，從淡水港出發、前往採硫屋舍。

　　「水道越來越狹窄，直抵前方兩山夾峙處……海舶可入？」郁永河深表懷疑。

　　「郁師爺，此處為甘答門，內有大湖，海舶可行。」張大明確的回應。

　　郁永河半信半疑，走到船首，深感水道甚隘。然而，穿越甘答門後，水面突然急速開展——還真的是個寬廣到看不到邊際的大湖！

　　海舶續行一段距離，終於看到茂密草叢中、張大請淡水社番人搭建、依山傍湖的二十間屋舍。上岸後，郁永河安排好每個人的住所分配，便坐在屋前欣賞湖景。

　　「如同郁師爺所見，此地四周高山環繞，原為廣達百里的平原，溪流穿越其中，麻少翁社、奇哩岸社、大浪泵社（註1）沿著溪流起居生活。」張大向郁永河介紹著：「甲戌年四月，此地頻繁發生地震，番人紛紛害怕的搬離番社。沒多久，此地就突然陷落、變成大湖！這件事距今才不過三年左右而已……」一邊說著，另外一邊用手指著水淺處、露出水面的竹樹梢，原來那裡就是番社的舊址。

　　「桑田變回滄海，竟然就在眼前阿……」郁永河驚嘆著。

　　接著，郁永河注意到有類似湍急水流自峽谷傾瀉的巨大聲響，頗有山崩石落的雄偉氣勢。附近不遠處想必有高聳的瀑布吧……郁永河的旅遊模式又蠢蠢欲動了起來。然而接下來幾天四處探詢，卻都找不到瀑布的蹤跡。

五月初五，王雲森也抵達採硫屋舍，並帶來了一批冶煉器具。一切準備就緒，郁永河便請張大邀請附近番社頭目共襄盛宴，在採硫屋舍外搭棚辦桌。

　　幾天後，總共來了二十三個番社代表，分別為八里坌社、外北投社、大屯山社、圭柔社、小雞籠社[註2]、南港社、武溜灣社、里末社、擺接社、瓦烈社[註3]、雷里社、龍匣社、秀朗社[註4]、奇武卒社、塔塔悠社、貓裡錫口社、里族社、峰仔峙社[註5]、內北投社、麻少翁社、大浪泵社、金包里社、大雞籠社。宴會中張大代替郁永河宣布，每運來一筐、約二百七八十斤的硫土，就能交易到七尺長的精美布料，同時又給各社代表約一丈長的布料作為禮物，於是眾人皆吃飽喝足、欣然離去。

註
1 Pourompon，位於麻少翁社南方、隔著里族河的巴賽族村社。
2 以上五社為淡水社附近的巴賽族村社。
3 以上五社為武溜灣河及西南方支流的沿岸各雷朗族村社。
4 以上三社為武溜灣社往東南方支流的沿岸各雷朗族村社。
5 以上五社為里族河沿岸、受里族社頭目掌管的巴賽族村社。

郁永河北進路線（四月二十三日至二十七日）

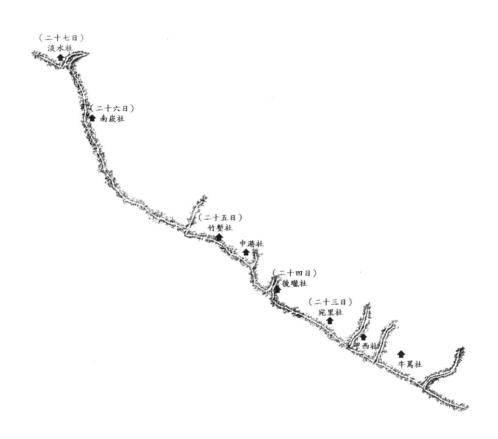

（二十七日）
淡水社

（二十六日）
南崁社

（二十五日）
竹塹社

中港社

（二十四日）
後壠社

（二十三日）
宛里社

呷西社

牛罵社

郁永河宴請二十三番社

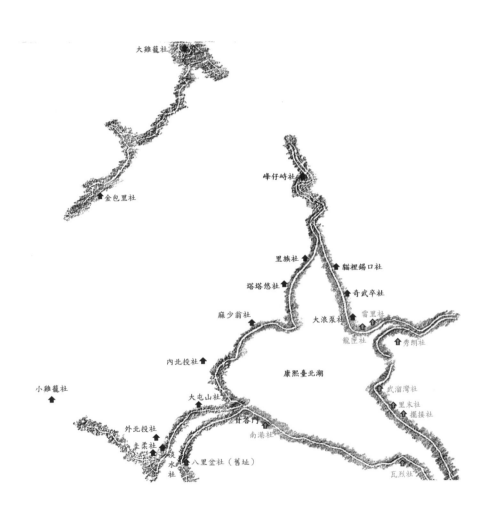

大雞籠社

金包里社

峰仔峙社

里族社　　　貓裡錫口社

塔塔悠社　　奇武卒社

麻少翁社　　　雷里社
　　　　　大浪泵社

內北投社　　　　　龍匣社　　秀朗社

小雞籠社　　　　康熙臺北湖

大屯山社　　　　　　　　　武𤳉灣社

外北投社　　　　　　　　　里末社
圭柔社　　甘答門　　　　　擺接社
淡水社　　南港社
　　　八里坌社（舊址）

　　　　　　　　　　　瓦烈社

第24話　歲月流轉

　　傍晚時分，Ghacho划著bangka返回Kimassauw。因為前陣子的連日大雨，大湖水位已經上漲到bangka可以直接抵達通事屋門前。

　　「Ghacho～聚餐如何呢？」Isabel站在通事屋門口迎接著。

　　「嗯……人很多，慶記客棧的食物還是滿好吃的，畢竟那是我第一次離開Kimassauw、賴科請我吃東西的店家……但那不是重點啦！」Ghacho仍難改說話習慣：「重點是那個漢人通事說，府城來的官員帶來許多好布料、要跟大家交易硫磺。這是個好消息，待會晚餐後就跟大家宣布吧。」

　　「這一切都在賴科的預料之中呢……」Isabel說著：「賴科不顧我們的反對，放走紅毛人到大海對岸去破壞火藥庫，對岸的官員為了補充火藥、就派人來這裡交易硫磺，Basay有了好布料，就能再去交易到更多糧食、或換回白銀……這樣糧食短缺和白銀短缺的問題就都解決了。而在硫磺交易之前，先用Sakizaya和Pangcah的食物撐過一段時間，再用Ghacho重新鑄造的pila交易到Senaer的部分糧食，總算撐到現在……賴科真的為Basay做了許多事呢……」

　　「是阿……但是漢人官員帶來交易硫磺的好布料總是有限的，或許這次可以撐比較久吧……最後還是會用完的，之後呢？賴科還能找到其他想來交易硫磺的外族人嗎？」Ghacho表達他的憂慮：「我很佩服賴科，總是能想出各式各樣的方法，幫助Basay度過困難。或許這就是當年tina和阿舅想教我學會交易的原因吧……原來Kimassauw習以為常的耕作生活，竟然會因為眼前這片廣大而美麗、卻也淹沒了大片田地的大湖而徹底改變……」

「大湖形成到現在已經三年多了……原本Ghacho就有考慮到水位還可能因為風颱帶來的大雨而更高，而刻意把通事屋蓋在離湖邊一段距離的地方。沒想到現在風颱的季節還沒到，水位就已經漲到達通事屋前面了……」Isabel也略顯驚訝的說著。

「還好當初Kimassauw通事屋就有刻意蓋得更高、更大，嘿嘿——當初就是以紅毛城為目標、蓋出這棟Basay城堡呢——就算大洪水再來，東西搬高一點，這棟通事屋還能繼續運作、沒問題的！」Ghacho驕傲地說：「倒是我划bangka經過Kipataw時，看到Senaer幫漢人官員蓋的家屋就太糟了，太靠湖邊、離地高度也不夠，風颱來時，那些家屋一定會淹水。」

「是……Ghacho真是厲害……」Isabel毫無保留的讚美著：「這些年來，能夠跟你和賴科一起經歷許多事，我覺得很開心。」

「我……我也很想跟妳和賴科一直在一起……」Ghacho似乎有點臉紅。

「嗯……但是賴科自從回到Kimaurri後似乎一直很忙呢……我們好像越來越少跟他見面了……」Isabel說著：「而且，Ghacho你不覺得奇怪嗎？賴科雖然說過，從紅毛人那邊打聽不到關於你的tama的消息，但也不曾讓我們跟紅毛人當面談過……可是那個紅毛人在這裡藏匿了這麼多年，會講巴賽語，讓我還是有點想當面問一些問題……」

第25話　密林中的視線

1697年6月底，Ruijgen Hoeck北側的小山丘上。

「中尉你回來啦……Apen Burg^(註1)那邊情形如何？」Bitter急問著。

「到6月初還是沒看到VOC的艦隊，就依上尉的命令回來了。」中尉回報。

「嗯……」Bitter托腮思索著：「去年年底回報Logi行動成功時，我就覺得氣氛不太對勁。雖然說這幾年來因為路易十四又想在歐陸擴張，反法同盟在歐陸、北美和東印度都持續對抗法軍^(註2)，各地兵力都很吃緊，但各戰場基本上都逐漸占優勢。更別說VOC跟BEIC聯軍早在1694年就打下FOIC^(註3)的大本營Puducherry^(註4)，應該更有餘力支援我們的行動才對……除非VOC把可用兵力都投入那邊、才無法分兵來台……」

「還不是那個叫吳球的漢人！早就跟他說，一定要等我們的行動成功後才能發動叛亂。結果我們才離開沒多久，他們馬上消息走漏、被清國官兵圍攻！果然三兩下就被滅了，唉～」中尉抱怨著。

「是阿……吳球的失敗讓其他人更不敢發動叛亂了……」Bitter幽幽的說著：「看來，我還要再搞一件事，一方面延長此地官兵火藥短缺的時間、給VOC更多緩衝時間，又能再次點燃反抗火花的行動……」

「上尉打算怎麼做？」

「你在南部應該有聽說，自從我們炸了火藥庫之後，福建那邊就派了個官員來台灣採硫的事吧？」

「上尉打算破壞他們的採硫工作對吧？」

「是的，不過我們人數少，現在剩餘的彈藥也極少，這回無法大搞爆炸了……必須要精挑細選目標才行……」

「帶頭的官員？」

「不愧是長期跟隨我的中尉。」Bitter微笑著。

「他們的採硫工作開始了嗎？」

「中尉你看那邊──」Bitter把望遠鏡交給中尉、並指向東北方，中尉從樹林中探望，果然看到原住民正陸續把山上的硫磺土搬運到大湖邊新蓋的20間屋舍附近，清國官員正監督著漢人工匠進行煉硫工作。

「看起來沒什麼護衛嘛……」中尉邊觀察邊說著。

「是的，不過這幾個官員倒是跟對岸那邊有點不同，服裝上難以辨識差異，還無法確認哪一個才是真正帶頭的。所以，讓我們一邊繼續觀察、一邊開始策畫夜襲行動吧……」

註
1 荷蘭語猴山之意，府城以南的濱海獨立山，漢人稱打狗山、柴山。
2 1688～1697年的大同盟戰爭，最後各國都打到經濟困難而議和。
3 Franse Oost-Indische Compagnie，法國東印度公司。
4 位於印度東南方的濱海城市，FOIC在東印度的最大貿易據點。

第26話　探訪硫穴

　　看著番人每天都運來大量硫土，郁永河實在非常好奇，但又不懂當地番話，怎麼辦呢？於是郁永河找來一名番人，比手畫腳的詢問硫土產地，番人指向採硫屋舍後方的山區。這下子，郁永河的旅遊模式又切到on了。

　　「郁君確定要找我同行嗎？我的腳程很快喔。」顧敷公微笑說著。

　　「好歹我也曾走遍八閩山水，顧君未免太小看我了吧！」

　　郁永河請番人駕著艋舺、搭載一行人，沿著略帶硫磺味的小溪抵達內北投社，再請當地漢人作為嚮導，沿著往東的山徑前往探訪硫穴。

　　沿途都是比人高的厚實茅草，一行人只能一邊撥草、一邊側身前進。才走沒多久，顧敷公跟嚮導就已經不見人影。

　　「嘿～顧君還在前方嗎？我們會迷路的呀～」郁永河大聲叫喊著。

　　「哈哈……郁君跟著我的聲音走，就不會迷路啦～」顧敷公大聲回應。

　　「哎呀……顧君的腳程確實比我快多了……」郁永河服氣了。

　　炎熱的陽光，蒸籠般的暑氣，令郁永河感到相當悶熱。前行至密林深處，才感到涼風舒暢。又越過幾道陡坡、涉過大小溪流後，突然間前方已無樹林，草木枯黃，腳底逐漸感覺到熱度。眼前看到山麓不斷噴出白煙，嚮導便說：「那裡就是硫穴了。」

　　山風拂來，硫磺味甚重。眾人還沉浸於此番從未見過的景觀，郁永河竟繼續前行。沿途草木不生、地熱如炙、巨石剝蝕如粉，宛如異世界。郁永河走到硫穴才終於停下腳步，攬起衣襬、靠近觀察，怒雷聲、驚濤聲、鼎沸聲交錯不絕於耳，腳下的大地則彷彿沸鍋上的鍋蓋般蠢蠢

欲動。郁永河又跑到右方的大石上一探究竟，卻遭到烈焰帶著毒氣直撲而來！郁永河趕緊退後，才發現左側溪流正是沸泉的源頭，現場亦不斷發出彷彿湍急水流自峽谷傾瀉的巨大聲響──在山下聽到的瀑布聲，終於在此揭開謎底。

Ghacho在通事屋每天看著族人搬運硫磺下山，心想在Kimassauw從小住到大，卻從未實地到硫磺的產地探訪。Ghacho擔心Isabel勸阻，於是立刻決定趁著Isabel還在做早禱、偷偷跟著準備上山的族人一起前進。

沿著帶有硫磺味的小溪旁蜿蜒上山，沿途越來越熱，且越往上游走、森林越稀疏。Ghacho看到族人們陸續停下來、開始開採工作，然而此地的硫磺看起來品質不是太好，Ghacho便好奇的問：「怎麼不更往山上開採品質更好的硫磺呢？」

「Ghacho頭目，再往上就是跟Kipataw的交界了，賴通事禁止我們到那邊開採，避免跟Kipataw產生衝突。」一名年輕小夥子回答。

「這樣啊……」Ghacho理解了狀況，但單純去探訪應該沒關係吧？於是Ghacho開始切往山脊，想找出硫磺和溫泉的源頭。

濃厚的硫磺味，巨大的聲響，不斷噴發的白色蒸汽，以及植物無法生長的高熱地面，再加上眼前的那群漢人──Ghacho明白應該已經找到了。

第27話　不能說的祕密

「那麼……你們什麼時候要離開北台灣？」賴科冷冷地問。

「偉大的漢人通事……抱歉我們公司現在還沒派兵過來，清國又派人來採硫磺。相信你也明白，要是他們順利完成任務，VOC打回南台灣的難度就大為提高，那麼我們之間的協議也就無法落實了……所以，讓我們想辦法再多爭取些時間吧！」Bitter和顏悅色的回答著。

「老實說，你們想如何處置清國官員，我都沒意見。但你們在這裡停留的時間越久，行蹤遲早會曝光。而且，無論你們公司基於何種理由無法派兵來台，都是你無力實現承諾。這樣好了，我再安排幾名漢人混進去搗亂、拖延他們的工作進度，你們就盡快離開吧！」賴科略顯不耐。

「是的，偉大的漢人通事。請慢走——」

趁著明亮的滿月，賴科跟五名日本武士隨從搭上bangka，悄悄離開。

「賴通事，外面有位漢人來訪，但不是官員。」

「嗯……」賴科想了一下：「請他卸下武器後進來。」

Kimaurri通事屋內，隨後走進一名中年漢人男性，向賴科鞠躬道：「賴通事您好。老夫姓顧，名敷公，僅為一介草民。」

「顧大哥您好，您似乎是與採硫官員同行之人……今日前來所為何事？」

「正如外界傳言，賴通事果然神通廣大，我們的一舉一動皆在您

掌握之中。」顧敷公喝了口茶，繼續說道：「老夫私下前來，非郁師爺旨意。素聞賴通事深受淡水、雞籠一帶番人擁護，然而郁師爺不熟悉在地風俗，始終未派人拜訪賴通事。故老夫代行其事，還請賴通事安撫番人，給郁師爺方便方便。」

「顧大哥言重了。小弟身為官府正式派令的通事，郁師爺亦是受官府之命前來採硫，同為朝廷之下，互相協助是應該的。」賴科平穩地說著：「不過能否容小弟一問，顧大哥既與郁師爺同行，何以身無官職？」

「聽聞賴通事出身金廈，或許有點淵源。」顧敷公小心地說：「老夫祖籍杭州，家父除了在朝為官，亦以地利之便，協助家族跟金廈的海商做些小買賣。爾後隨家父來台，自此定居台灣。卻也因家世背景，不易入朝為官……。郁師爺則只是與老夫為同鄉好友，故與其同行。」

「是……山五商（註1）？」賴科壓低音量。

「賴通事果然明白。」

「……」賴科沉思一段時間後才說：「顧大哥，請您暗中協助郁師爺務必混淆衣著，避免被認出為首要官員。另外，我看你們似乎未帶兵丁隨侍，亦請您盡快到福州私募護衛。此為小弟機密之言，出此門後不可再提！」

註
1 國姓爺創立的貿易組織，收購各地貨物，轉手給海五商銷售海外。

第28話　採硫困境

「顧君有要事須前往榕城？」郁永河有氣無力的問。

「是的，我觀察採硫、煉硫現況，器具不足，僕役工匠亦患病者眾，如此產量低落，恐怕不利郁君回府覆命。我願為郁君購置更多器具、召集更多人手，助郁君一臂之力。」顧敷公回答。

「府城諸公曾提醒此地容易染病、甚至病危身亡，那時我不信，現在卻幾乎有十分之九的人都生病了……連廚師也病到無力下廚……王師爺也染上痢疾……唉……」郁永河情緒低落。

「但我跟郁君仍未生病，不是嗎？此地番人生病的情況也沒那麼嚴重，為什麼呢？」顧敷公說道：「其實這裡並非什麼宛如地獄、鬼怪橫行之處，只是深山、沼澤尚未開發為村莊或農田，草木高聳蔽日，罕見人煙，瘴癘之氣經年累積，尋常久居城鎮的外地人不適應此地環境，才會一下子就生病。像郁君常遊歷山水，就不會那麼容易生病。」

「原來如此……感謝顧君解惑。」郁永河苦笑道：「不過我的身體狀況這些年來也越來越差了，現在可是每天都喝參朮湯^(註1)補身體，不知道還能撐多久。」

「身強體壯的工匠多患病，體弱的郁君卻能支撐，此間道理，相信郁君會想通的。」顧敷公繼續說：「這樣吧，我搭乘至榕城的船，也把病重到無法工作的人都載回去吧，這樣郁君晚上耳根子也能清靜一些。」

「麻煩顧君了。」郁永河尷尬地笑著。

隔日上午，郁永河清點病患、陪顧敷公到淡水搭船，直到下午才返回煉硫處，卻看到一名沒見過的漢人，正跟王雲森爭執不下。更讓郁永

河感到不解的是，現場煉硫工作毫無動靜、也沒有任何運來的硫土。

「王師爺，發生什麼事了？」郁永河急著問。

「郁師爺，是這樣的……嘔……」話還沒說完，王雲森又一陣嘔吐，隨即拖著無力的身軀、到草叢中拉肚子……

郁永河無奈，只好跟這位漢人直接詢問：「請問有什麼事嗎？」

「官爺您好，草民為內北投社通事，日前有事外出，未能先跟官爺您請安，還請見諒。」這名上了年紀的漢人說道：「草民未能先得知官爺您要來採硫，實為大忌！官爺有所不知，這產硫的高山乃是當地番人的聖山，山頂上還有番人先祖遺留下來的祭壇。換句話說，若未慎重舉行開採的祭祀儀式、就貿然採硫，會引發番人祖靈的憤怒，災禍將不可避免阿！」

「真的嗎？淡水社長張大未曾提及此事。」郁永河半信半疑。

「是真的！您不信的話，過幾天就會明白了！」老漢人堅定說道。

註
1 以黨參、茯苓、白朮、甘草等多種中藥調製熬煮，補氣血的中藥湯。

第29話　夜襲行動

「上尉，下雨了。」

「很好，通知那6名Truku戰士過來，我們要出發了！」

「可是……上尉，昨天有1名清國官員搭船離開不是嗎？而且至今仍然還沒判識出哪一位才是帶頭的官員……」中尉有點猶豫。

「以我對漢人的認識，主要任務完成前，中途離開的通常是副官，主官仍然在場。」Bitter說著：「這也就是我臨時找來Truku戰士的原因——既然無法判識，那就把在場全部官員都處理掉吧！」

「這樣做當然好，只是……以之前合作的經驗，Truku戰士是比Kavalan戰士厲害許多，但不擅長駕船……」中尉繼續提出意見。

「現在是夏季，Kavalan留在村社內種田，收成之前都很難外出，所以才只能找Truku戰士幫忙。」Bitter解釋著。

很快的，Bitter帶領著6名VOC傭兵、6名Truku戰士，分別搭乘3艘Kavalan留下來的小船，趁著視線不佳的陰雨天，悄悄的穿越大湖、划向採硫屋舍隔著小溪的對岸。

夜幕降臨，新月隨即西落，午後的大雨搭配新月時的漲潮，可以預期今夜有個高漲的水位。加上採硫屋舍離湖岸太近，這是一個非常有利於小船趁夜接近採硫屋舍、發動突襲後又能迅速脫離的時機。

等待到接近半夜，水位即將上升到最高點，幾間屋舍已經開始熄燈，Bitter以手勢下令準備出動。然而，此時卻發生意外狀況——因為水位太高，最靠近湖岸的幾間屋舍湖水甚至淹到比屋內的地板還高！鞋子等放置屋外的物品紛紛飄入屋內、屋內的床鋪也無法睡覺了，屋內漢人騷動、抱怨不已……眼看著這一切的Bitter則不發一語的衡量著時機……

時間逐漸流逝，潮水已經開始轉為退潮了，Bitter內心也轉為焦急。於是，不等全部屋舍熄燈，Bitter以手勢下令小船划向事先早已標定好的3間官員專用屋舍附近！然而VOC傭兵畢竟操舟技巧仍然比不上Kavalan、在退潮的情況下難以保持小船平穩，而Truku戰士固然弓術精湛、但在不平穩的船上仍感到難以瞄準……但時機稍縱即逝，Bitter仍然下令射擊！

　　Kimaurri通事屋內，忙到半夜的賴科，疲憊的放下情報文書，走回房間睡覺。然而才剛躺下，房門突然被悄悄打開……

　　「賴科小哥，應該還沒睡著吧？」Catherine帶著兩杯酒進入房間。

　　「才剛要睡……怎麼了？有什麼事嗎？」賴科趕緊穿好衣著。

　　「也沒有特別的事啦……只是心想，姐姐跟賴科小哥在一起這麼久了，好像也沒有特別的進展。而我也早已成年了，Basay女性是可以主動表達情感的唷……」昏暗燭光中，賴科看到Catherine身著輕薄衣物，輕輕走來。

第30話　山神交代

　　郁永河望著屋內高漲的水位、漂泊到床鋪上的草鞋，不得不想起幾天前那位自稱內北投社通事的老先生、警告未先舉辦祭祀儀式就逕行採硫的後果。加上半夜又遭到弓箭射擊——看起來是土番射鹿的流矢——可謂屋漏偏逢連夜雨。

　　郁永河對宗教儀式之事向來是半信半疑，但有件事是肯定的——在場聽到的其他人在經此水患後、必然都會深信不疑，看來免不了要舉辦一場慎重的祭祀儀式才能安撫眾人了……但這些工匠、僕從怎會明白，郁永河此行採硫、身負的時間壓力呢？

　　十日後，淹水才逐漸退去。不出所料，眾人紛紛要求要依內北投社通事之言、找番人一起準備舉辦一場慎重的祭祀儀式。不過煉硫的工作本來就無法進行了——番人已經不再運硫土過來了。至於王雲森……算了，還是在拉肚子。

　　「諸位暫先休養生息，余至淡水社找總通事張大洽談祭祀儀式事宜。」

　　郁永河嘴巴上這麼說，實際上是想找張大確認事件真偽，即使張大也不知，至少還能再透過張大向番社長老請益。當然啦，安撫人心也是為官之道。不幸的是，當郁永河下午抵達淡水時，得知張大外出，不知何時才會回來，無奈之餘，只好跌坐在淡水海邊，盼望顧敷公早日返回。

　　「咦？最近幾天怎麼沒看到你們去採硫礦了？」Ghacho好奇的問。

「Ghacho頭目沒聽說嗎？最近都在流傳因為我們沒先舉辦祭儀就直接採硫磺，觸怒了山神。這幾天下大雨又漲潮，大家都在擔心湖水會不會又淹沒現在的村社，所以就不敢繼續採硫磺了……」一個年輕人擔憂著。

　　「呃……多年來一直都有人在採硫磺，我從沒聽過觸怒山神的傳說。」Ghacho無法理解。

　　「可是……有人說最高的那座山、山頂上有我們很久以前祖先留下來的祭壇，後來有人爬上去找，還真的找到！Ghacho頭目，會不會是這次我們開採的量太大了，山神交代我們不可以太貪心啊？」其他年輕人也紛紛表達不安。

　　Ghacho正想繼續回應，卻被Isabel輕輕拉住：「Ghacho……我覺得先別急著反駁比較好，讓大家安心比較重要。要不要先寫情報文書通知賴科呢？他那裡說不定會有比較完整的情報。」

　　Ghacho依循Isabel的建議，但幾天後賴科的回應卻是無力處理，這讓Ghacho和Isabel都感到疑惑。於是Ghacho決定自己找來Kilas、Kipataw頭目和三社長老開會討論，終於確認消息是來自一名自稱Kipataw通事的漢人——但Kipataw頭目根本不認識這個漢人！

　　Ghacho立刻帶著眾人到採硫屋舍跟漢人官員解釋，但官員不懂巴賽語，Basay不懂漢語，雙方努力比手畫腳，正好張大起來，才讓雙方理解彼此想說的話。最後雙方祕密協議，決定對外宣稱祭儀已辦，以平息眾人不安。

第31話　挑硫古道

「那我回去囉。」Kilas跟村社長老往後山走去。

「咦？Kilas你們不是搭bangka來的？」Ghacho頗為驚訝。

「以前硫磺都是在村社港口交易，但這次交易的地點在Kipataw，族人發現有一條獵人走的小徑可以從採硫地點直接穿過山區走到Kipataw，比運到村社後再用bangka載運更快，也不用考慮海流跟風向，所以我們就走這條山路回去啦！」Kilas得意的說著。

「喔……聽起來不錯呢！改天我也走這條路去你那邊。」Ghacho發現有新的路線可以探索，也開心了起來。

「好喔～再帶你去見識一下靠我們那邊的大硫磺谷，很壯觀的！」Kilas笑著說。

「上尉……你看，這一個月來都沒有繼續生產硫磺了，而且那些漢人跟Basay到現在還亂成一團呢……不得不承認，那個矮小漢人通事的策略確實很厲害……」中尉至今總算佩服了。

「作為他的對手，我們吃的虧已經夠多了。適時結為盟友，才是聰明的選擇。你現在終於明白了吧～」Bitter說著：「不過，我們仍然不可掉以輕心。現在先南下，繼續尋找、遊說有意反叛的團體，冬天時再返回北部做例行情報交換。必須得問清楚為何VOC今年無法派兵來台……」

「不過……那個之前好幾次指揮作戰打敗我們的紅毛Basay呢？怎麼現在看起來好像跟矮小漢人通事的行動不一致、反而跟漢人官員站在一

起？有沒有內部分裂的可能性？」中尉持續用望遠鏡觀察著：「而且這個紅毛Basay這麼擅長軍事指揮，在沒受過正規教育的Basay中算是相當不可思議的事情吧……該不會……他是上尉你留下來的孩子？」

「你也是一顆大紅頭，怎麼不說是你搞出來的呢？」Bitter頗為不爽。

「哈哈哈……跟你開開玩笑啦……」中尉拍了拍Bitter。

「這些紅毛番總算走了……要是那個師爺真的在這裡出事，搞到府城派出更多兵力、甚至長期駐守北台灣，通事屋的大小行動可就處處受到監視了……」賴科徒步走到甘豆門北側山丘、紅毛番先前躲藏的祕密基地，嘆了一口氣：「說來這裡可真是個好地方呢！大河、大湖、四周高山、淡水社、內北投社、麻少翁社……各處的動靜，在這裡都一覽無遺。」

「Isabel……過來坐著吧。」賴科突然從漢語改為巴賽語。

「……」Isabel從賴科背後的樹林中走出來：「賴科妳怎麼知道的？」

「妳一定覺得我隱瞞了很多事吧？」賴科輕輕地說著：「很抱歉，我也不希望隱瞞你們。」

「那妳為什麼還……」Isabel不解。

「先從Catherine說起吧……」

第32話　風起雨湧

「幸賴張社長及時趕到，得以知曉番人話語，總算拆解了社棍的詭計！而這幾名番人也用心良苦，語言不通仍想告知實情，實在善良。」郁永河又說：「那……張社長身後這些人是？」

「是來自福州的煉硫工匠及廚師，近日抵達淡水，余便帶路至此。」張大回答。

「必顧君所為。中元將近，總算否極泰來，可以好好準備祭祀了。」郁永河笑著說。

中元節後，新來的工匠及廚師又陸續病倒。

自十七日起，北風大作。

十九日至二十一日，強風連吹三晝夜，樹木連根拔起，採硫屋舍過半被吹垮。風吹草樹聲與海濤聲澎湃震耳，夜裡根本難以入睡。

至二十二日，風橫雨驟，連屋舍前的茅草涼亭都被吹到飛天，宛如飛舞的蝴蝶。郁永河居住的屋舍，三根梁柱中已有兩根不堪強風而彎折，只好冒雨到附近砍伐樹木、帶回屋舍勉強支撐，自身也疲憊不堪。

暴雨如下，泥水四溢。郁永河擔心病患無力起身，若屋舍倒塌將無法逃離，決定招呼附近漁夫用舢舨把病患送至湖中海舶內。正在思考採硫器具是否也要搬離、邊走回屋舍時，突然大水湧至！郁永河趕緊先躲到屋舍後方地勢較高的草叢中，沒想到水位快速急漲，從腳踝淹到膝蓋、再淹到胸口！郁永河此時已經什麼都顧不得了，只能撐著拐杖、在狂風暴雨中徒步涉水三四里，總算遇到山邊一間番人的家屋，借宿避難。一整天下來又累又餓，郁永河便以身上的外衣跟番人交易一隻雞，總算溫飽了肚子。

二十三日，總算風停雨息。下午出太陽後，搭番人的艋舺到大湖，途經採硫屋舍原址，已經只剩一片平地了⋯⋯。郁永河登上海舶，直接讓陽光把身上衣物曬乾。等到水勢恢復平緩後，海舶才駛向淡水。

　　二十八日，郁永河發現海舶中的病患病情加劇，只好請船長把病患帶回榕城靜養。郁永河則住進張大家，並請張大重建採硫屋舍。

　　二十九日起，大風雨再度來襲！眼看滾滾洪流自河谷傾洩而來，張大又還在番社安排重建事宜⋯⋯這回郁永河二話不說，隨手抄起數份乾糧，便直接奔往附近山區避難！沒想到這次連番人的家屋都沒遇到，郁永河只得獨自一人躲藏山中，帶來的乾糧也逐漸吃完⋯⋯

　　所幸郁永河久居福建，對颱風並不陌生——只是沒想到在台灣體驗到的颱風威力跟在福建比起來有如天壤之別。在福建常聽人說強風四面來襲就是颱風，但郁永河親身觀察後，發現強風不可能四方同時來襲，通常先是北風、後轉為東風、再轉為南風、最後變成西風。所以當郁永河在山中發現轉為南風時，知道颱風即將度過，只是也整整餓了一天一夜了⋯⋯

　　八月初四，郁永河才終於狼狽不堪的返回張大家。

第33話　殉道者

「接連來了兩個威力強大的風颱，還好趕在來襲前回到Kimaurri通事屋，躲過一劫。」涼爽的北風吹彿下，賴科望著放晴的藍天。

「是阿……但各村社應該會有一些災害損失，我也擔心大湖那一帶會不會又出現傳染病，所以我想回Kimassauw通事屋了。」Isabel淡淡地說著。

「Isabel……妳……還是無法理解我嗎？」賴科語帶無奈。

「賴科……在我們剛見面時，我也曾經隱瞞妳某些事實。但那時候，我們還不熟悉。」Isabel說著：「然而我們已經在一起這麼多年了……妳出於善意而選擇對我跟Ghacho隱瞞部分消息，我能理解妳的用心；但當被我察覺了，也希望妳能理解我對於不被信任的失望。」

「我能理解。但……Isabel……因為當年妳的tina說追尋妳的身分背景會導致危險，請妳相信我，我只是想保護妳……」賴科支支吾吾的說著：「希望妳珍惜我們之間的情誼，別讓妳的tina擔憂成真……」

「……抱歉，我的心情還很混亂，現在還無法回答妳。」Isabel微笑的別過頭，臉頰卻滑下淚珠：「至於我的好妹妹Catherine、和Ghacho這個單純的傻瓜，妳要好好對待他們喔。」

「嘿——賴科小哥、姐姐，日本商人的船到了喔～」Catherine在瞭望台底下大聲通知著。

「你好……我是Takayama弟弟……我會的漢語很少……只能簡單說明……」此次帶頭出現的卻是一名日本男子。

「咦？Takayama桑呢？」賴科好奇的問著。

「她……被幕府……抓走……死了……」

極度悲傷的神情，在場的Basay即使聽不懂漢語，也都已經明白。

「你好，我一直有在跟作為護衛的日本武士練習日語會話，請你用日語詳細的說明好嗎？說慢點，我聽得懂。」賴科改用生硬的日語對話。

「姐姐長年來搭紅毛人的船返回出島、躲在貨箱內偷渡到境內，用你們的貨物交易白銀、並持續資助天主教徒的活動。我們直到今年才知道，姐姐的祕密行動早已被監視許多年了……」

「姐姐跟我被逮捕後，遭到刑求，但姐姐堅持不願叛教，最後被當場下令處死……」日本男子掀起身上衣物，露出被刑求的傷痕：「我則是被當作叛教的代表驅趕出境，要我轉告海外的Takayama氏族，不得返回日本傳教，否則下場跟姐姐一樣……」

「另外……還有一件事也必須讓你們知道。過去跟你們的貿易往來都是姐姐個人的決定，如今姐姐已經不在人世，我們家族不會再冒險返回日本從事祕密交易了……也就是說，未來除了偶而需要交易這裡的物產之外，我們家族的商船只會在南洋活動，不會再來這裡進行固定的交易了……」

「……謝謝告知，請容我對Takayama桑致哀。」賴科深深地鞠躬。

第34話　江風鬼火對愁眠

八月初八，淡水港外來了一艘海舶，再帶來了許多工匠、僕役，但仍未見顧敷公。一問之下，才得知初五共三艘海舶同時出發，一艘觸礁、顧敷公搭乘的那艘則不知去向。郁永河擔心不已，自此每日都到海邊眺望。

中秋節至，番人回報採硫屋舍已重建完成，郁永河仍到海邊盼望顧敷公搭乘的海舶抵達。午後，張大帶著佳餚、美酒到沙灘上跟郁永河共享，直到傍晚才返回張大家。

隔日，郁永河總算打起精神，搭乘艋舺返回重建後的採硫屋舍，再度跟番人以布料交易硫土。夜晚四周的猴子鬼吼鬼叫不停，郁永河便拿出臺灣縣[註1]縣令李子鵠[註2]贈送的《梅花書屋詩》閱讀賞析、自得其樂，直到深夜。

某個夜晚，屋內熄燈，卻仍看到碧綠色的火光。郁永河知道那是磷造成的鬼火，便盯著看一段時間，直到熄滅後才入睡。

二十五日，突然一艘海舶出現在採硫屋舍前的湖面上，原來是顧敷公終於抵達了！郁永河非常高興的出門迎接，詢問之前漂流何處，顧敷公回答：「前陣子其實原本已經抵達淡水附近，只是正逢退潮、無法入港，不巧另一艘海舶觸礁、船上許多煉硫器具都損壞了，於是決定返回西岸補充。然而近半個月又風大到無法出航，才會遲了這麼久才到，還好這次沒有任何損失、順利抵達。」

「那……我之前遣返的那艘、載了許多病患的海舶呢？」郁永河再問。

「我有遇到，不過其中有半數以上都過世了……」顧敷公明說。

「這樣啊……實在太不幸了……」郁永河頗為感傷。

「振作一點吧！這次我帶來了充足的煉硫器具，以及工匠、僕役近六十人，這次肯定可以煉製足夠的硫磺，好讓郁君完成任務。」

「說的也是，這都是顧君你的功勞呢！」郁永河總算笑了出來。

次日，經過了好一陣子的風風雨雨，煉硫工作終於重新啟動。

夜晚，郁永河總是拉著顧敷公聊天、議論政事，時而討論台灣海防軍事，時而聽顧敷公分享長年居住台灣的大小故事。特別是當年顧叔叔來台後還曾擔任承天府尹^{（註3）}，郁永河因此聽了許多當時的政治八卦。

又一夜晚，正準備入睡的顧敷公看到郁永河的屋舍底下出現赤色火光，嚇得急問郁永河為何在床鋪下點蠟燭。對鬼火早已見怪不怪的郁永河，便笑著請顧敷公走出屋舍自行觀察。生活情趣，怡然自得，莫過於此。

註
1 臺灣府下轄三縣中，管轄府城附近一帶、唯一沒有番人村社的縣。
2 李中素，字子鶺，祖籍湖北。時任臺灣縣縣令。
3 明鄭時期府城行政首長，轄東安、西定、寧南、鎮北四坊及安平王城。

第35話　告解

回到Kimassauw通事屋的Isabel，正在告解室內獨自進行告解。

「因父，及子，及聖神之名。阿們。」

「慈愛的神父，我感到深沉的悲傷，無法平息。我無法理解，為何像Takayama桑這樣低調行事、用心散播主的旨意的忠僕，最後選擇迎接殘酷的對待？」

「作為主的忠僕，選擇堅定對主的信仰，她是從一而終的忠貞聖徒。跟隨先人回到主的身旁，也是天主賜福的歸宿。」

「慈愛的神父，我有罪。我有強烈的憤怒，難以抑制。我無法接受，長年追尋的背影，拖沓著長長的血跡。而這個真相卻被親密的牽絆、善意的隱藏，導致更多無謂的犧牲。但更複雜的是，揭開這個真相就像是打開潘朵拉的盒子一樣，改變了既有的牽絆、擾亂了每個知情的人的心思……讓我既後悔得知、又已經無法裝作不知情……情慾、忌妒、貪婪……罪惡情感不斷湧現，我已經不知道該怎麼面對了……」

「隱藏真相的美好世界總有幻滅的一天。背負著原罪，積極正向的面對，才是侍奉主的正確道路。基督選擇自我犧牲，拯救了眾人。前方的道路已為妳開啟，跟隨著主的指引，主已經救免了你的罪。」

「……感謝敬愛的天主，慈愛的神父。」

告解室外，兩個鬼鬼祟祟的傢伙探頭探腦著。

「欸……賴科，Isabel講的這是什麼話阿？沒聽過。」Ghacho問著。

「我只知道那是她baki那邊的語言，但內容我也聽不懂……」

「話說賴科你好久沒來Kimassauw囉～還好嗎？白頭髮都長出來了耶……」Ghacho好奇的摸摸賴科頭上的幾根白毛。

賴科一時有點害羞，趕緊把頭移開：「欸！你不知道矮子最討厭別人摸頭嗎？」

「厚唷……真的很久沒見到你了，關心一下嘛！你又不是女生，幹嘛那麼敏感啦～」Ghacho繼續玩鬧。

「好了啦……」賴科決定把Ghacho拉到瞭望台說話：「我是想來特別提醒你，最近要多注意Isabel的狀況。因為Takayama桑過世的消息，好像讓Isabel心情大受影響……總之幫忙注意一下她的安全啦！」

「有這麼嚴重喔？嗯……我會注意的……」Ghacho語氣一轉：「不過……賴科……之前我跟Isabel都很信任你，所以才不介意你沒讓我們跟紅毛人見面的事，也信賴你告訴我們關於紅毛人的情報。但現在想想……有些事情我還是想跟紅毛人當面談談……」

「他們已經離開北部了，現在我也不知道他們人在哪裡。」賴科無奈地說：「是真的，我現在就可以帶你去紅毛番之前躲藏的地方。」

第36話　陰錯陽差

「郁君，最近那名自稱內北投社通事之人好像不再現身了呢……」

「這讓我想起顧君之前分享的故事。許多番社通事經常給番人過度勞役，卻跟縣官說番人體質特異，耐寒、耐病又耐勞；要是鬧出糾紛，縣官究責，通事又跟番人說、因為你們沒聽通事的話才會被縣官懲罰。來到台灣後我才明白，番人跟我們只是語言、生活方式不同，體質、人性都沒有很大的差異；然而此類社棍卻藉由雙方語言不通、顛倒是非，從中獲取利益，讓番人生活趨於困苦，反而更受到官府和社商（註1）的信賴。所以，我才討厭那些滿口利益的通事……」郁永河感嘆地說著。

「但是那名內北投社通事捏造不實消息，造成採硫、煉硫工作停止好一段時間，這樣做能獲得什麼利益呢？我仍想不通。」顧敷公說道：「至於那位大雞籠社通事賴科，如何在獲利之餘、仍受到番人愛戴？至今我也仍不明白。不過，在這裡待了一段時間後，我才得知這大湖附近一帶的番社亦受大雞籠社通事管轄。既然如此，郁君何不拜訪一下大雞籠社通事、順便探訪內情呢？」

「……好吧，這次依顧君之言。待此地工作結束後，我們一起去拜訪吧。」

「哇……這裡真是個視野良好的地方……那些漢人煮硫磺的活動看得很清楚……甚至Kimassauw通事屋都依稀可見呢……整個大湖、Ritsouquie直到河口都看得到耶……」Ghacho四處觀察著：「只是……這些紅毛人好像還留下一些物品……這樣好了，我想在這邊待一段時間，

等待紅毛人回來，反正離Kimassauw也不遠。Isabel妳呢？」

「我跟你一起吧。我也還有想問紅毛人的事……」Isabel應和著。

「那麼～我先回Kimassauw找族人過來幫忙搭建家屋、我也去搬一些生活用品過來，Isabel跟賴科先待在這裡吧。」Ghacho說完，就帶著幾名Basay先行離開。

「賴科你也離開吧，抱歉，讓我靜一靜……」Isabel平靜的說著。

賴科無言以對，安排五名女性Basay傭兵留守後，便默默離開。

「上尉阿……這趟南下好像還是找不到願意帶頭反抗的人呢……每個人都不想當出頭鳥、都在等其他人先起事……要不要乾脆跟那個矮小漢人通事借兵、加上Truku和Kavalan戰士，由我們帶頭開戰算了？從西部由北往南打，各地就會響應了吧？」搭Kavalan小船橫渡大河時，中尉提議。

「不愧是中尉，我正在考慮這件事呢……但我們還能出多少籌碼、才能滿足那個漢人通事呢？」Bitter苦笑：「總之，先回祕密基地再說吧。」

註
1 源自荷蘭時期建立的贌社制度，在府城收購各村社通事貨物的商人。

第37話　Isabel的決心

「報告！偵查到大約20名紅毛人，正準備過來，有帶武器！」小隊長緊急回報。

「撤回來吧，我想跟紅毛人對話。」Isabel做出指示。

「可是……賴通事要我們保護妳……」小隊長仍在猶豫。

「抱歉……這次請聽我的，好嗎？」Isabel仍堅持著：「我保證我會平安，不會讓妳們為難的。」

祕密基地中，5名Basay傭兵和20名VOC傭兵，正舉槍互相瞄準。

Basay傭兵自知人數居於劣勢，退到Isabel身邊圍成一圈，仍想竭力保護。

而VOC傭兵則震驚自己的祕密基地被發現，即使對方仍是名義上的盟友，但無故占領的舉動，顯然並非友善的行為！

氣氛肅殺，隨時可能擦槍走火。

此時Isabel站了起來，Bitter認出來後，示意VOC傭兵放下武器。而Basay傭兵見狀，也放下手上的火槍。

「妳是……製作出精緻假人的Basay修女？」Bitter先行確認。

「是的。請問在場有懂西班牙語的人嗎？」Isabel突然說出令在場大部分人都聽不懂的話。

「大概只有我了。」從小受父親的影響，Bitter也學了點西班牙語。

「很好，接下來我都將以西班牙語對話。」Isabel接著說：「請問您還記得在Kimaurri天主堂、與您關係密切的那位Basay女性嗎？」

「記得。」

「我是她的女兒，1669年9月出生。」Isabel緩緩說出口。

Bitter當場驚訝到說不出話，Isabel則仍以堅定的眼神直視，令Bitter更加難以面對。一段時間後，Bitter才說：「妳希望我怎麼做？」

「您也見到我的金髮外表，以及我對天主堅定的信仰。所以……」Isabel也似乎有點難以啟齒：「爸爸，請帶我一起到歐洲生活。」

「欸？」

Bitter及VOC傭兵們匆匆撤離，準備再度以Parihoon的破舊家屋作為根據地。

「上尉你這是怎麼了？我們為何要放棄祕密基地？那個金髮Basay修女說了什麼讓你改變心意的事嗎？」中尉不解。

「這個冬天，在VOC的補給船抵達前，讓我們好好策畫最後一場軍事行動，點燃開戰的狼煙吧！」Bitter自顧自地說著：「然後……我老了，在台灣的事業就到此為止了……之後就交給還有心想經營台灣的人接棒吧……」

「欸，我是聽不懂你跟她說了些什麼，但你既然當作是最後一場，就給我打起精神來、好好幹阿！」中尉大力的拍了Bitter的肩膀。

「那是當然的……」Bitter苦笑著。

第38話　告別

　　十月初一，時序即將進入冬季。郁永河評估已煉製的硫磺數量勉強足夠，又十月即為當初簽下軍令狀的期限，故結束煉硫工作，準備從淡水直接搭海舶返回榕城覆命。由於時間有限，郁永河請顧敷公聯絡大雞籠社通事賴科至淡水會面，但賴科回覆近期事務繁忙，此事便無疾而終。

　　十月初四，硫磺皆已運至兩艘海舶內。郁永河與顧敷公至淡水張大家告別，赫然發現還有兩位混血番人在座，一位是先前熱心提供正確消息、令郁永河印象很好的麻少翁社年輕頭目，另一位則是素未謀面、頂著金色長髮、身著修女服的年輕貌美女性，兩人俱為大雞籠社通事賴科的好友，特地來此送行。眾人簡短交流後，郁永河及顧敷公隨即登上海舶。然而海面無風，只得停在港外、等待風起。

　　當天晚上，Isabel提著蠟燭，走進Ghacho房間。

　　「還記得我們剛見面的那個晚上嗎？」Isabel微笑的問著。

　　「永遠不會忘記。昏暗燭光下，妳的臉孔，可怕又美麗。」Ghacho也笑著回答。

　　Isabel微笑著，把蠟燭放在桌子上，隨後緩步走到Ghacho面前，輕柔的、用雙手環抱住Ghacho，久久不放。

　　Ghacho先是嚇了一跳，不知道Isabel為何突然做出她從未對男性做出的舉動，但——此時還是別想太多，也就順勢輕抱著Isabel，享受這神祕而美好的時刻。

「跟大家在一起久了，我常常覺得自己比較像個姐姐，但其實我一直沒有扮演好姐姐這個角色……」Isabel依靠在Ghacho的胸膛說著。

「Isabel……可是我……並沒有想把妳當姐姐……我喜歡妳！我想跟妳在一起！」兩人仍然抱著，Ghacho總算鼓起十足的勇氣，親口告白。

「謝謝你，我明白。我很幸福。」Isabel感性的回應。

隔日一早，Ghacho一如往常仍在熟睡。Isabel則早已著裝完畢，在桌上留下一封信件、再請人把另一封信帶給賴科之後，悄然離去。

「爸爸，我帶來來載滿火藥的bangka，昨天也確認了那個漢人官員搭乘的船，可以行動了！」Isabel抵達Parihoon後對Bitter說著。

「Isabel……謝謝妳……我沒有善盡作為父親的責任，妳卻仍這樣幫忙……」Bitter感懷的說著。

「希望爸爸完成這件事之後，帶我一起到歐洲過著平靜的生活。」Isabel再次請求。

「我答應妳，Isabel。」

這天上午，一艘bangka悄悄駛向漢人官員搭乘的那艘戎克船。

「轟！！！」

第39話　戀妻之歌

「呼阿……寒冷的天氣、頻繁下大雨，身體又快發霉了……有些地方又淹水了……嗯，該來寫報告、看文書了……」Tavayo伸了個懶腰：「嗯……哎……希望Kavalan戰士別再來出草了……一次又一次的傷亡，看了實在很不忍心，但我們也不能不反擊……為何還要繼續堅持出草的行為呢？」

「我們一起來看看內容吧……」剛帶完早禱的Ravayaka挺著微禿的小腹，微笑地走了過來：「嗯……漢人官員用布料交易硫磺的活動已經結束了，最後一批布料跟著這一趟船班送達。因為布料有限，希望我們跟Kavalan交易稻米時、盡量提高布料的價值，否則就不賣。另外，賴科小哥開始規劃航海保險跟天災保險來增加收入……這是什麼意思呀？」

「不曉得，聰明的賴科小哥總是會發明一些我們從沒想過的新奇事物，等下次年度聚會時再問他吧。我繼續看另一份文書……嗯……阿……」Tavayo看完後整個傻住。

「怎麼啦？你手上那份文書寫了什麼？」Ravayaka也湊過來：「Isabel姐姐……過……過世了……」

「欸！那邊有個女人獨自在海邊閒晃耶……」一名Kavalan戰士說著。

「對欸……等等，那個是Talebeouan頭目的牽手吧？她怎麼會身邊沒有Basay護衛？而且還走得搖搖晃晃的……」另一名Kavalan戰士認出身分。

「他們很可惡耶，最近都用更少的布料跟我們交易更多的稻米，族人都很不爽。不如……我們把她出草吧！」最年輕的Kavalan戰士提議了。

「這樣也好……我們已經很久沒有出草成功了……抱歉了，誰叫妳要落單。我們上！」帶頭的Kavalan戰士下定決心。

發現Ravayaka已經不在通事屋內好一段時間，且沒有任何一位Basay傭兵執行護衛任務，Tavayo才驚覺情況有異，趕緊帶人外出尋找。一段時間後，才在靠近Kavalan村社稻田旁的一顆大樹下，發現Ravayaka失去頭顱的身體……Tavayo瞬間失控、嘶聲狂吼：「哇～～～阿阿阿！！！」

失控抓狂許久後，Tavayo才無力的抱著Ravayaka的遺體，邊哭邊唱著：

Ravayaka去世！
Tavayo傷心至極！
妳熟悉我的心中事。
往昔我們一起摘蔬菜。
妳死了，我哭到肝腸寸斷。
我的心情跌宕到極點。
Tavayo將過世於樹下原野……

悲痛的唱完之後，Tavayo抽出腰刀，往心臟猛力一刺。

最終話　Isabel的遺書

「致親愛的賴科

　　當妳看到這封信的時候，我應該已經不在人世了。

　　請別自責妳告訴我的一切，因為，這是我自己的選擇。

　　妳當初決定隱瞞我跟Ghacho的tama的消息，事後看來的確是對的。這就像是個潘朵拉的盒子一樣，一旦打開，就再也不可收拾了。很抱歉讓妳獨自一人承擔了這麼久。請別懷疑自己，妳的決定是最好的。

　　很高興當初選擇了跟妳和Ghacho一起踏上這段旅程。當然，還有我們女人之間的小祕密唷。這些年來，是我最快樂、也最幸福的日子。

　　如果妳真的是個男生的話，我真的會愛上妳喔！呵呵～

　　未來，希望妳能面對Ghacho對妳的心意，好好的、一起活下去。

Isabel親筆」

「致親愛的Ghacho

　　當你看到這封信的時候，我應該已經不在人世了。

　　請別為我難過，因為，這是我選擇的道路。

　　從賴科口中得知紅毛人的首領Bitter先生，很可能正是我們尋找已久的tama──你沒看錯，也是你的tama──讓我深深感到震驚。這些年來，Bitter先生為了達成他個人的理想，製造了許多事件、傷害了許多我們熟識的人。我無法原諒他，更無法接受這樣的人竟然是我的tama。

　　隨後得知Takayama桑過世的消息，一方面讓我悲傷，另一方面也給了我面對死亡的勇氣。

　　自從在Kimaurri天主堂認識你跟賴科，我們一起認識了許多朋友、

經歷了許多事，這些都是我一生難忘的回憶。我很快樂，也很幸福，原本也很想跟你們就這樣一起走下去。

但是，當我發現Bitter先生仍在台灣、繼續策畫攻擊行動，我無法無視更多人受到傷害。賴科選擇與Bitter先生暫時合作有她的考量，希望你別責怪她。但我也認為自己應當做出自己的決定，終結Bitter先生帶來的苦難。我不像賴科總是能想到許多聰明的策略，也不像你擅長指揮作戰，但我仍決定用我能讓Bitter先生信賴的方式，與他同歸於盡。

很抱歉，我無法回應你的感情，畢竟我們是同父異母的姊弟。另一方面，你注意到了嗎？賴科其實是女生，而且在你們來到天主堂的那個夜晚我就得知了。對不起，為了賴科，我也隱瞞了你。

未來，希望你能照顧好自己，面對賴科的心意，一起活下去。

我愛你。

Isabel親筆」

第四樂章
太初有道

康熙臺灣輿圖（國家重要古物．國立臺灣博物館提供）

第1話　Silent Spring

「失去了Takayama桑提供的白銀、槍砲彈藥和南洋的稀有貨物，之後該怎麼調整、才能維持現有的運作呢……？」賴科獨自一人煩惱著。

此時，來自廣南國會安的海商，再度來到大雞籠社，找賴科下棋。

「賴通事應該聽過不少閩粵百姓偷渡來台之事吧？」

「我知道，不過那些人大部分在台灣中南部進行開墾，不是嗎？」

「是的，不過賴通事應該也知道大部分漢人通事跟番人關係不好的情況吧？這也導致那些閩粵百姓到番地或無主地開墾時，跟土番屢起衝突，甚至被野番出草……」海商悠悠的說著：「就我所知，賴通事的顯赫事蹟也開始在閩粵百姓間流傳，越來越多人想來到台灣北部開墾……」

「但大哥您也清楚，此地番人久居，加上台北大湖，番人自己耕地都不夠了，恐怕難以容納更多人來開墾……」賴科略顯為難。

「我明白，但閩粵百姓困苦，賴通事是否也考慮一下、照顧同鄉呢？聽聞此地尚有採礦等工作，若您願意，我等將協助引渡同鄉至此。」

是否配合海商帶來的偷渡人口、向漢人徵收人頭稅？賴科一邊沉思著，另外一邊拿起書桌上的各式文書，準備翻閱。

「Isabel指定只有我才能看的私人信件？」賴科一頭霧水。

東北季風正盛，bangka難以航行至Kimaurri，Ghacho便帶領著20名Basay傭兵踏上挑硫道路，穿越大小硫磺谷，抵達產硫的Tapari。再把當

地的10名傭兵也帶走後，搭乘bangka抵達Kimaurri。Ghacho不去找賴科，逕自把駐守Kimaurri的20名Basay傭兵、以及沿路召集來的30名傭兵都帶到通事屋旗艦上，開始準備啟航的各項檢查、就近收集補給物資上船，並特別確認船上的紅毛火砲是否還能正常運作。

「Ghacho！你別走！」得知通事屋旗艦有動靜的賴科，匆忙趕到港口，想阻止Ghacho失去冷靜的衝動出擊，卻被Ghacho刻意交代的港口駐衛隊攔下。

「你們在做什麼？我是賴通事，聽我的話，讓我登船！」

「但……Ghacho大哥交代我們，為了賴通事的安全，不能讓你上船……」

「賴科，不要為難他們……相信你也不會願意把我們私底下的事公開——畢竟你一向擅長隱瞞，不是嗎？」Ghacho在通事屋旗艦的甲板上，對著賴科說：「紅毛人的補給船每年這段時間都會停泊在Parihoon外海，讓我用這艘通事屋旗艦、用紅毛人的大砲，徹底打敗紅毛人！」

「等等……你先回來，我們好好討論一下……」

Ghacho不理睬，直接下令通事屋旗艦張開船帆，啟動出航。

Palilin過後，春暖花開。

只剩Kilas、Catherine和Limwan參加年度聚會。

Kimaurri通事屋內，一片死寂。

第2話　裨海紀遊

康熙三十六年冬，榕城王仲千同知府內。

「顧君仍要回台灣？」郁永河顯然不捨。

「畢竟我的家族已在台灣生根了……不如，郁君也來台定居？年初沿途匆忙趕路北上，尚有許多景點未能遊歷，何不再訪美景？」顧敷公反過來邀請郁永河。

「上有高堂老母，你也知道當年她堅持不肯遷台。現在年事已高，我又還得混口飯吃，師爺這份差事還是得將就將就啦～」郁永河苦笑道：「再說，這次台灣採硫之行，上山下海，深入硫穴，流矢脅命，風雨溺險。猶記得十月初五那天等待風起，海舶附近竟還發生爆炸，實在危險。此等經歷，恐怕已是我此生最驚險、也最搏老命的一趟冒險旅程了。年華老去，身體力衰，日後不知是否還有此福分，再訪蓬瀛（註1）呢？」

「郁君或許是累了。那麼～何不把此行難得的經歷，寫成遊記？」顧敷公提出建議：「我就先在此叨擾到過年，陪郁君一起寫書。君意如何？」

「顧君深知我心。」郁永河微笑回應。

書房之中，顧敷公正認真地看著郁永河的初稿。

「郁君，我跟你講的那些政治八卦，你不能寫得這麼明白啦……八卦鄉民都懂得要低調，還有函可和尚（註2）、明書大獄（註3）等前車之鑑，你這個在朝為官的師爺豈可不慎？」顧敷公小心翼翼的點出癥結。

「好啦～我改掉嘛～」郁永河乖乖認錯。

「還有這一段——麻少翁社土官[4]識破社棍詭計，糾眾以告——我瞭解你想為土番美言，但對於有高度智識及聚眾之才的土官，難保高層官員懷疑其有謀反本事……」顧敷公再提點須修改之處：「為了那些土番好，這類描述還是盡量隱晦吧。」

「喔喔……好啦……」郁永河感到頗為無奈。

「郁君，相信你在台灣，應該深刻感受到面對驚人的硫穴、狂風暴雨致災的風颱、桑田轉眼間化為滄海的台北大湖，孤身一人多麼的渺小且無力。同樣的，我們亦身處時代的洪流之中，朝代更迭，年少分離，直到現在仍須為斟酌文字而無奈。但是，比起那些被文字獄封殺的著述，低調流傳後世或許更好。」顧敷公說著：「所以，郁君的書名想好了嗎？」

「裨海紀遊。」郁永河說完，兩人相視而笑。

註
1 中國傳說東方外海有蓬萊、瀛洲等仙境，此處以蓬瀛代稱台灣。
2 清順治四年，函可和尚身藏逆書遭到刑求，為清初首宗文字獄。
3 清順治十八年，江南文士奉明正朔，編成明書，文字獄牽連千人。
4 鄭、清時期對各土番村社官方代表的稱呼，不一定等於頭目。

第3話　阿姆斯特丹的夕陽

1698年1月，巴達維亞。

「上尉……你終於醒了……」中尉在病床旁。

「欸……原來我還活著？」Bitter注意到自己失去的手腳及右眼，痛苦的勉強開口：「與我同船的那位Basay修女呢？」

「你能活下來都是奇蹟了，那位修女當然是不可能了……」中尉如實以告。

Bitter內心百感交集，好一段時間苦澀的說不出話。

「Bitter上尉，感謝上帝，你還活著。」Outhoorn總督迎面走來。

「是總督阿……哈哈哈……」Bitter失控的狂妄笑著：「客套話就省了。請問總督大人，去年為何未派兵進攻台灣？」

「Bitter上尉……你長年待在台灣，導致我們今天才第一次見面，不過之前我就常聽補給船的船長回報，你對國際局勢的發展頗有個人的見解，所以我總以為，你能理解巴達維亞當局的立場呢……」總督和藹地說著。

「即使200人也派不出來嗎？」Bitter眼皮低垂。

「Bitter上尉你可能有所不知，你長年來呼籲要積極拓展殖民地的精神，可是相當受到VOC傭兵同僚的高度評價。」總督微笑的說：「所以，即使我們投入許多兵力在印度洋對抗FOIC，巴達維亞當局仍在1695年底決議派遣Willem de Vlamingh [註1] 率領200人搭乘3艘船前往Nieuw Holland [註2] 救援可能迷航到該地的船隻，並開始進行深入的探索。很抱歉，你的計劃案不巧正好遲了一步，VOC去年確實已無兵可派。」

「計畫趕不上變化阿……」Bitter無奈地苦笑：「如今我身受重傷，

也為了實現對女兒的承諾，傭兵人生到此為止了。送我回阿姆斯特丹吧！」

1699年9月，阿姆斯特丹。

「先生，3杯咖啡？」服務生端著盤子走來。

「是的，謝謝。」Bitter坐在廣場邊緣的露天咖啡座，享用著他人生中首次品嘗的咖啡。看著Boterwaag[註3]關門後，酪農陸續撤攤，Bitter好奇的問服務生：「請問一下，這些農民為何要撤離Botermarkt[註4]？」

「因為接下來就輪到舞蹈樂團和馬戲團進駐表演啦！這些年來，國家忙著打仗，課稅一直很重，大家生活苦哈哈，看看表演開心一下啦～」服務生接著也反問：「先生看起來是位退伍軍人？還有2位戰友要來？」

「不，那是給我女兒和兒子的。」夕陽西下，Bitter平靜地面向東方，顫抖地舉起咖啡杯，細細品嘗這一生的酸苦果香味。

註
1 曾深入探索澳洲西部的荷蘭探險家。
2 荷蘭人當時對澳洲西部的稱呼，英文為New Holland。
3 奶油秤量房，販售乳製品的酪農都需先在此秤重後才能擺攤販售。
4 阿姆斯特丹奶油市場，秤量房旁的廣場上，酪農們擺攤販售產品。

第4話　能傳達的意念

少了許多歡笑聲，通事屋的年度聚會在低迷的氣氛中進行著。

「Limwan，明天你跟我一起搭bangka到Talebeouan，我在那邊先盡快培訓出第二代理人，你則要把Talebeouan通事屋目前的代理人帶到Taroboan、跟在你身邊學習帶兵打仗的能力，收成季節時派回Talebeouan接任通事屋頭家。」賴科特別交代。

「知道了。不過……賴科通事……Truku這幾年來持續的侵襲Taroboan，而且越來越激烈、次數越來越多……扣掉受傷無法行動的人，Taroboan通事屋可以巡邏和應戰的人力已經非常吃緊了……能夠提供增援嗎？」Limwan焦慮的提出需求。

「Limwan……抱歉，Ghacho帶走了50名傭兵，現在我這邊暫時也無力提供增援了……」賴科也面露難色：「再說，你之前的報告也提到Taroboan這幾年來撈到的砂金和寶石數量越來越少，再這樣下去，Taroboan是否還有繳交賦稅的能力呢？」

「如果繳交不出賦稅的話……賴科通事會放棄Taroboan嗎？」

賴科沉思了一下才說：「如果真的到了那一天……我會建議Taroboan搬遷到Talebeouan，合併為一個強大的Basay村社。」

「明白了，我會回去跟村社長老溝通的……」

「嗯……不過在那之前，我會盡量要求派駐在Takoboan的漢人通事幫忙，一旦Truku侵襲Taroboan，盡快找Sakizaya戰士從Tkilis南岸反擊，希望能對Taroboan有幫助。」賴科也絞盡腦汁。

「謝謝賴科通事！」Limwan總算稍微鬆了一口氣。

賴科抵達Talebeouan當天，就直接前往Tavayo和Ravayaka合葬的墓旁，悼念曾經的好夥伴。

　　隨行的Basay傭兵敏銳的發現附近有Kavalan戰士躲藏，正準備跳上方陣推車，卻被賴科阻止。賴科命令在場的傭兵只用鐵皮盾牌插在地上、如圓陣般把墓地圍在中間。

　　此時賴科想起透過傭兵轉告、Tavayo自殺前清唱的歌詞，便用自己喜歡的憂傷旋律，唱出Tavayo遺留的戀妻之歌。賴科心知肚明，逝去的生命無法挽回，詠唱只是活著的人聊表思念。唱完後，賴科起身準備離開。

　　然而，環繞防守的Basay傭兵此時竟然開始一個接著一個、跟著賴科剛才的旋律、唱起戀妻之歌，越來越多人加入，一遍又一遍的唱著……

　　隔天，Kavalan多個村社的長老、戰士聚集在Talebeouan西側入口，這次卻不是來出草，而是推出4名對Ravayaka出草的戰士，跪在地上。

　　「我們是來談和解的。」帶頭的Kavalan長老說著。

第5話　法國傳教士

　　賴科離開Kimaurri後，Catherine照慣例接手了通事屋的大小事務。然而現在，Catherine也感到心情低落，便走到街上散散心。

　　賴科應該不曉得，Catherine很早就開始懷疑賴科的性向……明明外表秀氣、口才流利，跟Isabel姐姐在一起這麼久，怎麼可能什麼進展都沒有？雖然這麼說好像有點對不起Ghacho小哥……。去年那天晚上夜襲賴科的寢室，賴科的不自然反應讓Catherine疑心更重……。最後……賴科一定不知道，Isabel姐姐給賴科的那封遺書中，外表看起來什麼都沒有的信封袋上還刻印著Isabel姐姐寫的西班牙文，只有Catherine才有解讀的方法！一看才知道，多年來Isabel姐姐一直守護著賴科的祕密……

　　直到過世都還要妹妹幫忙照顧賴科姐姐和Ghacho小哥……真是一個從小到大都讓妹妹操心的Isabel姐姐……。看現在Ghacho小哥和賴科姐姐這樣刻意避不見面，這次交給Catherine的任務真是艱難呢……

　　Kimaurri大街上，許多新建築仍陸續落成，有Pangcah的風味餐館，有當地長老搭建的Basay風格旅館，搬遷過來的日式小酒館，現撈現煮的海鮮餐館，Catherine預計和福建安溪來的製茶漢人合夥經營的小茶館，以及由Isabel姐姐規劃興建、收容缺乏家人照顧的孩子的小學校……

　　另外還有一家即將開幕的北方漢人麵食館，是賴科姐姐打聽到府城一名小有名氣的廚師，極力邀請來Kimaurri開分店的……可惜Isabel姐姐已經無法感受到賴科姐姐的心意了……欸，等等，這個廚師好像滿年輕帥氣的，賴科姐姐是不是還有其他意圖阿……？

　　「報告！有一艘漢人的jong進港，說要找賴科通事。」一名港口駐衛看到Catherine在街上，趕緊跑來通報。

「你不也知道賴科通事去Talebeouan了嗎？」Catherine有點無奈。

「但他們堅持……」駐衛話還沒說完，身後陸續出現數名人高馬大的外國傳教士。

「妳好，我們是來自法國的SJ[註1]傳教士，追隨Claude de Visdelou[註2]老師來到清帝國。康熙帝預計找我們傳教士繪製清帝國的地圖，我們這幾人被分配到台灣，就先來瞧瞧啦。由於我在法國就讀過Jacinto Esquivel[註3]神父的著作，稍微懂一點巴賽語，所以這裡就由我帶頭……」年輕的傳教士用巴賽語說著：「呃……我說的你們應該聽得懂吧？」

「呃……有些詞彙仍然不懂……」Catherine還有點傻眼。

「沒關係……這是我們法國著名的葡萄酒，送給你們作為見面禮！」

註
1 拉丁文Societas Jesu的縮寫，天主教耶穌會，1534年在巴黎創立。
2 路易十四派遣至中國傳教的5名耶穌會教士之一，亦為歷史學者。
3 1632年在台灣北部傳教的西班牙天主教神父，著有《滬尾語詞彙》。

第6話　救贖

在Talebeouan的培訓工作及和談事務結束後，賴科搭乘負責傳送文書的bangka，抵達St. Jago。

通事屋旁，多了一塊墓碑。

賴科請其他人先進通事屋，獨自一人在墓碑面前哀悼。

「Isabel……妳這個大傻瓜……妳以為妳這樣寫，Ghacho就會跟我在一起嗎？」賴科低聲哽咽著：「我已經很努力的強忍悲傷、很努力的繼續維持通事屋的運作了……但少了妳，Ghacho也離去，我已經找不到人放心依靠了……妳知道嗎？嗚嗚……」

「你終於來了阿……」賴科背後傳來一位中年婦女的聲音。

「是的，很抱歉我這麼晚才來。」賴科趕緊收整情緒：「更抱歉的是……對不起，我沒有實現當初對您的承諾……」

「的確。我看到情報後，其實非常的生氣。原本還想把整個家族都退出通事屋組織！Isabel是我的長女，原本也是家族最優秀的下一代族長，也是我跟他唯一的女兒……」中年婦女似乎有點情緒激動。

「或許，你現在才來St. Jago反而比較好。經過這幾個月來的悲傷、悼念、追思，以及Catherine不斷的安撫，我才終於能逐漸面對現實……」中年婦女恢復平靜地說著：「或許是因為Isabel從小就沒見過親生的tama，還要照顧弟弟妹妹，漸漸變成比較沉靜早熟的孩子。對主的信仰或許成為了Isabel很重要的心靈依靠，但可能也讓Isabel太過投入、把幫助別人看的比自己還要更為重要，最後甚至選擇自我犧牲……。我原以為Isabel跟你們在一起，能夠讓Isabel感受多一些友情、甚至男女感情的牽絆，多重視自己一點……。但不管怎麼說，是我讓Isabel在這樣的背景

中長大，我才是那個最對不起Isabel的tina……」

賴科沉默。

「賴科，妳……還想念我嗎？」

「Isabel……?!妳……我是在作夢嗎？」賴科不可置信：「我當然想念妳！妳快回來吧！」

Isabel只是微笑著，不再說話，轉身緩緩離去。

「Isabel──」賴科想追上去，卻突然感覺自己掉進深不見底的無底洞！一直往下掉、一直往下掉……好像永遠踩不到底部……賴科忍不住兩腿掙扎亂踢──「哇！！！」

明亮的月光透進St. Jago通事屋內，賴科頭冒冷汗，發現自己躺在床上。賴科拿起掛在床邊的竹筒，倒了一杯酒並喝下，才略為平靜下來。

「Isabel，我終於明白妳以前在禮拜堂都跟誰講話了。」賴科從害怕轉為釋懷，對著明月舉起酒杯：「我會帶著對妳的思念，繼續努力活下去。」

第7話　無力挽回的流逝

　　由於法國傳教士要到府城拜會官員後才正式展開製作台灣地圖的調查工作，Catherine便帶上5名Basay傭兵、跟著搭一段航程。然而當抵達Parihoon外海時，卻沒看到通事屋旗艦。

　　Catherine上岸後到Senaer詢問當地Basay，才得知通事屋旗艦在外海頻繁地消失又出現，直到經歷幾次強風後、才往大河上游移動，之後就再也沒看過了……。

　　於是Catherine跟當地Basay借了一艘bangka，一行人趁漲潮划往上游，經過Kantaw、進入大湖，再繼續往Kimassauw前進，才終於看到通事屋旗艦、歪歪斜斜的擱淺在岸邊，破敗的模樣還真有點像艘幽靈船……。

　　「你們的Ghacho頭目呢？」Catherine面對這一路看來的異樣，卻都沒出現在例行往來的情報文書中……非得跟Ghacho小哥問個清楚才行。

　　「他在通事屋瞭望台上……」一名年輕人面有難色地回答：「可是……」

　　Catherine二話不說，直接爬上瞭望台，終於見到Ghacho——

　　滿臉鬍渣，四處散落的竹筒，渾身酒氣的——兩眼無神、望著遠方。

　　Kimassauw通事屋的周邊，聚集了越來越多的家屋。許多其他村社的Basay和Luilang來到這裡蓋家屋、造bangka、採硫磺，換取生活必需品，索性直接定居下來。Kimassauw原本就是人口較多的大村社，這幾年發展

下來，更是直接成為大湖周邊的超大型村社。而在Ghacho和Isabel的規劃下，Kimassauw仿造府城開闢出一條東西向大街，越來越多牛車在大街小巷中來往，仿自Pnagcah的豬舍和牛舍四處分布，族人們普遍過著衣食無虞的自在生活。

不過，隨著交易硫磺的漢人離去，大量的人口和牲口反而逐漸成了糧食供應上的沉重負擔。然而此刻，原本最受Kimassauw眾人所信賴、也最敬佩的Ghacho頭目卻變成這樣……村社中逐漸開始瀰漫著不安的氣氛。

「Ghacho小哥，你指揮的通事屋旗艦，發生了什麼事？」

「通事屋旗艦抵達Parihoon外海時，紅毛人的船正好離開，我顧著追趕、卻捲入大風浪中……通事屋旗艦受損、勉強從危險的海域中脫離，但再也見不到紅毛人的船了……」Ghacho幽幽的說著：「之後我指揮通事屋旗艦進入大湖，等天氣轉好準備再出航時，卻擱淺了……」

「我就知道，Ghacho小哥頭腦還是很清醒嘛，幹嘛灌醉自己呢？」

「就是清醒才痛苦啊！Isabel就這樣走了……我卻什麼也做不了……」Ghacho仍紅著眼睛。

「那我只好繼續請問清醒的Ghacho頭目，你的航行技術明明很好，怎麼還會讓通事屋旗艦擱淺呢？」Catherine想藉此逼Ghacho振作起來。

「妳沒注意到，湖水逐漸退去了嗎？」

第8話　賴科的難題

　　回到Kimaurri的賴科，看到堆滿桌上的情報文書，深呼吸了一口氣，隨即投入忙碌的工作中。

　　「總算得知了Kimassauw那邊的狀況……看來人口壓力越來越大了……不過，跟Kavalan和解後，才知道Kavalan跟Atayal之間有一大片未開發的土地，或許可以考慮在那邊建立新的村社，引導會耕種的Basay和漢人到那邊去開墾……」賴科輕聲喃喃自語：「還好有Catherine跑去一趟。」

　　「哦？那麼該怎麼犒賞Catherine才好呢？」Catherine突然從隔壁房間走來，俏皮的說著：「賴－科－姐－姐－呀－」

　　「呃！！！Cahtherine妳……什麼時候知道的？」賴科嚇了一大跳。

　　「哼哼……祕、密！」

　　「哎……這……」賴科忍不住扶額擦汗：「Catherine呀……能不能看在Isabel的份上……幫我保守祕密呢？」

　　「這可是個天大的祕密呢！哎呀～可是Catherine很愛到處跟人聊天耶，萬一不小心說溜嘴了、怎麼辦呢……？」Catherine賊賊的看著賴科：「不如～我開個條件，賴科姐姐若能做到，我再認真考慮不說出去……」

　　「欸……妳的條件是？」賴科無奈到了極點。

　　「請賴科姐姐移駐到Kimassauw通事屋！Kimaurri通事屋就全權交給Catherine處理吧！這樣Catherine就成為新一代大雞籠社通事囉！喔呵呵呵～」Catherine頗為得意。

「不行……」賴科輕輕地說著：「我知道妳的用意……但我早已認清我無法像Isabel那樣擅長安撫，我只能給Ghacho重整情緒的時間和空間。我不會刻意不跟他見面，我會展現我努力過活的動力，期待Ghacho意識到必須要透過自己的力量重新站起來，這樣我們才能繼續走下去。而且阿～Catherine，我仍然是個在漢人文化中成長的女性喔，妳明白嗎？」

　　「蛤～～～這樣都被妳識破，不好玩……」Catherine嘟嘴。

　　「Catherine再提其他條件吧，我盡量做到。」賴科苦笑著。

　　「那……請賴科姐姐派出交易船，到一個叫法國的地方交易葡萄酒！之前遇到法國來的傳教士，他們送的葡萄酒也很好喝耶！我還有留一些，賴科姐姐也來品嘗看看……」Catherine興奮的說著。

　　「Catherine妳這不是一樣的意思嗎？」賴科更囧了。

　　「嘿嘿嘿！」

　　炎熱夏日，一群從南部北上的漢人出現在八里坌社以南的甘答門，淡水河左岸。

　　「陳大哥、賴大哥，這裡明明是一片沼澤大湖，哪有可以開墾的大平原？跟聽到的不一樣阿！」陳天章抱怨著。

　　「阿章你麥囉嗦啦～天地會的大哥說大雞籠社通事會幫忙，快走吧！」賴永和雖然也感到疑惑，但還是決定相信天地會大哥的承諾。

第9話　復河

　　微風轉涼，收成的季節又到了。一艘bangka停靠岸邊，剛加入Tapari
通事屋、負責傳遞情報文書的年輕Basay，驚訝的疑惑為何Kimassauw通
事屋距離岸邊這麼遠。看到Ghacho和隨行的幾個人也在附近，乾脆直接
當場交付文書。

　　「Ghacho頭目，賴通事說今年糧食交易已經提前談好了，大湖區的
糧食保證沒問題喔！但存糧也用光了……他要我們挑選擅長耕作的人，
明年到Kavalan開墾土地。」隨行的副頭目讀了情報文書後，跟Ghacho轉
述。

　　Ghacho停頓了一下——之後，仍繼續踏著泥濘，逕自走往水域。隨
行的人怕Ghacho想不開，趕緊跟上。

　　Ghacho涉水走到淺水處一根橫躺的巨木，意外注意到粗壯主幹的
截斷面上，最外圍幾圈的年輪特別寬大。此時Ghacho忍不住想起，天氣
越溫暖、雨量越豐沛，樹木就會長得越快的事——是Isabel告訴Ghacho
的……

　　「把這根巨木做成bangka吧。」Ghacho終於開口說話了：「另外，
回覆賴科，Kimassauw不會派人去Kavalan——因為，這裡可以恢復耕作
了。」

　　「咦？Ghacho頭目，你不擔心大水又淹過來嗎？」副頭目不解。

　　「大水來臨是有預兆的。我們隨時可以撤到高地家屋，也可以隨時
返回低地耕作。」Ghacho露出久違的微笑。

一個月後，從台灣南部一路勘查到北部的法國傳教士，帶著府城的吏員和僕役，浩浩蕩蕩抵達Parihoon。賴科得知消息，派出多輛牛車，沿途為測量團隊提供源源不絕的補給。海域和河道上bangka船隊繁忙來往，通事屋旗海飄揚，令遠道而來的訪客對大雞籠社通事的威名印象深刻。

　　當測量團隊推進到Kantaw時，發現前方只有分岔的兩條大河，明顯跟Catherine之前說的不一樣，年輕傳教士便詢問在此帶路的Ghacho。

　　「不，Catherine沒有說錯。」Ghacho解釋著：「之前幾年，你看到的平原都是大湖。但從去年冬天開始越來越少下雨，湖水才慢慢消退。」

　　「可是我聽官員說，這裡是因為持續地震才變成大湖的。」

　　「誰知道呢？這種事就讓以後的人去爭論吧。」Ghacho微笑的回應。

　　Ghacho一路陪著測量團隊，也一邊觀察如何測量、如何畫地圖。

　　當天晚上，賴科也到達Kimassauw通事屋主持歡迎晚宴。由於人數眾多，眾人吃飽喝足後，便在通事屋內打地鋪夜宿。賴科也讓出房間，趁著夜色，悄悄躲到一艘早已事先準備好的bangka內睡覺。

　　突然間！賴科感覺到一件鹿皮披在她身上。

　　接著，口簧琴的聲音，在她身邊輕輕的演奏了起來……

　　夜色中，兩人對望，雙雙流下了淚光。

最終話　Live long and prosper

　　Kimaurri通事屋內，一群漢人正和Catherine洽談開墾的事。

　　「我們已經來第二次了，上次你們說賴通事剛好外出，只安排我們去採礦。這次又不在！你們這些番仔是不是故意不讓賴通事跟我們見面阿？」帶頭的陳逢春擺出大哥脾氣，隨行的漢人們也紛紛起鬨。

　　「陳大哥，拍謝啦～賴通事最近生了大病，需要長時間的靜養，所以他才交代我代替他處理通事屋的代誌。」幾年下來，Catherine的閩南語越說越流利，繼續微笑的溝通著：「我們最近準備到蛤仔難開墾，那邊有很大片的土地喔～也歡迎漢人一起來打拼阿！」

　　「蛤仔難那邊不是有出草的番仔？要去你們自己去！」陳逢春仍然十分不滿：「算了啦！這個賴科沒誠意，我們自己找地方開墾！」

　　Catherine在門口目送著這群漢人怒氣沖沖地離開，深刻感受到要跟賴科學習的眉眉角角還多得很。

　　再往港灣看去，新的大船正在船塢中興建，聽Ghacho說預計興建12艘，卻只需要當初興建通事屋旗艦4倍的材料。雖然比通事屋旗艦小一號，外型也更加接近漢人的jong，卻已經足以航行到南洋各港口。Catherine滿懷期待，又有葡萄酒可以喝了！還有南洋各地的珍稀貨物！只是……現在的Basay能拿什東西跟外族人交易呢？

　　Kantaw北岸小山丘上，已成了Ghacho和賴科的祕密基地。

　　「賴科，這個木偶雕刻的真不錯，妳的新收集？」Ghacho好奇問著。

「什麼木偶，那是媽祖神像啦！」賴科趕緊叫Ghacho別碰：「傳說中媽祖生前是個女巫——就是巴賽語pataw的意思啦——之後逐漸成為南方沿海一帶漢人信仰的神明，保佑大家在海上平安。我想說Basay是以河海為生的族群，而最近來到北台灣、人數越來越多的漢人也都是來自南方沿海，未來我打算在這附近興建一間媽祖廟，希望媽祖的存在可以減緩一些雙方因為互相不熟悉而造成的衝突。」

「Kipataw就在附近呢，他們應該會喜歡這個傳說故事。妳考慮得真遠啊……」Ghacho佩服完，才注意到賴科的疲憊神情，便趕緊說：「賴科快去休息吧，妳一定很累了，換我來照顧吧。」

「我還好……陪我一起到外面看一下風景好嗎？」

冬日難得的暖陽，灑落在賴科放下的長髮上，更顯得動人。

「Ghacho，謝謝你……終於實現了我從小想當海商的夢想。」賴科看著一艘通事屋遠洋貿易船停泊在大河中，淺淺的微笑著。

「我很高興，這一生能跟妳和Isabel一起走過……雖然許多好夥伴過世了，雖然一直不捨的思念著……但看著大湖消失，讓我終於體會到不能繼續糾結過去的一切。珍惜著現有的牽絆，珍惜這美好的新生命，才是最好的思念。」Ghacho對著賴科真情流露：「我愛妳。」

賴科瞇起眼睛，幸福的微笑著，給Ghacho深情的一吻。

「賴－科－太－太－呀！我來玩弄你們家的小兔子囉！」Catherine開心的走了過來。

國家圖書館出版品預行編目資料

康熙台北湖／徐毅振著. --初版.--臺中市：白象
文化，2019.6
　　面；　公分.
ISBN 978-986-358-816-0（平裝）

857.7　　　　　　　　　　　108004509

康熙台北湖

作　　　者	徐毅振
校　　　對	徐毅振
專案主編	林孟侃
出版編印	吳適意、林榮威、林孟侃、陳逸儒、黃麗穎
設計創意	張禮南、何佳諠
經銷推廣	李莉吟、莊博亞、劉育姍、李如玉
經紀企劃	張輝潭、洪怡欣、徐錦淳、黃姿虹
營運管理	林金郎、曾千熏
發 行 人	張輝潭
出版發行	白象文化事業有限公司
	412台中市大里區科技路1號8樓之2（台中軟體園區）
	出版專線：（04）2496-5995　　傳真：（04）2496-9901
	401台中市東區和平街228巷44號（經銷部）
	購書專線：（04）2220-8589　　傳真：（04）2220-8505
印　　　刷	基盛印刷工場
初版一刷	2019年6月
定　　　價	300元